BİLGİ YAYINLARI : 101
SAİT FAİK / BÜTÜN ESERLERİ : 1

ISBN 975 - 494 - 075 - 4
2001 . 06 . Y . 0105 . 1955

Birinci Basım 1970
İkinci Basım 1973
Üçüncü Basım 1976
Dördüncü Basım 1980
Beşinci Basım 1981
Altıncı Basım 1983
Yedinci Basım 1986
Sekizinci Basım 1987
Dokuzuncu Basım 1989
Onuncu Basım 1990
On Birinci Basım 1992
On İkinci Basım 1993
On Üçüncü Basım 1994
On Dördüncü Basım 1996
On Beşinci Basım 1997
On Altıncı Basım 1998
On Yedinci Basım Mart 1999
On Sekizinci Basım Aralık 1999
On Dokuzuncu Basım 2000

Yirminci Basım
Eylül 2001

BİLGİ YAYINEVİ
Meşrutiyet Caddesi, No: 46/A, Yenişehir 06420 / Ankara
Tlf : (0-312) 434 49 98 - 434 49 99 - 431 81 22
Faks : (0-312) 431 77 58

BİLGİ KİTABEVİ
Sakarya Caddesi, No: 8/A, Kızılay 06420 / Ankara
Tlf : (0-312) 434 41 06 - 434 41 07
Faks : (0-312) 433 19 36

BİLGİ DAĞITIM
Narlıbahçe Sokak, No: 17/1, Cağaloğlu 34360 / İstanbul
Tlf : (0-212) 522 52 01 - 520 02 59
Faks : (0-212) 527 41 19

www.bilgiyayinevi.com.tr • e-mail: info@bilgiyayinevi.com.tr

SAİT FAİK

Bütün Eserleri

1

Semaver
Sarnıç

BİLGİ YAYINEVİ

SAİT FAİK / BÜTÜN ESERLERİ

** 1. Semaver / Sarnıç *"öykü"*
** 2. Şahmerdan / Lüzumsuz Adam *"öykü"*
** 3. Medarı Maişet Motoru *"roman"*
** 4. Mahalle Kahvesi / Havada Bulut *"öykü"*
** 5. Kumpanya / Kayıp Aranıyor *"öykü"*
** 6. Havuz Başı / Son Kuşlar *"öykü"*
** 7. Alemdağda Var Bir Yılan / Az Şekerli *"öykü"*
* 8. Tüneldeki Çocuk / Mahkeme Kapısı *"öykü"*
* 9. Balıkçının Ölümü / Yaşasın Edebiyat *"öykü, anı"*
* 10. Açık Hava Oteli / Konuşmalar / Mektuplar *"mektup"*
* 11. Müthiş Bir Tren / Çeviriler / Uyarlamalar *"öykü"*
* 12. Yaşamak Hırsı *"roman"*
13. Şimdi Sevişme Vakti *"şiir"*
14. Sevgiliye Mektup *"öykü, deneme, mektup"*
15. Bitmemiş Senfoni ve Sait Faik Kaynakçası *"öykü"*

● Sait Faik Abasıyanık 90 Yaşında / Perihan Ergun
● Sait Faik "yaşamı, sanatı, seçmeler" *"kaynak kitap"* Haz.: Muzaffer Uyguner

* Milli Eğitim Gençlik ve Spor Bakanlığı'nın 4.3.1987 gün ve 1832 sayılı yazılarıyla okullara tavsiye edilmiş; karar 23.3.1987 gün ve 2230 sayılı Tebliğler Dergisi'nde yayımlanmıştır.

** Milli Eğitim Bakanlığı'nın 21.4.1992 gün ve 3330 sayılı yazılarıyla okullara tavsiye edilmiş; karar 22.6.1992 gün ve 2360 sayılı Tebliğler Dergisi'nde yayımlanmıştır.

baskı : cantekin matbaacılık yayıncılık ticaret ltd. şti.
tlf : 384 34 35 - 384 34 36 - 384 34 37

İÇİNDEKİLER

Semaver

Semaver 9
Stelyanos Hrisopulos Gemisi 14
Meserret Oteli 25
Bir Kıyının Dört Hikâyesi 30
Babamın İkinci Evi 37
İpekli Mendil 42
Kıskançlık 46
Bohça 50
Orman ve Ev 55
Düğün Gecesi 59
Şehri Unutan Adam 64
Üçüncü Mevki 69
Garson 75
Birtakım İnsanlar 81

Benimle Beraber Seyahatten Dönenler

Sevmek Korkusu 89
Louvre'dan Çaldığım Heykel 93
Robenson 96
İhtiyar Talebe 99
Bir Vapur 127

Sarnıç

Sarnıç 133
Kalorifer ve Bahar 139
Beyaz Altın 149

Bir Karpuz Sergisi 161
Mavnalar 166
Gece İşi 170
Hancının Karısı 177
Lohusa 181
Ormanda Uyku 189
Kim Kime 199
Park 206
Gaz Sobası 215
Plaj İnsanları 224
Davut'un Anası 232
Grenoble'de İtalyan Mahallesi 237
Marsilya Limanı 241

SEMAVER

Birinci Basım 1936
İkinci Basım 1951
Üçüncü Basım 1955
Dördüncü Basım 1965
Beşinci Basım 1970
Altıncı Basım 1973
Yedinci Basım 1976
Sekizinci Basım 1980
Dokuzuncu Basım 1981
Onuncu Basım 1983
On Birinci Basım 1986
On İkinci Basım 1987
On Üçüncü Basım 1989
On Dördüncü Basım 1990
On Beşinci Basım 1992
On Altıncı Basım 1993
On Yedinci Basım 1994
On Sekizinci Basım 1996
On Dokuzuncu Basım 1997
Yirminci Basım 1998
Yirmi Birinci Basım Mart 1999
Yirmi ikinci Basım Aralık 1999
Yirmi Üçüncü Basım 2000

Yirmi Dördüncü Basım
Eylül 2001

SEMAVER

– Sabah ezanı okundu. Kalk yavrum, işe geç kalacaksın.

Ali, nihayet iş bulmuştu. Bir haftadır fabrikaya gidiyordu. Anası memnundu. Namazını kılmış, duasını yapmıştı. İçindeki Cenabıhakla beraber, oğlunun odasına girince, uzun boyu, geniş vücudu ve çok genç çehresi ile rüyasında makineler, elektrik pilleri, ampuller gören, makine yağları sürünen ve bir dizel motoru homurtusu işiten oğlunu evvela uyandırmaya kıyamadı. Ali, işten çıkmış gibi terli ve pembeydi.

Halıcıoğlu'ndaki fabrikanın bacası kafasını kaldırmış bir horoz vekarıyla sabaha, Kâğıthane sırtlarında beliren fecri kâzibe bakıyordu. Neredeyse ötecekti.

Ali nihayet uyandı. Anasını kucakladı. Her sabah yaptığı gibi, yorganı kafasına büsbütün çekti. Anası yorgandan dışarda kalan ayaklarını gıdıkladı. Yataktan bir hamlede fırlayan oğlu ile beraber tekrar yatağa düştükleri zaman, bir genç kız kahkahasıyla gülen kadın mesut sayılabilirdi. Mesutları çok az bir mahallenin çocukları değil miydiler? Anasının çocuğundan başka gelirleri var mıydı? Yemek odasına kucak kucağa geçtiler. Odanın içini kızarmış bir ekmek kokusu doldurmuştu. Semaver ne güzel kaynardı. Ali, semaveri, içinde ne ıstırap, ne grev, ne de kaza olan bir fabrikaya benzetirdi. Ondan yalnız koku, buhar ve sabahın saadeti istihsal edilirdi.

Sabahleyin, Ali'nin bir semaver, bir de fabrikanın önünde bekleyen salep güğümü hoşuna giderdi. Sonra sesler, Halıcıoğlu'ndaki askeri mektebin borazanı, fabrikanın uzun ve bütün Haliç'i çınlatan düdüğü, onda arzular uyandırır; arzular söndürürdü. Demek ki, Ali'miz biraz şairce idi. Büyükdeğirmen'de bir elektrik amelesi için hassasiyet, Haliç'e büyük transatlantikler sokmaya benzerse deriz. Ali, Mehmet, Hasan biraz böyleyizdir. Hepimizin gönlünde bir aslan yatar.

Ali, annesinin elini öptü. Sonra şekerli bir şey yemiş gibi dudaklarını yaladı. Annesi gülüyordu. O, annesini her öpüşte, böyle bir defa yalanmayı âdet etmişti. Evin küçük bahçesindeki saksıların içinde fesleğenler vardı, Ali birkaç fesleğen yaprağını parmaklarıyla ezerek, avuçlarını koklaya koklaya uzaklaştı.

Sabah serin, Haliç sisli idi. Arkadaşlarını sandal iskelesinde buldu; hepsi de dinç delikanlılardı. Beş kişi Halıcıoğlu'na geçtiler.

Ali bütün gün zevkle, hırsla, iştiyakla çalışacak. Fakat arkadaşlarından üstün görünmek istemeden. Onun için dürüst, gösterişsiz işleyecek. Yoksa işinin fiyakasını da öğrenmiştir. Onun ustası, İstanbul'da bir tek elektrikçiydi. Bir Almandı. Ali'yi çok severdi. İşinin dalaveresini, numarasını da öğretmişti. Kendi kadar usta ve becerikli olanlardan daha üstün görünmenin esrarı, çeviklikte, acelede, aşağı yukarı sporda, yani gençlikteydi.

Akşama, arkadaşlarına yeni bir dost, yeni bir kafadar, ustalarına sağlam bir işçi kazandırdığına emin ve memnun evine döndü.

Anasını kucakladıktan sonra, karşı kahveye,

arkadaşlarının yanına koştu. Bir pastra oynadılar. Bir heyecanlı tavla partisi seyretti. Sonra evinin yolunu tuttu. Anası yatsı namazını kılıyordu. Her zaman yaptığı gibi, anacığının önüne çömeldi. Seccadenin üzerinde taklalar attı. Dilini çıkardı. Nihayet kadını güldürmeye muvaffak olduğu zaman kadıncağız selam vermek üzereydi.

Anası;

– Ali be, günah be yavrum, dedi. Günah yavrucuğum, yapma!

Ali;

– Allah affeder ana, dedi.

Sonra saf, masum sordu:

– Allah hiç gülmez mi?

Yemekten sonra Ali, bir Natpinkerton romanı okumaya daldı. Anası ona bir kazak örüyordu. Sonra yükün içinden lavanta çiçeği kokan şilteler serip yattılar...

Anası sabah namazı okunurken Ali'yi uyandırdı.

Kızarmış ekmek kokan odada semaver ne güzel kaynardı. Ali semaveri, içinde ne ıstırap, ne grev, ne de patron olan bir fabrikaya benzetirdi. Ondan yalnız koku, buhar ve sabahın saadeti istihsal edilirdi.

*
* *

Ali'nin annesine ölüm, bir misafir, bir başörtülü, namazında niyazında bir komşu hanım gelir gibi geldi. Sabahları oğlunun çayını, akşamları iki kap yemeğini hazırlaya hazırlaya akşamı ediyordu. Fakat yüreğinin kenarında bir sızı hissediyor, buruşuk ve tülbent kokan vücudunda, akşam üstleri merdivenleri hızlı hızlı çıktığı zaman, bir kesiklik, bir ter, bir yumuşaklık duyuyordu.

Bir sabah, daha Ali uyanmadan, semaverin başında, üzerine bir fenalık gelmiş; yakın sandalyeye çöküvermişti. Çöküş, o çöküş.

Ali, annesinin kendisini bu sabah niçin uyandırmadığına hayret etmekle beraber, uzun zaman vaktin geciktiğini anlayamamıştı. Fabrikanın düdüğü, camların içinden, tizliğini, can koparıcılığını terk etmiş ve bir sünger içinden geçmiş gibi yumuşak, kulaklarına geldi. Fırladı. Yemek odasının kapısında durdu. Masaya elleri dayalı, uyuklar gibi vaziyetteki ölüyü seyretti. Onu uyuyor sanıyordu. Ağır ağır yürüdü. Omuzlarından tuttu. Dudaklarını, soğumaya başlamış yanaklara sürdüğü zaman ürperdi.

Ölümün karşısında, ne yapsak, muvaffak olmuş bir aktörden farkımız olmayacak. O kadar, muvaffak olmuş bir aktör.

Sarıldı. Onu kendi yatağına götürdü. Yorganı üstlerine çekti, soğumaya başlayan vücudu ısıtmaya çalıştı. Vücudunu, hayatiyetini bu soğuk insana aşılamaya uğraştı. Sonra âciz, onu köşe minderinin üzerine attı. Bütün arzusuna rağmen, o gün ağlayamadı. Gözleri yandı, yandı, bir damla yaş çıkarmadı. Aynaya baktı. En büyük kederin karşısında, bir gece uykusuz kalmış insan çehresinden başka bir çehre almak kabil olmayacak mıydı?

Ali, birdenbire zayıflamak, birdenbire saçlarını ağarmış görmek, birdenbire belinde müthiş bir ağrı ile iki kat oluvermek, hemen yüz yaşına girmiş kadar ihtiyarlamak istiyordu. Sonra ölüye bir daha baktı. Hiç de korkunç değildi.

Bilakis, çehre eskisi kadar müşfik, eskisi kadar mülayimdi. Ölünün yarı kapalı gözlerini metin bir elle kapadı. Sokağa fırladı. Komşu ihtiyar hanıma haber verdi. Komşular koşa koşa eve geldiler. O, fabrikaya yollandı. Yolda kayıkla giderken, ölüme alışmış gibiydi.

Yan yana, kucak kucağa, aynı yorganın içinde yatmışlardı. Ölüm, munis, anasına girdiği gibi, onun bütün hassasiyetini, şefkatini, yumuşaklığını almıştı. Yalnız biraz soğuktu. Ölüm, bildiğimiz kadar korkunç bir şey değildi. Yalnız biraz soğuktu, o kadar...

Ali, günlerce evin boş odalarında gezindi. Gece ışık yakmadan oturdu. Geceyi dinledi. Anasını düşündü. Fakat ağlayamadı.

Bir sabah, yemek odasında karşı karşıya geldiler. O, yemek masasının muşambası üzerinde sakin ve parlaktı. Güneş, sarı pirinç maddenin üzerinde donakalmıştı. Onu kulplarından tutarak, gözlerinin göremeyeceği bir yere koydu. Kendisi bir sandalyeye çöktü. Bol bol, sessiz bir yağmur gibi ağladı.. Ve o evde, o, bir daha kaynamadı.

Bundan sonra Ali'nin hayatına bir salep güğümü girer.

Kış, Haliç etrafında, İstanbul'dakinden daha sert, daha sisli olur. Bozuk kaldırımların üzerinde buz tutmuş çamur parçalarını kırarak erkenden işe gidenler, mektep hocaları, celepler ve kasaplar fabrikanın önünde bir müddet dinlenirler; kocaman bir duvara sırtını vererek üzerine zencefil ve tarçın serpilmiş salep içerlerdi.

Yün eldivenlerin içinde saklı kıymettar elleri salep fincanını kucaklayan, burunları nezleli, kafaları grevli, ıstıraplı, pirinç bir semaver gibi tüten sarışın ameleler, mektep hocaları, celepler, kasaplar ve bazen fakir mektep talebeleri, kocaman fabrika duvarına sırtını verirler; üstüne rüyalarının mabadi serpilmiş salepten yudum yudum içerlerdi.

STELYANOS HRİSOPULOS GEMİSİ

Kış, Ada'nın sahillerine lodoslarla beraber gelirdi. Koca yemiş ağaçlarının çamlarla birleştiği Ada'nın lodos tarafında, hiçbir ev yoktur. Orada, kocaman vahşi kayalar, tuhaf kuşlar ve derin uçurumlar vardır. Kalpazanlar Kayası'nın üstünden lodos aştığı zaman, Ada'nın poyraz tarafındaki evlerinde sessiz bir hayat başlardı. Göçler gitmiş olurdu. Banyolar sökülmüş; köşkler küskün ve hayatsız dururdu. Küçük sandallar yer yer karaya çekilmiş bulunurdu. İşte balık zamanı, bu zamandı. Kocaman gırgır* kayıkları sahile baş vururlar, torik ve palamut, Ada'nın etrafında bütün gün döner dolaşırdı. Kocaman kayıklar, kocaman bir şehre durmadan balık götürür; Ada'ya para, pul, bir-iki çuval un, birkaç kilo et getirirlerdi. O sene, kış ne kadar fazla olmuşsa, balık da o nispette az çıkmıştı. Balığın az, kışın çok olması günah çıkartan papazı bile düşündürürdü.

Stelyanos sabahtan beri çaparı** hazırlıyordu. Tamir ettiği ağlar çoktan bozulmuş, yazın hazırladığı oltalar kopmuş, kayığın boyaları dökülmüş, evin içi çoktan karmakarışık olmuştu. Bu sene balık yoktu. Bu seneki göçler,*** evvelki sene-

*) **Gırgır:** Torik ve palamut için sahillere gelen ve bir motorla çekilen on, on beş kişilik çifte balıkçı kayıkları.

) **Çaparı: Ucuna yem yerine hindi tüyü bağlanmış, on, on beş veya daha fazla iğneli bir nevi olta.

***) **Göçler:** Yazlığa gelenler, yazlık için ev veya oda tutmuş Adalı olmayan yabancılar.

kiler gibi bol keseden para harcamamışlardı. Balığı bile başka balıkçıdan almışlardı. Beş para faydalarını görmemişti. Trifon, kışa girerken hastalanmıştı. Köyde ilaç pahalıydı. Şehre inmek bir meseleydi. Trifon, gerçi mektebe gitmiyordu. Ama kendi kendine çalışıyordu. Kitap, defter bile epey para tutmuştu. Stelyanos, yarın balığa gidecekti. Çaparının hindi tüylerini düzeltiyor; kopmuş, çürümüş misinaları* tamir ediyor, paslı iğneleri değiştiriyordu. Bir bol balık olsaydı, yarın da biraz gazyağı, bir parça şeker, Trifon'a bir pantolon, bir yün yelek, kendisine bir kasket alabilseydi. Evin içini biraz düzeltse, şehirden Trifon'a bir küçük hediyecik getirseydi. Bir denizci hikâyesi kitabı satın alsaydı. Bir kocaman gemi resmi bulup, Trifon'un yattığı küçücük odaya çivileseydi.

Stelyanos, balığa akşamleyin çıktı. Gecenin kimbilir hangi saatinde dönecekti. Trifon, büyükbabasını beklerken uyuyakalmıştı. Rüya görüyordu.

Bir kayanın önünde bir gemi vardı. Trifon, geminin içinde mi; yoksa kayanın üstünde miydi? Müthiş bir dalga, her an gemiyi o büyük kayaya çarpacak gibi yaklaşıyor, sonra nasıl oluyor bilinmez, dalga gelip gemiye çarpıyordu. Her an o kaya ile gemi arasında bir-iki kulaçlık mesafe azalacak zannedildiği halde, azalmıyordu, artmıyordu da.

Bu rüya böylece devam ederken, Stelyanos içeri girdi. Rüzgâr, odanın içini karıştırdı. Bir-iki fotoğraf yerlerinden düştü. Danteller uçuştu.

– Uyuyor muydun Trifon?

– Uyuyordum ya... Balık var mı dede?

---

*) **Misina:** İpek veya bağırsaktan ut teline benzer bir şeydir. İğneler doğrudan doğruya olta kılına bağlanmadan bu beyaz şeye bağlanır.

– Yok... Deniz sanki bomboş.

– Neden acaba?

– Muhakkak bir canavar peyda oldu, Trifon. Yoksa, bu vakit balık olmaz mı?

– Dede... sen hiç canavar gördün mü?

Stelyanos, canavar görüp görmediğini kendi kendine sorduğu zaman, düşünür kalırdı. Fakat başkaları sorunca; o kadar canavar hikâyeleri ile dolu idi ki, o kadar gece yarıları, denizin karanlık, fosforlu yüzünden hışımla kocaman hayvanlar geçtiğini görmüştü ki... Hikâyelerle hakikatleri karıştırır, muhayyelesinde ve hafızasında yaşayan mahlukları, denizlerde yaşamış hayvanlar gibi bulup çıkarıverirdi.

Zaten, deniz kadar meçhul bir şey var mıydı? Kimbilir oltaların yetişmediği, ağların serpilmediği denizlerde, ne tatlı, güzel balıklar; ne haşin, yırtıcı, hayal edilmez canavarlar vardı.

– Gördüm, Trifon. Bir kıştı. Toriğe çıkmıştık. Bulunduğumuz nişanda* pamuk balığı dedikleri bir canavar olduğunu işitmiştik. Bu balığın yavrusu yirmi, yirmi beş kilo ağırlığında olurmuş diye duyardık. Bu yavruları büyükler, bir tehlike karşısında yutarlar; tehlike atlatıldıktan sonra tekrar kusarlarmış. Düşün, Trifon, pamuk balığı ne kadar kocaman bir şey. Pamuk balığını, o akşam, Rüstem Çavuş yakalamıştı. Biz, bütün kayıklar, onun etrafını almıştık. Bembeyaz, hakikaten pamuk gibi beyaz bir mahluktu. Yalnız ağzı, görülecek bir şeydi! Belki şu kapı kadar büyük. Dişleri yoktu. Rüstem Çavuş, balığın karnına bıçağı daldırınca, bu karnın içinde, dört tane dipdiri yavru bulduk. Sonra bu hayvanın yalnızca yavrusu yaka-

---

*) Deniz ortasında balıkların bulunduğu yere **nişan** veya **taş** denir.

landı mıydı, bütün deniz karışır, o cins bütün balıklar sandallara hücum ederler, devirirlermiş. O gece böyle bir vakaya meydan vermemek için kaçmıştık. Sonra bir akşam da...

Hikâyeler birbirini takip eder; Trifon, müphem bir korku içinde uyuyuverirdi.

Kış ne kadar çok, ne kadar uzun olursa olsun; balık ne kadar az çıkarsa çıksın; yine yaz, bildiği gibi mahrumiyetlerin içinden kafasını kaldıracak ve onu bekleyenlere gelecektir.

Yukarıki iki odasında göçlerin oturduğu, sarı maden toprağı sıvalı küçük evin sahibi Stelyanos Hrisopulos, aşağıda zeminden üç merdivenle inilen bir odada balık ağlarını örmekle meşguldü. Küçük odanın tavanı insan boyundan yüksek olmasına rağmen, insanı eğilmeye mecbur bırakan bir karanlık; kilise önlerinde, deniz kenarlarında, balık ağlarının arasında, sandalın içinde çıkmış sarı alaminüt fotoğrafları hayal meyal fark ettirirdi. Bu fotoğraflara baktıkça, Hrisopulos ailesinin büyük kızını bir kraliçe tavrıyla sandal çekerken, küçük Trifon'u berrak dişleriyle gülerken görür; bütün çirkinlikleri silip süpüren alacakaranlığı seviverirdi. Hrisopulos ailesi, bütün ölüleri ve iki tek canlısıyla güzel bir aileydi.

Onları ören bir genç gözü bozacak kadar ince ve sanatkârane dantellerle süslü bir masa örtüsünün üstünde, kırmızı boyaları dökülmüş minyatür bir rakı sürahisinin yanında, Trifon'un günlerce çalışarak yaptığı bir gemi duruyordu. Geminin yanında, Stelyanos'un küçük kızı ve Trifon'un anası Yovana'nın ayakta bir resmi vardı. Yovana öleli dört sene olmuştu. Trifon, şimdi on iki yaşındaydı. Sekiz yaşındaki Trifon'un resmi, masanın üzerindeki gemi ve balık ağlarıyla beraber o sene, anasının öldüğü sene çıkmıştı. Bu resim, on yaşındaki bir çocuğun ilişemeyeceği yere asılmıştı.

Stelyanos Hrisopulos'un en şayanı dikkat yeri, boynu idi. Hiç kimsenin boynu, bir balıkçının kafasıyla vücudu arasında yükselen bu garip sütun kadar sert, dik, kararmış, âdeta nasırlı ve sinirli olamaz. Buruşuk derinin üstünde, rüzgârın, güneşin yaptığı tesir çok büyüktür. Genç bir balıkçı yüzüne sıhhat, enerji, hayat ve renk ulaştıran bu sütun, yalnız balıkçılarda bu kadar devrilmez bir mahiyetle yükselir. Bir balıkçı ne kadar ihtiyar olursa olsun, derisi ne kadar buruşuk bulunursa bulunsun, her zaman kafası genç, dinç; boynu sağlam ve diktir.

Stelyanos Hrisopulos, hem balık ağlarını örüyor, hem de şarkı söylüyordu. Büyük kızını dokuz sene evvel kaçırmışlardı. Küçük kızı, daha uslu akıllı çıkmış, evlenmiş barklanmıştı. Damadı, bir kış, kocaman ve geniş sırtına işleyen bir rüzgâra yakalanmış, kayığı batmış, kendisi zorla kurtarılmıştı. Fakat zatürree, bu çınar adamı, bir on gün içinde, ara sıra evlerine gelen sıska göçlere döndürüvermişti. On altıncı gün sokağa çıkan Stavro, yirmi beşinci gün yine aynı hastalıktan ölüvermişti. Küçük kızı, bu kocaman kollu, sert bakışlı delikanlıyı unutmamış, verem olmuştu. Büyük oğlu ise Yunanistan'da, ne yaptığı meçhuldü. Dört senedir haber alamıyordu. Küçük kızı da öldükten sonra Stelyanos'un elinde avucunda Trifon'dan başka insan kalmamıştı.

Trifon, bu sert bakışı, bu çelik boynu, bu perişan ve laubali kıvırcık saçları, bu kuvvetli parlak dişleri babasından almıştı. Anasından ona yalnız huylar geçmişti. Birden parlayıveren çok seri neşesi vardı. Gürbüz insanlara has açılan ve hayrete düşüren bir gülüşle gülerdi. O uzun, ince, Grek yüz, âdeta değirmileşir, gözleri küçülür, sivri, ince ve beyazlığından sarıca dişleri, bir kutu, bir acayip kutu gibi açılırdı. Ve keder de ona birden gelirdi. Sebebi başka çocuklar için tekrar yılışık bir gülme veren her söz, onu darıltır, ağlatırdı. Stelyanos hem şarkı söylüyor, hem balık ağlarını tamir ediyor, hem de küçük Trifon'u düşünüyordu.

Küçük Trifon'u düşünen büyükbaba gülmez olur mu? Hiçbir hareket bu gülüş kadar belirsiz ve ince değildir. Onun için, kimse, üç yavrusunu kaybetmiş bir insan diyemezdi. Bu gülen yüz, en bahtiyar insanların yüzüydü. Belki bir hile düşünen hilekâr da böyle gülerdi. Belki, sandalını saati iki mecidiyeye kiraya vermiş balıkçılar da böyle içten içe sırıtırlardı. Stelyanos, Trifon'u düşünürken kimse gelip onu rahatsız etmemeliydi. O, her zaman Trifon'u düşünürdü ama, bilhassa elinde iğ, balık ağlarını örerken onun küçük yaramazlıklarını, tatlı şakalarını hatırlayabilirdi. Başka zamanlar Trifon yelken açmasın, Trifon soğuk almasın, Trifon bu havada denize girmesin, Trifon çamlarda uyumasın, Trifon sokak çocuklarıyla kavga etmesin; bütün bunlar ihtiyarı sokak sokak dolaşmaya mecbur ederdi. O halde, Trifon çok yakınlardaydı. Demek ki, ne yelkende, ne balıkta, ne denizdedir. O halde, Trifon neredeydi?

Trifon, evin önündeki çınar ağacının dibinde, üstünde otları kuruyan bir sandalyenin yanındaydı. Bir ikinci gemi yapmakla meşguldü. Bu seferki gemi, on iki yaşında bir çocuğun yapacağı gemi değildi. Bu, artık şimdiden kaptan olacağı anlaşılan bir delikanlının gemisi idi. İçinde açılmak, uzaklaşmak, seyahat arzuları dolu; hür, serazat, vatansız bir insanın gemisiydi. İçinde dalgalar, fırtınalar, sakin denizler, acayip balıklar, bambaşka, bize benzemeyen, bize benzeyen insanlar dolu, bir insanın tahayyüllerinin, hatıralarının gemisiydi... Bu gemi ile deniz kenarına gidilir, bu geminin arkasındaki bandıra direğine bir ip bağlanır ve bu geminin yelkenleri pupa gidenin arkasından neler, ne başka vatanlar, ne başka sular düşünebilirdi!..

– Trifon, orada mısın?

– Buradayım!..

– Bir yere kaybolma sakın.

– Gemi yapıyorum.

– Yine mi gemi?

– Bu seferki ötekine benzemeyecek. Kocaman bir şey olacak! Akıntı gibi koşacak.

– Adını ne koyacaksın geminin, Trifon?

– Adını mı?

Çocuk, düşünceye dalmıştı. Aklına önce anasının ismi gelmişti. Dudaklarının ucunda, Yovana ismi olduğu halde, düşünüyordu. Bu ismi söylese, büyükbabanın gözlerinde yine hayallerin uçuşmaya başladığını, hatıralarının dalgalar gibi kabardığını görecekti. İhtiyar, uzun zaman sakin bir deniz gibi bekleyecek, susacaktı. Trifon bu durgun ve ağır havaları sevmezdi. Bir daha sordu.

– Adını mı? Şey... "Stelyanos Hrisopulos" koyacağım.

İhtiyar, elindeki iği, dantelalarla süslü masanın üzerine bırakmış, katıla katıla gülüyor; ve kendi ismi konacak geminin ismini tekrarlıyordu:

– Stelyanos Hrisopulos!

Yine kahkaha ile gülüyor;

– Stelyanos Hrisopulos! diyordu.

Trifon için ne yaşayan insanlar, ne çiçekler,

ne akarsular ve mavi gözlü arkadaşlar bir mana ifade ederdi. Yalnız bu önüne, gözlerinin içine serilen ve üzerine arkaüstü yattığı zaman büyük güverteleri boş yelkenlileri, güneşin içinde madenleri ve boyaları uçan vapurları düşünebildiği deniz ona, ciğerlerine çektiği havanın kıymetini, açıkçası yaşamının zevkini ve lezzetini verirdi. Ondan ötesi boş, ıssız, manasızdı. Toprak, kendisine yelkenlerini yapmak için kereste, çekiç ve keser verdiği için, biraz bir şeye benzerdi. Trifon, toprağı sevmez; ona hürmet ederdi. Çünkü birçok sevdiği orada, onun altında, aklın durduğu bir yerde yaşıyorlardı. Fakat toprağın üstünde koşan, onun üstünde beş-on para kazanmak kaygısı ile dönüp dolaşan insanlar ne tuhaf mahluklardı! Ve denize bir dakika durup bakmaya vakitleri olmadığını söyleyen bu insanlar, ne zevksiz mahluklardı! Bu, mektebe giden ufak çocuklar, denizin karşısında mektebi unutup bir gün, bir gece düşünceli kalamazdı. Dersler deniz kadar güzel, deniz kadar öğretici miydi acaba? Trifon, denize girmeyenlerle arkadaşlık bile etmek istemezdi. Trifon, denizi görmediği zaman, elinde keser, mütemadiyen küçük yelkenliler, garip kayıklar yapardı. O, her gün bir gemi yapar, her gün bir gemiyi söker, bir yenisine başlardı. Adanın sahilinden gelip geçen vapurlara bakar, "acaba başka denizler de bu öne serilen gibi midir?" diye düşünürdü. Onun bir gemisi olsaydı, kocaman bir gemisi olsaydı, vinçli bir gemisi olsaydı... Hiçbir şehirde üç saatten fazla kalmadan, büyük şehirlerin gece ışıklarını, dört mil mesafeden son hızla geçip giderken seyretmek... Hiçbir şekilde beş saat kalmadan şehirden şehire, denizlerden denizlere, insanlardan insanlara, yurtlardan yurtlara...

Bu seferki gemi güzel olacaktı. İçine insan almayacaktı ama, öteki yaptıklarına hiç benzemeyecekti.

Gemi bir gün hazırdı. Bu gemi, Trifon için bir dünya demekti. Trifon, bu gemi için, içinde bir şeylerin çarptığını hissediyor, bu gemiye bakarken Trifon, küçük kızların önünden geçtiği zaman duyduğu yumuşaklığı, bir nevi sarsıntıyı, baş dönmesini duyuyordu. Bu gemi, Trifon için, mavi gözlü bir kızdı. En tuhafı, bu mavi gözlü kızı Trifon kendisi yaratmıştı. Bu mavi gözlü kız da Trifon'u seviyordu. Hiç mavi gözlü kızlar Trifon'u severler miydi?

"Stelyanos Hrisopulos" gemisini, iskelenin poyrazı kıran limanlığında ilk denize salıverdiği gün, bir öğle üstü idi. Gemi bir metre uzunluğundaydı. Beyaza boyanmıştı. Baş tarafına, büyük yatlarda olduğu gibi, yaldızlı bir çiçek işlenmişti. Onun aşağısında bir demir deliği vardı. Orada demir deliğinde küçük, cıva ile parlatılmış dökme bir kurşun gözüküyordu. Onun yanıbaşına yaldızlı boya ile geminin ismi, "Stelyanos Hrisopulos" yazılmıştı. Gemi üç fülokalı* idi. Fülokalardan biri, dört köşeli; yelken, sakız gibi beyaz, kalın ve temizdi. Trifon günlerce bu yelkeni beyazlatmak için uğraşmış, bezi kezzaplarla yıkamış, silmişti. Güvertede her şey, ince sarı pirinç tellerle tutturulmuş, mahirane bir şekilde her şey birbirine sarı iplerle bağlanmıştı.

Yelkenler müteharrikti. Yine güvertede herhangi bir kotranın bütün teferruatı göze çarpıyordu.

Kamara delikleri yapılmıştı. Kamara delikleri-

---

*) **Füloka:** Küçük yelken, asıl büyük yelkenin önündeki küçük parça.

nin üstleri küçücük camlarla örtülmüş ve camların etrafı sarı boya ile, bir pirinç madeni rengi ile parlatılmıştı.

Bu geminin içinde insan, küçücük minyatür tayfalar tahayyül ediyor; bir Güliver seyahatnamesi okuyor gibi oluyordu.

Geminin bayrağı kırmızıydı, bayrağın ortasına bir istifham işareti koymuştu. İstifham işaretli bir geminin okyanusu aştığını Trifon'a söylemişlerdi. Bayrak direğine, Trifon, dedesinin uzatmalarını, paraketalarını* yaptığı İngiliz siciminden bağlamıştı.

Gemi, suya bırakılır bırakılmaz sanki canlı imiş gibi mütereddit bir hal aldı. Daha rüzgâr almamıştı. İskele, rüzgârı kesiyordu. İskelenin hizasına kadar bu vaziyette gitti. Tam o hizaya gelir gelmez, yan yatarak bütün yelkenleri şişti. İngiliz siciminin yumağı bitinceye kadar âdeta uçurtma gibi uçtu.

Trifon, günlerce bu oyunla oynadı. Artık dedesi, onu merak etmiyor, oraya çakılların içine uzandığını, hafif meltemle kayıp giden gemisinin sicimini bırakıp topladığını, balık ağlarını ördüğü yerden biliyordu.

Köyün bütün çocukları, hatta Japon mağazalarından, oyuncakçı dükkânlarından alınmış motorlu sandallara, yeşil ve beyaz boyalı yelkenlilere sahip olanlar bile, büyük çam ağacının dibindeki konferansta hazır bulundular. "Stelyanos Hrisopulos" gemisini batırmak için bütün tertibat hazırdı. Çocukların içinde derhal mühendisler peyda olmuş, toplar yapılmış, tüfekler hazırlanmış, kocaman taşlar bir kenara yığılmıştı.

---

*) **Paraketa:** Çok iğneli bir nevi olta.

Trifon, her zamanki gibi, boyu kadar gemisiyle deniz kenarına inmişti. Ses sada yoktu, gemiye çoktandır tertibatsız, münferit peyda olan düşmanlar ortada gözükmüyordu.

Trifon, banyoların kenarına hazırladığı, çocukların her gün bozduğu kızağı da dokunulmamış bir halde buldu. Gemisini oraya yerleştirdi. Öndeki tahtayı çeker çekmez, yağlanmış kızaktan, gemi hızla kaydı, suya gömüldü. Hafif bir keşişleme esiyordu. Sicim gitgide boşalıyor; gemi hafif yana yatarak pupa gidiyordu.

İşte o zaman, soba borusundan yapılan top, küçük çamların içinden patladı. Geminin yanına isabet eden taş, ona biraz daha hız vermiş, gemi büsbütün yan yatmış, gidiyordu. Bir ikinci, bir üçüncü top patladı. Fakat isabet vaki olmadı. Trifon şaşırmış, gemiyi geri çekmeye imkân bulamamıştı. Üçüncü topun sesinden sonra Trifon büsbütün şaşırmış, sicimi de elinden bırakmıştı.

Hrisopulos gemisi alabildiğine koşuyordu. Bu sırada on altı çocuk –aralarında, motorlu sandallara, altın yaldızlı güvertelerinde yalancı insanlar bulunan kotralara sahip çocuklar da bulunan on altı çocuk– ellerindeki ve ceplerindeki taşlarla beraber fırladılar, "Stelyanos Hrisopulos" gemisini batırdılar.

MESERRET OTELİ

İstasyona iki erkekle bir kadın indi. Yağmur çok şiddetli yağıyordu. Genç bir hamal, bu üç kişilik grubun eşyalarını yüklendi. Kadın, hamala;

– Meserret Oteli'ne, dedi.

Hamal;

– Meserret Oteli'ne mi? diye sordu.

Bu soruşta, işitmemekten değil, bu güzel sözü bir daha tekrarlatmak isteyen, acemi bir haleti ruhiye var gibiydi. Kadının sesi, yağmurlu havanın içine daha madeni bir yağmur gibi düşmüştü. Erkekler, sessiz sadasız, ceketlerinin yakalarını kaldırmış, istasyon binasının içine doğru kaçıyorlardı. Genç kadınsa, hamalın sorgusuna başıyla müspet bir cevap verdikten sonra, kırmızı muşambasını uçuran rüzgâra ve erkeklere doğru seğirtmekte idi. Birden geriye dönüp hamala;

– Çocuğum, dedi, daha iyisi, bize bir araba bulsan!..

Arabaya, birbirine sıkışarak yerleştiler. Hamal da eşyaları arabacının yanına birer birer koymuş; arabanın içine ve genç kadının, bir erkek çocuk yüzü taşıyan kafasına dönmüş;

– Uğurlar olsun, demişti. Allah rahatlık versin!

Erkekler ilk defa seyahate çıkmışlara mahsus acemilik ve sersemlik dolu idiler. Kadın, hamala;

– Eyvallah, dedi.

Araba hareket etti. Hamalın elleri açık kalmıştı.

Araba çamurların içine daldı. Yolcular, uzakça şehre doğru çekip gittiler. Neden sonra, kadının aklına geldi:

– Ah, dedi, ne eşeğim! Hamalın parasını vermeyi unuttum.

Erkekler, kadın, "ne berbat bir hava" demiş gibi, kafalarını salladılar ve sersemliklerine daldılar. Arabacı, atlarına homurdanıyordu. Geniş sırtında rüzgâr esiyordu.

Kadın müteessir, arabacının sırtındaki rüzgâra bakıyordu.

Birkaç defa ona seslenmek istedi. Fakat, cesaret edemedi. Bu sırtın ötesinde, göreceği iki haydut gözüyle karşılaşmak mümkündü. Bütün bu sırt ve arka manzarasından, gözünün önüne bir kürek mahkûmunun kül rengi kafası, gözleri, katil hayatiyeti geleceğine emindi. Fakat birden kafasını ve kalbini dolduran bir cesaret ve tecessüs hamlesiyle;

– Arabacı! dedi.

Rüzgârlı, kalın, geniş sırt ürpermişti. Ürpermişti ama, yağmurlu, ıslak kafasını çevirmemişti.

Kadın ikinci defa seslendi. Bir kafa homurdanır gibi döndüğü zaman, kadın, hayalde yaratılan şeylerin hakikatteki aykırılığıyla karşılaşmaların ahmaklığıyla mı susmuştu?

Şimdi güzel ve köylü bir çehre, on üç yaşında bir çocuk yüzü, ona soruyordu:

– Ablacığım, ne oldu? Bir şey mi unuttunuz?

– Hamalın parasını vermeyi unuttuk da...

– Ziyanı yok abla, ben dönüşte kendisine veririm.

Arabacı arabadan inmiş, bir başka arabacı

yerine gelmiş gibi, aynı sırt manzarası kadının gözlerinde yeniden peyda oldu. Ve kadın, hayaline, tekrar bir haydut çehresi mıhlayarak, kasabanın çamurlu, ıslak, ölü çarşılarını seyre daldı.

Meserret Oteli, kasabanın en güzel oteli idi. Erkekler, acemiliklerini boyun bağlarını çıkarır gibi çıkarmışlar, otelciye isimlerini yazdırıyorlardı. Kadın, küçük salonu gözden geçirmekteydi. İsviçre'de bir aile pansiyonunun şirin köşkünde, iki kış geçirmişti. Basit, kullanılmaya elverişli, çıplak denilecek kadar boş, fakat her şeyi tamam bir salondu. Anadolu'nun bu küçücük nahiyesinde bir İsviçre köyünün konforunu yaratan adamı görmek merakıyla, küçük bir masanın önünde, sandalyeye oturmadan reverans eder gibi bükülmüş, yolcu kâğıtlarını dolduran otelciye;

– Bu otelin sahibi siz misiniz? diye sordu.

Genç adam kafasını kaldırmadan;

– Evet, benim, dedi.

Kadın, "evli misiniz?" diye sormak istiyor; bir Avrupalı kadın zevkiyle süslü ve muntazam salonu, bu kafası tıraşlı adamın yapacağına inanmak istemiyor gibi duruyordu. Kadın, bu suali her nedense sormadı.

Duvarda iki resim levhası vardı. Birisi bir bostan dolabının gölgesini ve şıkırtısını, kovaların akşam ışığıyla dolmuş parıltısını bir fotoğraf hissizliği ve mevsukiyetiyle aksettiriyor. Bir diğeri, acemi fakat çok hassas bir fırçanın çok çabuk kaçan bir hayali zaptetmek için baş döndürücü bir acele içinde çırpındığı bir genç kız portresi idi. Otelci ile işlerini bitiren erkekler de bu genç kız resminin önüne dikilmişlerdi. Bir tanesi, bu portrenin üzerinde yaptığı tesiri ifade etmesini bilen bir çehre ile dalgın;

– Bu portrede, dedi, bir sürat var. Âdeta ressam bu çehreyi yüz kilometre yapan bir trenin içinde geçerken, durulmayan istasyonların birinde dikilmiş sıtmalı bir kız çocuk hayalini kafasında sonradan canlandırmış, büyütmüş de yapmışa benziyor.

Otelci de oraya bakıyordu. Gülümser gibi gözleri duvarda, resmi görmüyor, fakat o tarafa bakıyordu. Sessiz denilecek kadar haleti ruhiyesizdi. Alışılan, özlenen bir çirkinliği, entelektüel bir yüzü vardı.

Mütevazı bir sesle;

– Hemşirem ölmeden birkaç saat evvel... dedi.

Hepsi, tekrar gözlerini portreye çevirmişlerdi. Kadın, yüzünü dönmeden;

– Bu resmi siz yaptınız değil mi? dedi.

Erkekler, otelcinin, "Hayır, ben yapmadım!" demesini bekliyorlar gibi bir hal almışlardı. Kadın, sorduğu sualin cevabını almış kadar müsterih bekliyordu.

Otelci ağır ve düşünceli;

– Hayır, dedi.

Sanki erkekler geniş bir nefes almışlardı. Kadın, bu menfi cevaba hayret etmemişti.

Otelci devam etti:

– Bizzat kendisi yapmış. Bir arkadaşı aynayı tutmuş. O, kendi eliyle, işte bu resimdeki gibi gülümseyerek... Bizzat kendisi yapmış.

Kadın, bildiğimiz kadınlardan olsaydı, otelciye bu portrenin hikâyesini ondan kopara kopara alabilirdi. Yüzü lakayt bir mana almıştı. Erkeklerin sarışınına döndü:

– Bana, dedi, bir sigara verir misiniz?

Otelci, ağır ağır odadan çıktı. Birkaç saniye sonra tekrar içeriye girdi.

– Bir emriniz olursa, dedi, zile basarsınız. Garson size odalarınızı gösterir. Yatmadan evvel sıcak bir şey içmek arzu ederseniz size çay da hazırlayabilirim.

Otelcinin yüzü heyecanlıydı. Yüzlerce müşteriye yaptığı gibi, bir iskemlenin üstüne ters oturup, gözleri görmeden resimdeki kızın hikâyesini anlatmayı gayri şuuri arzu ediyordu. Fakat kadın;

– Teşekkür ederiz, dedi. Evet, yatmadan evvel bir çay içebiliriz. Çok teşekkür ederiz.

Otelci, ikinci defa çıktıktan sonra, kadın yol arkadaşlarına İsviçre'de tanıdığı bu ressam kızın macerasını anlatmak istedi. Sonra bu adi hikâyeyi anlatmış kadar yorgun ve mecalsiz, hatta yarı yolda, öte tarafı dinlenilmeyeceğinden korkmuş gibi sustu. Ve ölmüş arkadaşının hatırasıyla uzun müddet gözleri portrede düşündü. Aynayı tutarken söylediklerini şimdi birer birer ses, ışık, rüzgâr ve yağmur arası bir sükûtla yeniden işitiyordu:

– İstasyonda genç bir hamal, eşyanı alacak, sana birkaç defa, kadın sesi işitmek için, bir sözü tekrarlatacak. Sen ona parayı vermeyi unutacaksın. Kocaman sırtlı bir arabacı döndüğü zaman, on üç yaşında bir köylü çocuğu yüzüyle karşılaşacaksın, sonra arabacı, arabadan inmiş de, bir başkası yerine oturmuş gibi aynı sırt manzarası karşında peyda olacak. Kasabanın ölü çarşılarını seyre dalacaksın. Belki hava yağmurlu olacak. Sonra ağabeyim... Gözleri, özlenen ve alışılan çirkinliği, entelektüel siması. Bana söz... Muhakkak gidip bir gece bizim otelde yatacaksın, değil mi?

BİR KIYININ DÖRT HİKÂYESİ

1 – Soğan kayığı:

Bir gün, Ada'nın sahilinde bir soğan yüklü kayık gelip demirledi. Ada'nın muhtekir ve obur esnafı, bu kocaman kayıktaki bütün malı kaldıramayacaklarına müteessir, kayığın demirlediği limanda kocaman adımlarla dolaşıp duruyorlardı. Bu esnaftan çok, kayık beni alâkadar etmişti. Bilhassa bir kayıkçı. Genç, gürbüz bir köylü çocuğu idi. Şekilsiz, yahut şekilleri bozuk çıplak ayakları ile bu zengin Ada'nın toprağına ayak basar basmaz bir vahşi hayvan siması almıştı. Oradan oraya aç ve çıplak gözleri ile dolaştı. Kadınların önünde şayanı hayret bir buruşukluk ve asabiyet kaplayan yüzü, kendi kadar genç adamların beyaz pantolonlarında ve mavi gömleklerinde enerjisini, asabiyetini kaybediyor, gözleri hareketli renklerini birden durduruveriyor, sakin ve mahzun bakıyordu.

Belki çok kıskançtı. O kadar şaşırmıştı ki, âdeta her sene uzak köylerinden bu Ada'ya soğan getirdiğini unutmuştu. Hafızası o kadar daralmış, bir sene evvelini hatırlamıyor gibi idi. Halbuki, kendisine bir gün sorduğum zaman, "Biz bu Ada'ya her sene geliriz," demişti. Onun için dünya ne kadar çabuk değişiyordu. İki gün sonra benimle karşılaştığı zaman, yine bomboş baktı. Sonra katiyen alâkasızlığını dahi belli etmeksizin çekilip gitti. Fakat ben, onunla uğraşmaya niyet etmiştim. Kayığın önüne yüzükoyun yatardı. Artık hayret bile ifade etmeyen yüzü ile bakar dururdu.

Tombul beyaz kadınların yıkandığı sahilde bir gün soyunurken gördüm. Suya idmancı gençlerin yaptığı gibi balıklama atlamadı. Küpeşteden bırakılan bir kalas gibi, istikametsiz ve biçimsiz düştü. Suyun yüzüne çıktığı zaman, gülümsüyordu. Ben de soyunmuştum. Kendisine yetiştim. Kadınları gösterdi. Parmaklarını yaladı. Ve bir küçük kotra hızıyla uzaklaştı. O kadar güzel yüzüyordu ki, dikkati çekmekte gecikmedi. Yanık genç kızlar, tombul beyaz kadınlar, aralarında genç bir sportmen yüzücünün gezindiğini, bacaklarının arasından bir yılan gibi süzüldüğünü fark edince fıkırdaştılar. Çığlıklar kopardılar. Hatta birkaçı ona moda bir lisanla laf attı. O, mütemadiyen gülümsüyordu.

Sudan çıktıktan sonra, aynı kadınların hiç ehemmiyet vermeden önünden geçtiklerini görünce, hatta kendisine bakmadıklarını fark edince; akşam olup elektrikler yandıktan sonra yanlarından denizde yaptığı gibi yılan kıvrımı ile geçtiği zaman, yine aynı kadınların bu sefer çatık ve korkunç birer çehre ile kendi anlayamadığı bir lisanla küfrettiklerini işitince şaşırdı. Üç gün bu böyle devam etti. Denizde aynı şaka, aynı cilve oluyor; kadınlar, bu genç sportmene hoş görünmek için her türlü müsamahayı gösteriyorlar, fakat gece olup ışıklar yanınca, palasparelerin içindeki çocuğu tanıyamıyorlardı. O çocuk, bu sırrı çözemeden günler geçti. Çocuk usandı. Bir gün kayığın kenarına oturmuş gördüm. Artık, banyoya gitmiyordu. Elinde olta, balık tutmakla meşguldü. Hatta gelip geçenlere dönüp boş ve hayret dolu gözlerle bakmıyordu. Onu balıklar o kadar alâkadar etmişti ki, yüzü, oltadan kurtulan balıklara asabiyetle buruşuyordu; sonra oltanın ucunda çırpınan balığa gülümsüyordu.

Şimdi ahbap olmuş, konuşuyorduk. Yine kadınları göstererek, parmaklarını yalıyor, küçük, kesik, boş cümlelerle konuşuyordu. Benimle kayıkçılar ve balıkçılar yanımızda iken konuşmuyordu. Bu beyaz pantolonlu, mavi gömlekli adamla, onların yanında konuşulamayacağını biliyordu. Buna mukabil, benim de, beyaz pantolonlu, mavi gömlekli, spor ayakkabılı insanlarla konuşurken kendisiyle görüşemeyeceğimi kestiremiyordu. Bu da onun için bir sır olup kaldı. Ada'nın muhtekir ve obur, dört, beş aydır birbirleriyle dargın esnafı barıştılar, birlik oldular ve soğanları paylaştılar. Soğan kayığını bir sabah, hareket için hazır buldum. Yelken serene çekilmişti. Füloka hazırdı. Soğanların yerine safra makamında taşlar konmuştu. Kayık hareket edecekti. Ve soğan kayığı öğleye doğru başlayan poyrazla yelkenlerini şişirdi. Köylü çocuğundan bir selam bekledim, vermedi. Ve soğan kayığı ağır ağır uzaklaştı. Ben onun denizin üzerinde bir nokta gibi kalmasını beklemeden, uzaklaştım.

2 – Kediler:

Kedilerle ahbaplığım şu şekilde başladı:

Bir akşam, rıhtım boyunda yalnızca geziniyordum. Kalabalıktı. Kızlar, delikanlıların koluna girmişler, kızların koluna girmediği gençler, gürültülü ve şarkılı, erkeksiz kızlara laf atarak geçiyorlardı. Rıhtımın kenarında mehtaplı denize gözlerini dikmiş kediyi görmüştüm. Fakat kediden çok, insanlara baktığım için, bir zayıf kedinin denizin mehtaplı suratında ne düşündüğü ile alâkadar değildim. Futbolcu gençlerden biri, zebun kediye bir şut çekti. Kedinin denize doğru uçtuğunu gördüm. Üç adım öteye düşmesiyle zıplaması bir oldu. Hayret içinde durakladım. Kedi ayaklarımın ucunda idi. Bir lastik top çevikliğiyle denizin yüzünden sıçrayıp ayaklarımın ucuna düşen kedi, alâkadar olunmayacak mahluk muydu? Bu harikulade aksülamelin çevikliği karşısında, sporcu çocuk da hayret içinde kalmakla beraber, bir ikinci defa kediye hücum etmek istedi. Fakat kedi, ayaklarıma kafasını sıcak ve samimi hareketle sürüyordu. Sporcu, gözlerime baktı, güldü. Fikrinden vazgeçti, arkadaşlarına iltihak etti. Ayaklarıma sürtünen hayvanı okşadım. O, müsterih, rıhtımın kenarına çekildi. Tekrar denizi süzmeye başladı. Sonra rıhtımın cezirle suları çekilmiş kıyısına indi. Oradan bir kaplan hızıyla denize atıldı. Ağzında bir balıkla çıktı. Gözleri bende, homurdanarak yedi. Bana öyle geldi ki, elimi ağzındaki balığı almak için uzatsam, kedi, yarı yarıya unuttuğu vahşetini, iptidai vahşetini birdenbire denizin içine düşüp tekrar fırladığı andaki aksülamelle hatırlayacak ve belki de benden bir parçayı ağzındaki balığı yer gibi vahşetle yiyecekti. Onu sofrasında rahat bıraktım, çekildim.

Ada'nın kedileri zaten çoktu. Sonra, yazlığa gelenler küçük sepetlerin içinde, bazen torbalarla daha güzellerini, daha tombullarını getiriyorlardı. Sonra onlar, birbirlerini çayırların, kiremitlerin üzerinde boğarak, ısırarak seviyorlardı. Yedi-sekiz yavru, evin içini doldurduğu zaman, sokağa bırakılıyorlardı. Bazen büyük erkek kedilerin, küçük miniminilerini acı seslerle tenha sokaklarda boğduklarını görürdüm. Sonra onlar da, açlıktan ve kocaman erkek kedilerin dişlerinden kurtulanlar da büyüdüler. Rıhtıma sıra sıra dizildiklerini görürdüm. Uzun geceler, balık beklediler. Bazı dalgalı gecelerin sabahları, medle yükselmiş ve şimdi sakinleşmiş suyun kenarında kedi leşleri buldum. Karınları büyümüş, çevikliklerini deniz dalgaları içinde eritmiş beyazlı siyahlılarla, tekirler, mor ve hâlâ vahşi, tırmanamadıkları rıhtıma hafif hafif kafalarını ve sırtlarını vururlardı. Bu vakalar, gece yarısından sonra olduğu için, çok üzülürdüm. Belki onları kurtarmak mümkün olurdu. Ada'da kala kala miskin kasap kedileri ve pamuklar kaldı. Vahşi kedilerim birer birer ortadan çekildi. Veyahut çevikliklerini, vahşetlerini terk ederek her nevi sergüzeştten pençelerini çektiler.

3 – Çocuklar:

Yeni dostlar bulmakta gecikmedim.

Ada'nın çocukları akşamları etrafıma toplanıyorlar. Hepsine birer cıgara veriyorum. Bütün dünyadan gizli cıgara içiyoruz. Onlar kuşlardan bahsediyorlar. Ökselerin balla yapıldığını anlatıyorlar. Hangi ağacın dallarına hangi kuşların konduğunu öğreniyorum. İspari balıklarının sazlıklarda yaşadıklarını, barbunyaların ortaya gelmediklerini, balıkçılar şahının dokuz kat olta ile on iki kiloluk balık çıkardığını biliyorum. Karşı boş ve sarp kayalı adanın kıyılarında balıkçıların ağlarını parçalayan, dalyanları bozan, ihtiyar balıkçıları kapan bir ejderhanın hikâyesini, yanakları şiş, kara gözlü, tombul, su buharı gibi ılık ve temiz, tombulluğu nispetinde saf ve saflığı kadar hassas, derisi tuzlu bir balıkçı çocuk bana anlattı. Yalnız bana anlattı. Öteki arkadaşları onunla eğleniyorlar. İki parmağı ile yanağının üstünde trampet çaldığı zaman geçtikten sonra arkasından yalnız ben, "Davulcu" diye bağırmadığım için, ejderhanın hikâyesini yalnız bana anlatıyor. Ben sakin, onun kadar inanmış, ejderhanın tasvirini dinliyorum. Gözleri, sırtında kocaman projektör gibi parlak, uzun ayı tüyü gibi sert tüyleri var. Ağzı bir kuyu ağzı gibi.

4 – Ve ölü:

Geçenlerde erkenden evden çıktım. Küçük balıkçıya rastladım. Rengi uçuktu. Tırnaklarından saçlarına kadar güneş ve deniz içinde gelişmişti. Balıklar ve yosunlar kadar denizin tadını çıkarıyordu. Kimbilir belki bu poyrazın sertliği ve kapalı gökyüzü, onun rengini uçurmuştu. Yoksa, solacak insan mıydı? Beni görünce gülümsedi. Bir lengerin içinde götürdüğü kırlangıç balıklarını kilisenin kenarına bıraktı.

– Ölü var, dedi. Balıkçı ölüsü. Orada, rıhtımın nihayetinde. Git de gör. Ejderhanın marifeti.

Gittim, gördüm. Ölü, orada yeşil çakılların üzerinde idi. Daha polisler gelmemişti. Yüzünü daha görmemiştim. Ayakları ve bedeni bir mankene, bir korkuluğa benziyordu. Yüzünü tarif edeceğim:

Sağlam dişler, dökülen yanak etlerinden fışkırmış çene, poyrazın köpüklerine gülüyor, oynuyordu. Çene etleri bembeyaz, dökülmeye hazır gibi idi. Beş-on günlük bir balıkçı sakalı bu beyaz etlerin üzerinde küçük sinekler gibi kaçışıyor ve tekrar toplanıyorlardı. En korkunç yeri, göz çukurlarıydı. Dipleri hâlâ pembemsi idi. Gözün birisi yoktu. Ötekisi, bembeyaz bir iplikle dışarıya uğramış, sallanıyor, hâlâ uzak dalgalara ve zaman zaman derinlere bakıyordu. Ölünün karşısındakiler sararmışlardı. İşte konuşulanlar:

– Ben artık yemek yiyemem. Müthiş!

– Kimdir acaba? Çok korkunç.

– Pek ihtiyar da değil. Hakikaten korkunç.

– Parmağında altın halka var.

Sonra duruyorlar, tekrar konuşmaya başlıyorlardı. Yalnız, bir kadın, ölünün yanına kadar sokulmaya cesaret etti, baktı. Gülümsedi. Kadını tanıyordum. Bana doğru döndü.

– Dedikleri kadar korkunç bir şey görmüyorum.

– Sahi mi? dedim. Görmüyor musunuz?

Kadın, en sevgili ölülerini gömmüş, ihtiyar ve sağlamdı. Bir sırdaş bulmuş gibi, koluma girdi.

– Eğer her yerde hazır ve nâzır birisi varsa o zaman korkunç, dedi. Ben ona inanmıyorum. O benim elimden neler aldı. O hazır ve nâzır.

Sonra sustu. Gözü yaşardı. Bir meçhul balıkçı ölüsüne iki damla yaş döktü.

Kadından ayrılmıştım. Ayaklarım beni yine ölüye doğru götürüyordu. Ölünün başı büsbütün kalabalıklaşmıştı. Polisler de halkın arasına karışmış, geziniyorlardı. Bir lahza, ölünün de yanımızda olduğunu düşündüm. Hepimiz, sırtımızda ve elbisemizin altında, gözlerimizin içinde bir müstakbel ölü gezdirmiyor muyduk? Bir zaman için kendi ölüsünü görebilecek, seyredebilecek bir yaradılışta olsaydı da, bu ölü kalkıp ölüsüne baksaydı, herkes gibi biraz sararacak ve etrafındakilere;

– Bugün yemek yiyemeyeceğim, diyecekti.

BABAMIN İKİNCİ EVİ

Mutfağında kızarmış ördek, suyuna bulgur ve irmik helvası hazırlanmış köy evine niçin gittiğimizi o gün bilmiyordum. Bugün dertli ve kimsesiz, otelin penceresinden, geçen tramvaylara bakarken, niçin bu köy evine bir akşam üstü sessiz sadasız, bekleniyormuşuz gibi indiğimizin sebebini söylemeyeceğim.

Akşam ezanı daha öbür köyde okunmuştu. Atlarımıza biraz su vermiştik. Babam şehirden çıkalı beri somurtmuştu. Bir taraftan bulutlu gök, diğer taraftan yolun tozları ve hendekleri, sinirlerini adamakallı germiş olacaktı. Bir kelime söylesem belki geriye dönecektik. Kazanın sessiz, köpek sesleri dolu sokaklarını tekrardan dörtnala geçeceğiz, atlar ahıra bağlanacak, o belediye kıraathanesine, ben odama kapanacağım. İyisi mi ses çıkarmamak hayırlıydı. Ben de somurttum. Yalnız bir-iki defa dalgınlığımdan atım sürçtü. Babamın kirpiklerinin rüzgârlandığına dikkat edebildim. Gözlerini çevirmedi bile. Çünkü, ekseriya, bu gibi hallerde göz göze geldiğimiz zaman, kendini tutamaz, suni ve alaycı bir gülümseme dudağını kenetlerdi. Kendi atı hiç sürçmezdi. Dediğim köy evine vardığımız zaman, atlarımızı ufak, oya gibi bir köy çocuğu aldı. Kasketinin kenarına sokulmuş karanfile baktığımı sandığı için, çiçeği bana verdi. Halbuki ben onun, ıslak saman rengindeki gözlerine, yüzünün aynı renkteki derisine bakmıştım. Kimbilir karanfili bana, belki de onları veremeyeceği için vermişti. Bu arada babam arkasını dönmüştü. Verilen çiçeği önce kokladım. Sonra, kasketimle kulağımın arasına yerleştirirken babamı bana bakar buldum. Gülmedi. Ciddi de değildi. Yüzü ifadesiz, mümkün olduğu kadar saçma ve sakindi. Kızardım sanırım. Bir Hint horozuna gözlerimi dikmiştim. Kırmızı ve tüysüz boynuyla bu yarı karanlıkta ne kadar cüsseli iri şeydi. Ne kuvvetli olsa gerekti.

Babam, "Hadi sersem", diye mırıldandı.

Biz evden içeri girerken; çocuk etrafımızda ağır ağır atları gezdiriyordu.

Köy evinin içine ayak basar basmaz, elbette bir saman ve hafif tezek kokusu duyulur. Biraz daha yaklaşınca yayıkların bulunduğu yerden ekşimiş bir ayran kokusu da burnumuza çarpacaktır. Dört-beş ayak bir merdiven çıktık. Tahtaboş, muallim kürsüsüne, daha doğrusu millet bayramlarında uluorta söz söyleyen hatipler için yapılmış kürsülere benzeyen bir yerde, bir kadın namaz kılıyordu. Babam bu kürsünün beşinci ayağında, ben üçüncüsünde bir müddet bekledik. Ayakkabılarımızı ev kapısının dışında bıraktığımız için, yün çoraplarımızın evin içinde ufacık bir gürültü bile yapmamış olacağını tahmin ediyordum. Öyle ki, kadın, son rekâtı bitirip selam verirken bizi görüverecek; bu yarı karanlıkta, babamın zaten heyulai hali gölgelerle büyüdüğü, esatirleştiği için çığlık çığlığa köyü ayaklandıracak sanmıştım. Hiç de böyle olmadı. Kadının sağ tarafında olduğumuz için, ilk selam verişinde bizi gördü. Ben evvela ihtiyar kadının dudaklarına baktım. Sakin kıpırdaşırlarken, gözlerini gördüm. Bu arada çıkık şakak kemiklerini fark edebildim. Başını öbür tarafa çevirirken kalbimden de bir muhabbet gelip geçiverdi; rüzgâr gibi esiverdi. "Başörtüsünü koklayabilseydim," dedim. Beyaz tülbenttendi. Nineminki gibi. Bu sefer ana, şefkat dolu başını tekrar bize çevirdi. Karşı tarafta bir kapıyı aynı müşfik başla işaret ederek;

– Ömer Ağa, dedi. Fatma içerde, girsenize.

Babam;

– Gireriz, dedi. Sen nasılsın? İyisin ya, nine?

Kadın başını salladı, biz karşı odaya yollandık. Orada genç bir kadın vardı. Akşama karşı türkü söylüyordu. Biz girince ayağa kalktı, gülümsedi.

Odanın içini, köhnemiş bir meyve kokusu sarmıştı. Yerdeki Kocaeli kilimi, ıslak bir kırmızı renkle, gaz lambasının altında, acayip bir reçel gibi kaynıyordu.

Bu esrarengiz seyahat, beni tecessüsten tecessüse attığı için, her şeye dikkat etmeye çalışırken, babam birdenbire bana döndü. Daha genç kadının selamını iade etmeden;

– Hadi oğul, git, dedi. Emin'e yardım et. Atları işetmeden ahıra sokmayın ha...

Atlar işemişler, ahıra girmişlerdi. Önlerine kuru ot yığılmıştı. Ahırın eşiğine de Emin oturmuştu. Elinde çakı, bir dal soyuyordu. Yanıbaşına oturdum. Yüzüme bakmadı. Elindeki sopayı bana söyleyecek bir söz bulmak için, sinirli sinirli çakısıyla kertiklediğini fark ediyordum. Gözüm, elindeki dalda;

– Ne dalı o? dedim.

Bir müddet cevap vermedi. Elini kesmişti. Bir kedi dili kadar keskin, sivri, pembe diliyle parmağını uzun zaman yaladı. Sonra kızılcık rengindeki dudakları arasından;

– Kızılcık, dedi.

Konuşmadık. Bu taze, su kenarında yaz sıcağı kadar ılık çocuk, bana gösterdiği ilk âşinalıktan çoktan pişman olmuşa benzer gibiydi. Evden, kalınca bir kadın sesi, bizi çağırdı. Kızarmış ördek, suyuna bulgur ve irmik helvası yedik. Sofra, tahtadan bir yer sofrasıydı. Peşkirler, kalın bezdendi. Tahta kaşıklar vardı. Babama ve bana çatal da koymuşlardı. Geçenlerde, ay ışığında mısır tarlasında domuzlarla acayip, korkunç bir saklambaç oynanmıştı. Emin kadar bir çocuğu, domuz, göbeğinden ikiye biçivermişti. İhtiyar kadın bu hikâyeyi ağır ağır, uzun uzun anlattı. Vakanın kimlerin tarlasında geçtiğini, çocuğun kim olduğunu, avcıları isimleriyle birer birer anıyordu. Babam, hepsini tanıdığını anlatan bir yüz takınmıştı. Emin hep bana bakıyordu. Biz üç erkek ve ihtiyar kadın, yemek yiyorduk. Genç kadın hizmet ediyordu. Yalnız avuçlarındaki kınayı, sahanları sofraya koyarken görebiliyordum. Yemeği ihtiyarın namaz kıldığı yerde yedik. Yemekten sonra evin üst katında, ocaklı bir odaya çıktık. Emin ocağı yaktı. Bir siyah koyun pöstekisinin üzerine diz çöktü. Bir müddet sonra da boylu boyunca oraya uzanıverdi. Boyu, koyun pöstekisini ancak aşıyordu.

İhtiyar kadın da minderin üzerinde uyuklamaktaydı. Ben, onun yanıbaşındaydım. Elim elindeydi. Uyku, sâri bir hastalık gibi, bu elden bana geçiyor, gözlerim kapanıyordu. Elimi ihtiyar kadının kuru, mazlum elinden kurtardım. Biraz uzağa, Emin'in pöstekisine doğru uzattım.

Bu sırada babamla genç kadın, sedirin üzerindeydiler. Babamın cıgarası, esrarengiz ışıklar ve dumanlarla alevleniyordu. Düğünlerden, genç kızlardan, delikanlılardan bahsediyorlardı. Emin'in yüzünde, ocakta kor olmuş dökülen bir odunun çatırtısı çiçeklendi. Uyudum.

Uyandırıldığım zaman tanyeri ağarıyordu. Kasabaya, babamın içgüveysi girdiği zengin evine doğru yol alırken taze manda sütünün kokusu, sıcak buharı, hâlâ sabah sisiyle ürpermiş yüzümün üstünde, hâlâ ihtiyar kadının dudakları alnımda, hâlâ kardeşim Emin'in kalın parmakları parmaklarımın içinde sabittiler.

Bu hissi uzun müddet, alaminüt, fotoğrafçıların çıkardığı kartlar gibi muhafaza ettim. Sonra sarardılar, belirsizleştiler.

İPEKLİ MENDİL

İpek fabrikasının geniş cephesi, ayla ışıldadı. Kapının önünden birkaç kişi, acele acele geçtiler. Ben isteksiz, nereye gideceği meçhul adımlarla yürürken, kapıcı arkamdan seslendi:

– Nereye?

– Şöyle bir gezineyim, dedim.

– Cambaza gitmiyor musun?

Cevap vermediğimi görünce, ilave etti:

– Herkes gidiyor. Bursa'ya daha böylesi gelmemiş.

– Hiç niyetim yok, dedim.

Yalvardı, yalvardı, beni, fabrikayı beklemeye razı etti. Biraz oturdum, bir cıgara içtim, bir türkü söyledim. Sonra canım sıkıldı. "Ne etsem," dedim, kalktım, kapıcı odasındaki çivili bastonu aldım, fabrikayı dolaşmaya çıktım.

Kızların çalıştığı kozahaneyi geçer geçmez bir pıtırdı işittim. Cebimdeki elektrik fenerini yaktım. Fenerin uzanan gür ışığında kaçmaya çabalayan iki çıplak ayak gözüktü. Arkasından seğirttim, kaçanı yakaladım.

Kapıcı odasına hırsızla beraber girdik. Kapıcının sarı ışıklı fenerini yaktım.

Ay, bu ne küçük hırsızdı böyle! Ellerimin içinde kırarcasına sıktığım eli ufacık. Gözleri pırıl pırıl.

Neden sonra gülmek için, hem de katıla katıla gülmek için ellerini bıraktım.

Bu sefer küçücük bir çakı ile üzerime hücum etti. Ve çapkın, beni küçük parmağımdan yaraladı. Sımsıkı yakaladım keratayı. Ceplerini aradım. Bir parça kaçak tütün ve yine aynı sıfatlı bir-iki cıgara kâğıdı, temizce bir mendil buldum. Kanayan parmağıma onun kaçak tütününden bastım; mendili yırttım ve elimi ona bağlattım. Kalan tütünle de iki kalın cıgara sardık, ahbapça konuştuk.

On beş yaşında vardı. Hani böyle şey âdeti değildi ama, gençlik işte. Birisi ondan ipekli mendil istemişti, hani canım anlarsın ya, âşıklısı, sevdalısı komşu kızı işte! Para da yok ki gidip çarşıdan alsın. Düşünmüş, taşınmış aklına bu çare gelmiş. Ben,

– Peki, dedim, imalathane bu tarafta, sen aksi tarafta ne arıyordun?

Güldü. İmalathanenin nerde olduğunu o ne bilecekti.

Birer de benim köylü cıgarasından yaktık, iyice ahbap olmuştuk.

Halis Bursalıydı, doğma büyüme. İstanbul'a değil Mudanya'ya bile koca ömründe –bunu söylerken yüzünü görseydiniz– bir defacık inmişti.

Emir Sultan'da, ay ışığında, kızak kaydığımız zamanlar, benim de aynı bu tonda, bu kıvamda arkadaşlarım olmuştu.

Eminim ki, bunun da onlar gibi, uzaktan sesini duyduğum Gökdere'nin havuzlarında derisi karardı. Biliyorum ki, mevsim mevsim meyvelerin kabuğunun rengini alıyor.

Baktım, yeşil üst kabuğu düşmüş bir ceviz esmerliğiyle esmerdi. Yine bir taze ceviz beyazlığıyla beyaz ve gevrek dişleri vardı. Ben bilirim, yazın başlangıcından ta ceviz mevsimine kadar Bursa çocuklarının yalnız elleri erik ve şeftali, yalnız çizgili mintanlarının kopmuş düğmelerinden gözüken göğüsleri fındık yaprağı kokar. O sırada kapıcının saati on ikiyi çaldı. Nerede ise cambaz bitecekti.

– Kaçayım, dedi.

Onu, ipekli mendili vermeden gönderdiğime müteessir düşünürken, dışarıda bir gürültü ile silkindim. Kapıcı, söylene söylene odadan içeri giriyordu. Arkasından da hırsız...

Bu sefer ben kulaklarını çektim. Kapıcı çıplak tabanlarını ince bir söğüt dalıyla epey haşladı. Bereket patron orada yoktu. Yoksa vallah onu polise verirdi. "Bu yaşta bir çocuk hırsız! Efendim, hapishanede yatsın da akıllansın," diyerek.

Çok korkuttuk ağlamadı. Gözleri ağlamaya hazır çocukların gözlerine döndü ama, dudaklarında ufacık bir titreme gözükmedi ve kaşları sabit, kararlı hallerini hiç bozmadılar. Yalnız biraz rüzgârlıydılar.

Bırakılınca azat edilmiş bir kırlangıç gibi fırladı. Ay ışığını ve mısır tarlasını, keskin bir kanat gibi sıyırarak kaçtı gitti.

*
* *

Ben o zamanlar malların istif edildiği imalathanenin üstündeki bölmede yatardım. Odam ne güzeldi. Hele mehtaplı gecelerde ne şirin olurdu.

Tam pencereme yakın bir dut ağacı vardı. Ay ışığı dut yapraklarından süzülür, odaya pare pare dökülürdü. Aşağı yukarı, yaz kış pencereyi açık bırakırdım. Ne serin, ne tuhaf rüzgârlar eserdi. Vapurlarda da çalıştığım için, rüzgârları kokularından lodos, poyraz, karayel, günbatısı diye tefrik eder, tanırdım. Ne rüzgârlar battaniyemin üzerinden acayip birer rüya gibi gelip geçtiler.

Uykum çok hafiftir. Sabaha yakındı. Dışardan bir gürültü geliyordu. Âdeta dut ağacında birisi vardı. Korkmuştum ki, kalkamadım, bağıramadım. Tam bu sırada da pencerede bir hayal belirdi.

Oydu, yavaşça pencereden sıyrıldı. Benim önümden geçerken, gözlerimi kapadım, dolapları karıştırdı. İstifleri uzun müddet alan talan etti. Sesimi çıkarmadım. Doğrusu bu cesarete karşı bütün malı alıp gitseydi, sesimi çıkarmayacaktım. Yarın patron;

– Ulan, üstüne ölü toprağı mı serpilmişti, hayvan! diye kıçıma bir tekme, beni kovacağını bildiğim halde, gık demedim.

Halbuki o, yine geldiği gibi bomboş, sessiz sadasız pencereden sıyrılıp gitti. Bu anda da bir dal çıtırtısı işittim. Düşmüştü. Aşağıya indiğim zaman, başına kapıcı ile beraber birkaç kişi birikmişlerdi.

Ölmek üzereydi. Sımsıkı kapalı yumruğunu kapıcı açtı. Bu avucun içinden bir ipekli mendil su gibi fışkırdı.

Ya... İyi, halis ipekli mendiller hep böyledir. Avucunun içinde istediğin kadar sıkar, buruştursun; sonra avuç açıldı mı, insanın elinden su gibi fışkırır.

KISKANÇLIK

Köyün civarını, çiçek açmış şeftalilerin dibinde derileri pul pul çobanlarla dinlenerek; ekseriya, bahar güneşine sarılıp yürüyerek dolaştım.

Dağlara türkü söyleyen ufacık çobana;

– Karnım aç, yavru, dedim.

Dağarcığından kumlu köy ekmeği ve suyu seli kaçmış Mihaliç peyniri çıkarıp verdi. Pınar buldum, su içtim.

Köye akşama doğru ancak varabildim. Meydandan geçerken ağalar el ettiler:

– Muallim efendi, dediler, bir çayımızı da içmen mi?

– İçeriz be ağa, dedik.

Arkalıksız ufak iskemleye çöktük. Ağalar;

– Eee... dediler, yoruldun zaar. Koca cumayı dağda, bayırda ne diye geçirirsin, anlamayız? Sizin sırrınıza akıl ermez ki. Biz eski zaman insanı, ne anlarız yenilerin keyfinden, eğlencesinden?

– Ağalar be, dedim, siz her gün dağda bayırdasınız. Ben çocuklarla şu kümes gibi yerde pinekliyorum. Bir cumayı da sizin gibi geçirsem çok mu?

Sustular. Biraz sonra;

– Eh, dedim, size doyum olmaz...

Ağalardan hangisinin çay paramı vereceğini bilemediğim, aralarında bu şerefi paylaşamayacaklarını tahmin ettiğim için iki kuruşu fincanın kenarına bıraktım.

– Olmaz!.. Olmaz!.. diye bağrıştılar. Biz çağırdıktı.

– Ziyanı yok, dedim. Ben de sizi çağırırsam, siz de kendi paranızı verirsiniz.

– Hay köftehor, hay! dediler. Akıllı be bu muallim efendi!

Eve varınca karım Fadime kapıyı açar. Tatlı tatlı güler. Bu kızı sevmiyorum ama, hoşuma gidiyor. Elin fakir çocuğuna fakir Fadime'yi ağalar zorla nikâh ediverdiler.

– Kızın da sende gözü var. "Eh!" diyiver işte.

Bir gün diyiverdim. Akşama Fadime geliverdi. Bir kuzu, iki bakır mangal, dört tencere, bir sini, iki şilte, beş-altı yastık ve yorgan yüzü de beraber getirdi. Konu komşu,

– Muallimin evi tamtakırdı, dediler. Bereket Fadime'ye, şanlı şerefli oldu.

Fadime'ye, "Gel" dedim, geldi. "Git" dedim, gitti. Ne yalan söyleyeyim, beni hiç rahatsız etmedi. Bazı korkunç geceler, insanlığımın bütün iştihasıyla ona sarıldım da... Öptüm de.

Fakat sonraları düşünüp taşındım. Fadime'yi kendime eş bulmadım. Kendi kendime, sana arkadaş lazım, karının ne lüzumu vardı ki, dedim. Başkalarının çocuklarını sevmesini bildikten sonra, kendi çocuğun olsun diye heveslenmekliğin budalalığından geliyor. Mesela, şimdi koskoca koç olan Fadime'nin gelinlik kuzusunu her akşam dağdan getiren esmer, güzel delikanlı çoban, Fadime için ne biçilmiş kaftandı. Ne güzel eş olurlardı. Onları bir şair görse, ne şiirler yazmazdı. Biraz evvel kahve önünde otururken geçtiğini gördüğüm çoban Hüsrev'in tedaisiyle böylece düşünüp yol alıyordum.

Evin arkasında üç-dört dönümlük bir bahçemiz vardır. Çitten her akşam yaptığım gibi, mektepten kalmış bir spor aşkı ile atladım. Çimenlerin üstüne akşam gölgeleri dolmuştu. Otlar kopkoyu. İstanbul kızlarının yeşil gözleri gibi derin bir renk almışlardı. Gölgelere çarpmamak için mi ihtiyatla yürüyordum nedir, birden durakladım. Hemen hemen kulağımın dibinden Hüsrev'in sesi geliyordu. Fındıkların dibindeydiler. Yapraklar, kafalarını örtüyordu.

Fadime acayip, şimdiye kadar hiç farkına varmadığım bir lirizmle;

– Koca Hüsrev, diyordu. Delikanlı oldun gittin be. Eh, karagöz iyi dövüşüyor mu bakalım?

– Sorma Fadime. Geçen gün Celil Ağa'nın kara koçunu bir altüst etti, görseydin. Celil'in koçu bir kaçıyordu ki.

– Kaçırtır karagözüm kaçırtır!

Yapraklar kafalarını örtüyordu. Koç ortada, parlak, yağlı boynuzlarıyla gölgelerin içinde heybetli bir satir olmuştu.

Yaprakları ayırarak yaklaştım. Hüsrev, Fadime'nin elini tutmuştu. Beni görünce çekmedi. Filozoflaşarak içimden;

"On yedi yaşında bir erkek çocuk, on yedi yaşında bir kız çocuğunun elini tutarsa, otuz beş yaşındaki erkek, on yedi yaşındaki kızın kocası da olsa şaşmamalıdır," dedim.

– Merhaba oğul, Fadime nasılsın? dedim.

Koçu biraz sevdim, yürüdüm. İçim ezikti, yüreğimde bir bulantı vardı. Buna rağmen, yaprakların arasında konuşmalarına devam eden iki mahlukun cümbüşünden aldığım bir buruk lezzetle, ıslık çalarak kitaplarımın arasına atıldım.

Fadime, neden sonra odaya ayak parmaklarının ucuna basarak girdi. Kınalı ellerini oğuşturarak;

– Yemek hazır ağa, dedi.

– Hiç iştahım yok, Fadime'cik! dedim. Sen otur ye, ben yatarken kendim bir şeyler bulur, yerim.

BOHÇA

Evimize ilk geldiği akşamı pekâlâ hatırlıyorum:

Ben, bizim dut ağacının dibinde, mahalle çocuklarına, o günkü oynadığımız oyundan, sudan ve su kenarından bahsetmekteydim. Bütün heyecanım üzerimdeydi. Bu, yüzmek bilmeyen gruba, nasıl yüzmek öğrendiğimi o kadar hararetle anlatıyordum ki, çocuklar en küçük bir kıpırtı yapamıyorlardı. Bütün sualleri gözlerine birikmişti. Heyecanımla beraber artan sürati intikalimle bana ne sorulmak icap ettiğini derhal anlıyor, arkadaşlarıma bir kelime söyletmiyordum.

Evimizin bahçemize açılan kapısından gözüktüğü ve beni çağırdığı zaman, onu ilk defa görmekten doğan hayretimi hiç belli etmeden, devam ettim:

– Artık ayağım yerden kesilmişti. Su yutmaya da başlamıştım. Ama aklıma hiç korku gelmedi. Ne yapacağımı düşünüyordum.

– Küçük bey, anneniz sizi istiyor.

Bu cümleyi o söylemişti.

– Geliyorum, dedim.

Ve arkadaşlarıma tam boğulmama az kalmışken birkaç saniyede nasıl yüzmek öğrendiğimi anlatmaya devam ettim.

Neden sonra, arkadaşlarım gitmiş, ben evin bahçe kapısına doğrulmuştum. O hâlâ kapının önünde beni bekliyordu. Bana bakmıyordu. Gözleri ayva ağacında öten bir saka kuşundaydı.

– Bülbül mü? dedi.

– Yok kız, dedim, saka.

Anlamamazlığa vurdu. Bir mahalle şivesiyle;

– Hadi ordan, dedi. Saka biraz evvel geçti.

– Sus kız, dedim, terbiyesiz, ben öyle şakaları sevmem.

Mahzun gözleriyle bana uzun zaman baktı.

Mutfağı, ben önde, o arkada geçtik. Ona, evimize niçin geldiğini sormak işkencesini de yaptım. O, şöyle cevap vermişti:

– Ben eskiden, binbaşı Hidayet Bey'in evinde besleme idim.

Ben ne hain bir burjuva çocuğuydum, bilmezsiniz. Ona ne eziyetler etmedim. Esmer teninde yer yer çürükler peyda oldu; yaralar açıldı. Küçük, şekilleri bozulmuş ellerinin yukarısındaki narin ve mor damarları okunan bileklerine ne tırnak yaraları açmadım.

Bütün işkencelerime, eziyetlerime rağmen, yine benimle laubali oluyordu. O zaman suratına tükürür, o zaman tokatlardım.

Nüfus kâğıtlarına göre resmen benden bir yaş büyüktü. İkimiz de bir çocuk cılızlığı içinde afacan ve ele avuca sığmazdık.

O, siyah fistanının göğsünde, daha doğrusu uzun ve kemiksiz boynuna çok yakın bir yerinde, bir kırmızı turp kadar büyük memeleri, güneşten uçları sararmış saçları, yüzünün esmerliğine nazaran fevkalade beyaz, muntazam çıplak ayakları ile bir kış gecesi rüyama girdi. Rüyamda, o zamanlar dedeme, sonraları Nurbaba ve şimdi Noel babaya benzettiğim bir adam, elimden tutarak onun elini avcuma koymuştu.

– Sakın, demişti, kavga etmeyin.

Ve o ihtiyar, gür kaşlarını alt kirpiklerine kadar eğerek çatmıştı. Ondan sonra kavga etmemiştik. Bu kavga etmeyişin, rüyada vaki bir hadise olduğunu işaret etmek lazım. Evet bu bir rüya idi. Şöylece devam etti:

Dut ağacının dibinde elele idik. Saka kuşu ötede, ayva ağacında ötüyordu. Gökte, büyük yıldızlar vardı. Bir göl kenarında sazlı ve çakıllı bir koy kadar kocaman bir ay, ufkun bir köşesini doldurmuştu. Biz, bu göl kenarına benzeyen aya doğru yürüyorduk.

Rüyamın bu kadarını hatırlayabiliyorum. Bir yemiş yemeden evvel alınan ihtisaslar, onu yedikten sonra alınan lezzetten daha berrak ve vazıhtırlar. Ben de, rüyamın nihayetinde acayip, cennetten insanları kovduran acayip bir yemiş yediğimi hayal meyal hatırlıyorum.

Ertesi sabah, hakikat güneşle beraber doğdu. Yüzümü bahçe çeşmesinin musluğundaki buzları kırıp bol su ile yıkamıştım. Fakat hâlâ rüyamın içinde yürüyen bir halim vardı.

Ona, evin taşlığında rastladım. Sağ elinde ayakkabı bezini tutuyordu. Yüzünü daha yıkamamış gibiydi. Badem gözleri şişkindi. Boynunda pire yeniklerini andıran benekler vardı.

O, ayakkaplarımı silerken eğilmiştim. Ağzım şimdiye kadar duymadığım bir iştiha ve bambaşka bir hasretle saçlarına dokundu. Kafasından bir-iki tel saç kopardım. Yolda hâlâ rüyamın içinde gibi, mektebe giderken bu saçları tetkik ettim. Yarısı simsiyah, öteki yarısının ılık ve sarı bir rengi vardı.

Onunla konuşmalarımız hep şöyle olurdu:

– Kız, potinlerimi silmemişsin?

– Vallahi sildim, küçük bey!

– Silmemişsin diyorum sana!

Ellerimde yarısı siyah, öteki yarısı ılık, sarı saçları kalırdı. Olduğu yerde büzülürdü. Hıçkırıksız ve sessiz ağlardı. O ağladıkça, ben sinirlenirdim.

– Kız, bu defteri sen mi yırttın?

– Vallahi ben yırtmadım, küçük bey.

– Sen yırttın diyorum sana!

Bir ikinci defa, "ben yırtmadım," diyemezdi.

– Kız, gene mi çantamı karıştırdın?

– Kitabınızın resimlerine baktımdı, küçük bey!

– Ne diye bakıyorsun?

– Hoşuma gidiyor.

Ona şu aşağıda yazacağım cümleyi bir gün, yukarıki "hoşuma gidiyor" cevabını aldıktan sonra, söylemek istemiştim. Unutmadım, aşağı yukarı şöyle idi: "Kız sen de benim hoşuma gidiyorsun. Hem de her gün yiyip sana vermediğim çok sevdiğim şamfıstıklarından daha çok. Ama ben, hoşuma gidiyor diye, seni kabuklarından sıyırıp şamfıstığı gibi yeşil ve tatlı içini yiyor muyum?.."

– Kız!

– Ne var küçük bey?

– Hiç...

– Küçük bey!

– Ne var kız?

– Hiç...

Yan yana dut ağacının dibinde idik. Şu yukarıda cevapları "hiç" olan konuşmayı yapmadık. Fakat bu şekilde çoktan konuşmuşa benzer bir halimiz vardı. Kafası dizimde idi, kokusu burnumda; ve annem bizi bu şekilde yakaladığı zaman bir yaz öğlesi idi. Ben, bahçe kapısından sokağa fırlayıp su kenarına kaçmış, akşama kadar ılık sudan çıkmamıştım. Akşam olunca yine arka bahçede mahalle çocuklarıyla toplanmıştık. Bütün heyecanım sönmüş gibiydi. Arkadaşlarımı dinler gibi yapıyordum. Fakat her an evin bahçeye açılan kapısına bakıyordum. Gelip beni çağırmadı. Nihayet çocuklar gitti. Ben eve doğru yürüdüm. O, mutfakta da yoktu.

Bohçasının, sandık odasının bir köşeciğinde olduğunu evde herkes bilirdi. Evde bir şey kaybolduğu zaman, evvela gizlice bu üzeri kırmızı, beyaz, sarı lacivert yamalı bohça aranırdı.

Aradığım bohçayı, sandık odasının naftalin kokan köşesinde bulamadım.

ORMAN VE EV

Orman:

Haleplizadelerin ormanı, "Dokurcun suyu"nun buz gibi sularından aldığı kuvvetle büyüyen levent kavaklardan başlar; sırasıyla meşe, ayva, köknar ve çamlarla biterdi. Tam bin dört yüz metreye çıkan bir dağın tepesindeki kırmızı derili kayalara varıncaya kadar bu orman bir denizdi. Kavakların tepesinde, sergüzeşt arayan köy çocukları, bir transatlantiğin yolcuları yere baktıkları zaman sığ ve berrak denizlerde derinliğin acayip renk ve balıklarını, ziyanın suyun içinde yaptığı helezonları nasıl seyrederlerse, Dokurcun suyunu ve çimenleri kavakların tepesinden öylece seyrederlerdi. Ata biner gibi bindikleri bir daldan ayaklarını salladıkları zaman, Dokurcun suyu kabarmış ve onların çıplak ayaklarına kadar çıkmış sanırlardı. Onların bazen bu mevhum suya balıklama atlayacaklarını zanneden avare ve tarlasız köylüler, korkarlardı.

Haleplizadelerin ormanı hakikaten bir denizdi. Bu denizin sathı kavakların tepesine çıkmış, kel çoban çocuklarının ayaz kafalarından bir-iki metre daha yükselirdi. Sonra oradan bir tek dalga halinde ta bin dört yüz metrenin kızıl derili, insan kafalı, hayvan vücutlu kayalarına kadar tırmanırdı. Tırmanan ve göğe doğru yükselen deniz olur mu? Yelkensiz, balıkçı gemisiz, transatlantiksiz deniz olur mu? Hepimiz olmadığını biliriz. Fakat yine hepimiz, Dokurcun köyüne gelmiş hassas köy hocaları, cürmümeşhuda çıkan müddeiumumiler, kazaya dağ kenarından iyi su getirtmek için yaylı arabalarda gezmeye çıkmış kaymakamlar, mühendisler ve belediye reisleri de benim gibi Haleplizadelerin ormanını bir denize benzetmişlerdir. Bütün bu anonim teşbihin karşısında, yeni bir vasıf bulmak için uğraşmama lüzum yoktur. Haleplizadelerin ormanı bir denizdir. Bir Marmara denizinden daha zengin, daha kesif, fakat daha keşfedilmiştir. İşte bu kadar.

Ev:

Beyaz köknarların araba araba taşındığı kasabaya, orman, bir öküz arabası süratiyle kırk sekiz saattir. Bir öğleyin çakır mandaların çektiği taze çam kokulu ağır arabaya binersiniz. İki gece, yıldızları sayarak kasabaya varırsınız. Arabacı büyük bir ardiyenin önünde, "Deh, ayı"larını durdurur. Çakır mandalar, eğer yağmur yağmışsa kasabanın çamurlarına mesut uzanırlar. Arabacı önlerine kuru otlar atar. Onlar isteksiz ve iştahsız, fakat doymadan yerler.

Sonra tahtaları birer birer arabacı, ardiyeye taşırken kafanızı kaldırıp ardiye damlarının ötesinde beyaz bir konak görürsünüz. Üslupsuz, biçimsiz bir binadır. Yalnız beyazlığı bir mana ifade eder. Kafesli pencerelerinden ötesini insan tahayyül bile edemez. Halbuki bütün kasaba evleri gibi bir sofa, beş oda, bir mutfak, bir hamam, bir de arkada iki dönümlük yemiş bahçesinin gölgeliğine asılmış nişastalar, pestiller ve tarhanalar kuruyan bir balkondan ibarettir. "Bütün kasaba evleri gibi" dedim. Böyle demekle bütün kasaba evlerinin bir sofa, beş oda; bir sofa, yedi oda olduğunu kastettim. Öyledir. Fakat ben ev deyince kasabada dört-beş tane zengin evini kastediyorum. Zaten öte tarafına ev demiyorlar, kulübe diyorlar. Ardiye damlarının arkasından gözüken beyaz konağı iyice görebilmek için yan çıkmaz sokağa sapılır. Oradan yüz metre kadar yürüdükten sonra, solunuza rastlayan ahşap kitleye dikkatle bakmalıdır. İşte on dokuz ayak mermer merdivenler... mermer merdivenlerin kenarlığı yeşil çubuklarla örtülü; yeşil çubukların sivri uçları bir-iki parmak sarı yaldızla kaplı. Güneş varsa eğer, sıcak ve şaşaalı bir yaz öğlesi ise, bu demir çubukların uçları cami alemleri gibi parlar. Zaten kuyrukları geniş bir gökyüzüne bakan hilaller, çubukların sivri uçlarında birer minyatür halinde görünür gibi olur ve siz İstanbullu iseniz, bu yaldızlı çubukların altında birer Süleymaniye kubbesi görmek için muhayyelenize müracaat edersiniz.

Evin içine gündüz bile olsa, girmek mümkün değildir. Zaten bu çıkmaz sokağa bu evi görmek kastıyla girmek de mümkün olacağını sanmıyorum. Kimse sizi bu görmek fiilinden ötürü mahkûm edemez. Öyle olduğu halde, gidip göremezsiniz. Yalnız bazen sokağın çıkmaz olduğunu bilmeyen acemiler, evin önüne kadar gelmişler; ve karşılarına çıkan bahçe duvarıyla karşılaşmışlardır.

Bu yazıların sahibi benim de, başıma böyle bir kaza geldi. Kestirmeden bir arkadaşın evine çıkmak istedim. Bahçenin kalın duvarı suratıma çarpayazdı. Ters yüzüne dönünce, evvela, büyük, biçimsiz ve mimarisiz konağı gördüm. Sonra, sağdan sola bir yarım çarkla döndüğüm zaman, bu küçük kulübe ile burun burna geldim. İşte bu küçük kulübe, beni çok alâkadar etti. Kapıyı vurdum.

Beyaz başörtülü bir kadın, bir cumbanın içinden sarktı:

– Ne var çocuğum? dedi.

– Hanım teyze, dedim, Lûtfi evde mi?

Lûtfi evde yoktu, mektepten daha dönmemişti.

Lûtfigillerin evinin ön kapısı bu çıkmaz sokakta idi. Fakat Lûtfigiller büyücek bahçelerinin ana yola açılan kapısından işlerlerdi. Ben bunu bilirim. Fakat ardiyelerin kiremitleri ötesinden gözüken Haleplizadelerin evini görmek bende merak haline geldiği zaman, Lûtfi bana;

– Çıkmaz sokakta da kapımız vardır demişti.

Yoksa ben, Lûtfi'nin mektepten daha dönmediğini, bizim mahallede ceviz oynadığını biliyordum.

DÜĞÜN GECESİ

Ahmet on altı yaşına bastığı halde, daha nüfusa kaydedilmemişti. Zenciye çalan esmer bir rengi, basık yayvan burnu, iki parmak alnının üstünde lacivert parıltılar yapan parlak saçları vardı. Yanakları tüylü idi. Lacivert şayaktan elbisesi içindeki narin ve atletik vücudu tamamen teşekkül etmişe benzerdi. Onu nüfus kâtibinin önüne çıkaran babasına, adam evvela çattı:

– Utanmaz mısın? dedi. Şimdiye kadar bu delikanlıyı nüfusa ne diye yazdırmadın? Tahrir-i nüfusta* ne halt karıştırdınız?

*
* *

Tahrir-i nüfusta onu samanlığa kapamışlardı. Onlar zannetmişlerdi ki, yeniden bir harp koptu. Bir tanecik çocukları Ahmet'i, on iki yaşına rağmen, askere alacaklar. Sonradan iş anlaşılmıştı ama, ne çare ki, Ahmet, Türk vatanı çocukları meyanına dahil değildi. Ahmet'in babası Rüstem Ağa, neden sonra bu işin lüzumunu hissediyordu. Nüfus kâtibi;

– Yirmi yaşında var mı bu oğlan? dedi.

Bin üç yüz otuz doğumlu nüfusa kaydedilen on altı yaşında Ahmet'i, yirmi altı yaşında bin üç yüz otuz iki doğumlu bir kadınla evlendirmek icap etmişti.

---

*) **Tahrir-i nüfus:** Genel nüfus sayımı.

Karanlık bir sonbahar gecesiydi, yağmur bardaktan boşanırcasına yağıyor, gök, köyün içinde geziniyordu. Yer yer kabuklu kestaneler yığılmış meydandan, ellerinde fener üç-beş kişi Ahmet'i götürüyorlardı. Kara Abdi, Ahmet'i biraz arkada alıkoyarak, konuşmasına şöyle devam etti:

– Ahmet, dedi, ben senin sağdıcınım. Şimdi beni iyi dinle! Bir müddet durdu, sonra: "Biz yumruğu vurup da kapı üstünüze kapandı mı, yere serili seccadede, iki rekât nafile namazı kılacaksın, anladın mı?.."

Yağmur alabildiğine yağıyordu. Yerde çukurlar peyda olmuş, fenerin ışığı uzaklaşmıştı. Su birikintilerine dikkat etmeden yürüyorlardı. Pantolonları yarı bellerine kadar ıslanmıştı.

Köy kahvesinin buğulu camlarını merakla silen birkaç delikanlı, Ahmet'le sağdıcının geçtiğini görünce gülümsediler. Sessiz sadasız vergilerini düşünen ihtiyarlar, kahvenin kapısına kadar çıkıp, Ahmet'e birer acayip nükte fırlattılar.

Ahmet şaşkınlığından bir kestane yığınına çarptı, canı acıyordu. Abdi, onu kestanelerin üzerinden kaldırdı, önde fenerleriyle hızlı hızlı giden kalabalığa doğru bağırdı:

– Bekleyin be yahu! Sonra Ahmet'e dönerek: "Ötesini bilirsin," dedi, "koca delikanlısın be, söyletme beni."

Ahmet cevap vermedi. Kestane dikenleri canını acıtmıştı. Ağzında kestane mi, sual mi olduğu belli olmayan bir şeyler geveliyordu. İltihak ettikleri fenerli kafile, içtikleri üç-beş kadeh rakının tesiri altında idi.

Bu parlak gözlü, yılan vücutlu, meşe boylu delikanlıya her biri, alaya, ciddiye benzer bir sürü laf attılar.

Gülsüm'ün evi, bu akşam ne kadar uzaktı. Yağmur büsbütün şiddetlenmişti. Âdeta koşuyorlardı. Evin önüne vardıkları zaman, içerdeki kadınlar telaş içinde kapıyı açtılar. Damat, boydan boya çamur içinde idi, silip süpürdüler. Lacivert şayaktan elbisesi saçlarıyla bir renk almıştı. Yanaklarının üzerindeki kara havların ıslak manzarası bu çirkin çocuğu güzelleştirmişti. Yazmasını çıkararak bu yağmurdan çok tere benzeyen ıslaklığı sildiği zaman, yüzü silinmiş bir elma cilası ve rengi almıştı.

O, etrafına bakmıyor, hâlâ ellerine batan kestane dikenlerini ayıklıyordu. Getirilen kahveyi, Abdi'nin tavsiyesine rağmen, iki yudumda içti. Vücudunun titremesi, ona, dört sene evvelki sünnet olduğu günü hatırlatıyordu. Neden sonra, onu ayağa kaldırdılar. Bir kapıdan içeriye sırtına kocaman yumruklar yapıştırarak tıktılar ve çekilip gittiler.

Basık tavanlı bir odadaydı. Tavanda hevenk hevenk üzümler, elmalar, armutlar, ayvalar sarkıyordu. Loşça odanın içini, baş döndüren bir meyve kokusu sarmıştı. Bu, yalnız meyve kokusuna da benzemiyordu. Arada tülbent, gelin esvabı, gürbüz bir kadın kokusu da meyvelerin kokusuna sinmişti.

Açık pencereye giderek kapadı ve bir müddet camdan, evden birer birer çıkan erkekli kadınlı, fenerli kafileyi seyretti. Konsolun üstündeki sinek pislikli kâğıt çiçeklerini ve bir asker fotoğrafını elleriyle düzeltti. Gaz lambasını kıstı. Kadın hareketsiz ayakta bekliyordu. Bu arada gözüne ilişen seccadeyi dörde katlayarak odanın bir köşesine fırlattı. Aynanın önüne giderek kızarmış yüzüne baktı... Kadın, pencerenin önünde oturmuştu.

Tıpkı, Kara Abdi'nin dediği gibi, köşe minderi boş duruyordu. Kara Abdi, "Kadını karşına alacaksın ve hiç olmazsa bir saatçik olsun konuşacaksın," demişti. Tanımadığı bu kızla ne konuşacaktı? Kafası yanıyor, sinirleri birer birer kemiklerinin kenarında depreşip oynaşıyorlardı. Aynada yüzüne bir daha baktı. Gaz lambasının fitilinde uzun müddet bir şeyler arar gibi daldı ve onu kalın ellerinin bir hareketiyle söndürdü. Pencerenin önünde dışarıya, karanlığa ve yağmura bakan kadın görünmüyordu.

Ahmet, sessizce yürüyerek kadının karşısındaki sedire oturdu. Sinirli elleriyle kafasını sıktı, sıktı... Düşünemiyordu. Yalnız kulakları haddinden fazla yağmuru ve köyün seslerini büyüterek duyuyor, başka bütün hisleri gevşemiş çıkrıklar gibi baş döndürücü bir hızla yerinde dönüyorlar ve bu yeri Ahmet bir türlü bulup çıkaramıyordu. Bozukluk kafasında değildi. Köpekler sussa, yağmur bir lahza dinse, birçok şey düşünebilecekti. Odayı mavi ışıklarla aydınlatan fosforlu şimşekler çakıyordu. Bunlardan birinin aydınlığında Ahmet, o zamana kadar acayip bir odada yapayalnız hapsedildiğini zannederken, karşısında büyük gözleri korkulu bir kadın gördü. Bu mavi şimşek ışığı, sanki ondan geliyormuş, o beyazlı mahlukun şalvarı içinden çıkıyormuş sandı. Kestane dikenleri batmış avuçları mı acıyordu? Yoksa, bu akşam çok yemişti de, bu ağrı ve ağırlık midesinde miydi? Gözleri bulandı, kafası uyuştu, terleri soğudu. Ve bir sıtma nöbeti içinde titreyerek olduğu yere çöreklendi.

Sabaha karşı uyandığı zaman, kadını, sedirin öbür köşesinde âdeta şalvarının içinde uyumuş buldu.

Yağmur dinmişse de, sabahın alacakaranlığı meydanlığı hâlâ ıslatıyordu. Hâlâ köpek sesleri geliyordu. Sığırlar çıngıraklarını ıslak ve sisli seslerle çıngırdatarak geçtiler. Çobanları, keçelerinin ve çuvallarının içinde büzülmüş, mahzun geçerlerken gördü.

Gülsüm de uyanmıştı. Rengi solgundu, gülümsüyor gibiydi. Camdan geçen sabah ışıkları, tavanda sarkan üzüm salkımlarını buğuluyordu. Ahmet susamıştı. Bir salkım üzüm yedi. Sonra başka bir salkım elinde, yatan solgun kıza yaklaşarak ağzına iki üzüm tanesi koydu. Sonra hiçbir şey söylemeden, alacakaranlıkta beyazlığı büsbütün artan kadının boynu üzerine kalın ve terli dudaklarını yapıştırdı.

Güneş doğmuş, aynanın içinde ve ikisinin gözlerinde oynuyordu. Perdeleri çektiler.

ŞEHRİ UNUTAN ADAM

Çoktan beri şehre inmemiştim. O gün, insanları sevebilmek arzusuyla otelin kapısını açtığım zaman, karşıma ilk çıkan insan, bir küfeci çocuğu oldu.

Kirli, soluk yanaklarına, çıplak ayaklarına merhametle değil, sevgi ile baktım. Zaten otelin kapısından bu niyetle çıkmamış mıydım? Onu kucaklamak, köşedeki kunduracıdan ona bir lastik ayakkabı, biraz ilerdeki Yahudiden bir beyaz keten pantolon almak arzusuyla durdum.

– Ne bakıyorsun, efendi, dedi, hamal mı lazım?

– Yok çocuğum, dedim.

Gel sana, bir pantolon, bir ayakkabı alayım, demek üzereydim. Fakat gözlerini görünce vazgeçtim. Onlar bir acayip hastalığı benim sevgi dolu gözlerimde yakalamak istiyor gibi dikkatli, yakalamış kadar mustarip ve haindiler.

Bununla beraber, yirmi beş kuruş çıkarıp verdim, yürüdüm. Arkamdan koşup iade etti. Yüzünü görmedim, fakat elleri kararlı idi.

– Her sakallıyı baban zannetme, anladın mı?

Yirmi beşi aldım. Cevap vermeden yoluma devam etmek istedim. Birden bütün neşemin bir camın kırılışı kadar ses ve şıngırtı çıkararak düşüp kırıldığını gördüm.

Ayakucuma düşüp kırılan neşemi gözlerimle

topladım. Ters yüzüne evime dönüp odama kavuştum.

Dört duvar, bir pencere, bir valiz içinde birkaç kitap ve bir demir karyola... Hasılı mukaddes bir hapishane olan odamda, düşünmeden, hatta okumadan gezindim durdum.

Düşünmeye başladığım zaman, nasıl filmlerde bazı kırılan otomobillerin aksamı tekrar birbiriyle süratle buluşup birleşirlerse, benim de içimde kırılan şey, öyle birleşti. Tekrar neşemi bulmuştum. İnsanları sevmek arzusuyla sokağa çıktım.

Akşam oluyordu. Köşe başındaki tütüncüye uğradım. Güneş, satılmamış edebiyat mecmualarının üstündeydi. Tütüncü dükkânındaki edebiyat mecmualarıyla aynı dükkâna vuran akşam ışığı arasında bir nükte, bir hayal yakalayabilmek için bakmaktaydım.

Lirayı tütüncüye vermiştim. Bana uzun bir zaman geçmiş gibi geldiği halde, ne liramın üstü, ne de tütün paketi bana verilmişti. Dükkâncıdan tarafa bakmaya mecbur oldum. Lira burnumun ucunda sallanıyordu.

– Bu, sağdan sola yırtık beyim, geçmez. Yukarıdan aşağı olsa, geçer ama, böyle geçmiyor.

– Nasıl geçmez yahu, pekâlâ geçer, ben nasıl aldım?

– Kanun var efendi. Para koruma kanunu.

Kanunları bilmemenin, insanları cezadan kurtaramaz olduğunu biliyordum. Kanuna karşı gelemezdim. Deminki yirmi beşliği aradım, bir türlü bulamadım, yürüdüm.

Cebimden bir başka lira çıkarıp cıgara almak işime gelmiyordu. Kanunlardan kaçamak noktaları çıkarmak yalnız avukatların değil, her vatandaşın hakkıdır. Onun için bir başka tütüncüye aynı lira ile müracaatı zeki bir hareket buldum. Bu tütüncü, lirayı aldıktan sonra paketi vermiş, paranın üstünü iade ederken benim acelemden ve telaşımdan şüphelenmiş olacak ki, verdiğim liraya bir daha bakmak zekâvetini gösterdi. Gülümseyerek;

– Bir başka lira lütfederseniz iyi olur, dedi.

– Niçin?

– Bu geçmez de...

İzah ettirmeden lirayı geri aldım. Bütün fikrimi ve muhayyelemi apaçık söyleyen aptal ve acayip gözlerim tütüncülerin yüzüne dikilmeden, kızarak tütüncü tütüncü dolaştım. Nihayet parayı geçiremeyeceğime kanaat getirmiştim. Cüzdanımda daha hiç katlanmamış yepyeni bir liracığım daha vardı. Bir on bir buçukluk cıgara için bozdurulmaya kıyılmayacak kadar yeşil, hâreli, kıvrak liramı evirdim çevirdim, fakat sonunda bir cıgara, tahammül edilemeyecek bir arzu gibi vücudumu sardı. İlk defa yaklaştığım kadına duyduğum hırsla, nasıl parayı bozdurup paketi açtığımı ve dudaklarıma cıgarayı nasıl koyup ateşlediğimi hatırlayamıyorum.

Mavi duman, bir bilek damarı gibi kabartılı ve sıcak, dudaklarımdan çıktı. Sevdiğimin parmağını öptüğüm zamanki bulanık bir haleti ruhiye içinde cıgaramı emiyor, yeniden kendimi on sekiz yaşına dönmüş sanıyordum. Kırılan neşemin son vidası, bir hayat hızıyla yerine yerleşmişti. Mesuttum. İnsanları sevmek, şehrin yanan elektriklerine karışmış sarı altın kuşlar avlamak, birine merhaba demek, öbürünün tüylü ensesini avuçlamak, biraz ileridekinin güzel parmaklarını avuçlarıma almak...

– A, herif deli midir nedir, gülüyor.

Şakrak kızlardı. Her taraflarında bir kenar mahalle kokusu vardı. Lehçeleri derli toplu, aksantonikli idi. İki arkadaştılar. Güneşten yanmıştılar, dirseklerinin yukarısında sıkılmış yaz kostümlerinin içinde buram buram terli aşk ve güneş fışkırtıyorlardı. Yukarıki, "Aaa, herif deli midir, nedir?" cümlesini söyleyenin yüzüne, yine gayri şuuri aşkımla gülmüş olacağım ki, kendini tutamadı. Tatlı tatlı sırıttı. Cesaret aldım; peşlerine düştüm. Hızlı yürüyorlardı. Yetişmek için güçlük çekiyordum. Arasıra dönüp bakıyorlardı. Servet-i Fünun mısraları ile dolu, kurunuvustai fedakârlıklar yapacak gibiydim.

Ne söyleyebilirdim? Birkaç defa cesaretle ve kafamda hazırlanmış bir cümle ile kızlara yanaştım. Sonunda cümlemi beğenmedim, söyleyemedim. Beceriksizliğime küfrederek yine biraz arkada kalmıştım. Bu sefer onlar durmuşlardı. Çekine çekine yürüdüm. Tam yanlarına yaklaşınca gelecek bir ilhamla elbette güzel bir şey söyleyecektim. Gençken şair değil miydim? Muhakkak ilham bu bunalmış ânımda yardımıma hızır gibi yetişecekti. Hemen hemen yanlarındaydım. İlham kanadını sürmüştü. Cümlem hazırlanıyordu. Dişlerim kelimeleri çiğniyor, hazırlıyor gibiydi. Birden, bu sefer deminki cümleyi söyleyen değil de arkadaşı;

– Efendi, dedi, biraz daha peşimizden gelirseniz, sizi polise vermeye mecbur olacağız.

Çırılçıplak Rum çocukları nerde ise etrafımızı alacak, nerde ise Fransızca konuşan tatlısu Frenkleri birbirlerine yine Fransızca vaziyetimi izaha kalkacaklar, nerde ise civelek, güzel matmazeller, büyümüş gözlerini pabuçlarımdan şapkama kadar gezdireceklerdi.

Geri dönmüş, kaçmak üzereydim. Kalantor, şişman, temiz giyimli, bomba yanaklı, mebus veya müteahhit kravatlı bir adam;

– Efendi, dur bakalım, dedi. Kadınlara sataşmaya utanmıyor musunuz? Vaziyetinize bakan da, sizi bir efendi zanneder, terbiyesiz herif.

Kadınlardan biri;

– Aman, bırakınız beyefendi, dedi, böyle adamlarla bir olmaya gelmez.

Neşem son haddini bulmuştu. Vidalarım sıkılmış, delk ve temas* yerlerim yağlanmış gibiydi. Bir makine homurtusuyla ıslık çalarak uzaklaştım. Bir şoför, yanımdan geçerek;

– Aldırma be delikanlı, dedi. Ne olacakmış?

– Aldıran yok be anam, dedim. Ne olacak?

Ardımdan birkaç kişi, "Sarhoş," dediler.

Sarhoştum. Hava, elektrikler, şehir beni sarhoş ediyordu. İnsanlar beni bir mıknatıs hızıyla kendilerine çekiyorlardı. Dünyayı ve şehri riyasız kucaklamak istiyordum.

---

*) **Delk ve temas:** Sürtme ve dokunma.

ÜÇÜNCÜ MEVKİ

Vagonun içindeki altı kişiden bir tanesi, dayanamadı ve yanındakine;

– Gideceğim yol uzak, dedi.

Yanındaki, gözkapakları yarı açık, uykulu kara gözlü bir adamdı. Sapanca gölü bu adamın gözlerinin içinde pürüzsüz, bir damla ışık ve cam gibi parıldadı. Sordu:

– Neresi?

– Kayseri'ye gidiyorum. İlk defa. Ömrümde ilk uzun yolculuğum. Yanıma bir gazete bile almamışım. Yolculuk, bilhassa tren yolculuğu sıkıcı, yorucu, üzücü şey!..

– Öyledir.

Öyledir diyen, Sapanca gölünün elma bahçelerine gözlerini kapadı. Ve ağır göl, elma ve çıplak çocuklar düşünerek uyudu.

Yanına bir gazete bile almamış adam, sıkılıyor, üzülüyor, uyumak istiyor, uyuyamıyor. Kayseri çok acayip bir kâinat, Seddiçin kenarında bir tuhaf şehir gibi muhayyelesini gıcıklıyor: Hanlar, kervansaraylar, dar sokaklarda çamaşır yıkayıp çocuklarını döven yağlı kadınlar, ellerinde uzun birer pastırma, öğle yemeği yiyen memurlar ve uzayan bir gün.

Kayseri'ye giden, kısa boylu, sevimli yüzlü, sarı gözlü, cüssesinden hiç umulmayan kalın, kocaman, tüylü ellere malik bir adamdı. Karşısındaki şişman adam gazetesini bir tarafa bıraktıktan sonra, Kayseri'ye giden adama baktı, gülümsedi:

– Demek ki Kayseri'ye? dedi.

Kayseri'ye giden, daire müdürü hatırını sormuş ihtiyar ve mahcup bir memur gibi sevindi. Yanağı sıkılmış ve yanağı sıkılma zamanı geçmiş bir küçük kız gibi kızardı.

– Evet, Kayseri'ye efendim. Zatıâliniz de mi? Güzel midir efendim, Kayseri, nasıldır?

– Kayseri'ye demek hiç teşrif buyrulmadı?

– İlk uzun seyahatim, efendim. Sözün temsili, Kasımpaşa'da doğdum, Beyoğlu'nu bilmem efendim.

– Ya, vah vah!

Gazetesinin ilan sayfalarını okumaya dalan şişman adama, Kayseri'ye giden Kasımpaşalı hayretle baktı. Niçin, vah vah diyordu? Acaba Kayseri'ye gidiyor diye mi üzülüyor? Yoksa, Beyoğlu'na çıkmadığı için mi hüzünleniyordu? Şişman adam kafasındaki düşüncelere de, "vah vah" diyebilir diye düşündü. Ferahladı.

Geyve boğazının kayalıkları dibinde birer eşkıya, bazen birer kahraman, hayaletler, insanlar, silahlar ve bombalar, bir çete gizlidir. Bu kayalarda vahşi keçilere, yaban kedilerine tesadüf etmezsek hayret etmelidir. Küçük bir su, bu dekorun gizli görünmez kahramanlarına, eşkıyalarına, yabani hayvanlarına ses verir. Küçük, masum derelerin kızıl tüylü kayaların dibinde cengâver şarkıları söylediği akşam zamanı gelmişti. Altı kişiden üçü şimdi yemek yiyordu. Kasımpaşa'dan Beyoğlu'na hiç çıkmamış adam ilk konuşmaya başladığı zaman, kara gözlerini açmıştı. Konuşmak istemediği, hâlâ Sapanca gölünün elmalıkları ve kestane ağaçları, çıplak çocuklarıyla uyuduğu anlaşılıyordu. Gazetesini bitirmiş adam üzüntülüydü. Defterine bir şeyler kaydediyordu. Köşede bağdaş kurmuş, önce kunduralarını, sonra da çoraplarını çıkarmış birisi, sıska yüzünden taşan bir canlılıkla, yanındakine Boşnakça bir şeyler anlatıyordu. Onun yanındaki, bir Sırp köylüsü kadar sarı, kırmızı ve gençti. Ne mustarip gülüyordu. Lisanlarını anlamadığımız insanların haleti ruhiyelerini keşfetmek hususunda çok aciziz. Onların bizim her günkü konuştuğumuzdan daha başka, daha mühim şeyler konuştuklarını sanırız. Bir müddet sonra onlarla çok alâkadar olduğumuz halde biraz sonra onları unutuverir, yine kendimize, lisanımıza ve etrafımıza, yani kendi kendimize döneriz.

Tren durmuş; Geyve istasyonu toz, bulut ve akşam pembeliği içinde bir sarı Çin şehri gibi kaynaşıyor; yalınayak çocuklar, saçları perişan arabacılar ve bir kasket yağmuru istasyonu dolduruyordu. Bu kasketlerin altında insanlar; buğdaylarını, tahta traversleri, üzüm, ekmek ve bir vagon penceresinden kendilerine bakan bir hayali düşünüyorlar. Zaman, akşamın toz pembesine karışmış iptidai bir zaman, bu insanları ta Kayseri'lere götüren hain ve dehşetli homurtuya; yani şimendiferin yağlı manivelası ve yarısı kızıl tekerlekli makinesine bakıyordu.

O, zamanla bir olmuş yolculardandı. Geyve istasyonunda bir aşağı bir yukarı dolaşıyor; yazın, korkunç sıtmasının gökyüzüne ve gökyüzünün yıldızlarına kadar sirayet eden bu küçük kasabayı terke hazırlanıyordu. Bu, uzun bir sıtma geçirmiş insanların korkusu gözlerinde, dalağı büyük bir mahluktu. O da Kayseri'ye gidecekti. Kayseri'nin havası iyiydi. Erciyes'in resmini görmüştü. Ovaların ve küçük tümseklerin yanında, etrafına hiçbir dost ve sevgili takmadan bir bekâr adam gibi yükseliveren Erciyes'i dâhilere benzetirdi. Öyle kurak ve kimsesiz memleketlerde kendi başlarına sivriliveren insanlardan bir insandı sanki Erciyes. Kayseri'yi değil, Erciyes'i seven adam da, deminki beş kişilik ve altıncısı ben olduğum kompartımana girdi. Ben isteksiz kendisine yer açtım. O, mağrur oturdu. Bu yer onun sarih hakkı idi. Kimsenin surat etmeye hakkı yoktu.

Saçları ve yarım kasketi çarıkları kadar tozlu, pantolonu ve ceketi derisinin rengi kadar hareli ve yamalı, ilk bakışta gürbüz bir köylü, sekizinci yolcumuz oldu. Köylülerden bahsettiğimiz zaman, "Aslan gibidir, soğan ekmek yer, aslan gibi olur" deriz. Böyleleri olduğunu inkâr etmek ne kadar yanlışsa; veçhen aslan gibi gözüktüğü halde, kaburga kemikleri çökük, içindeki azânın pek çoğu haddinden fazla büyümüş veya küçülmüş köylülere de tesadüf edilmez demek o kadar yanlıştır. Soğan ekmek yalnız şehirli midesine değil, köylü midesine de dokunabilir ve dokunmaktadır.

Köylü de, acayip bir saffet, fakat beklenilmeyen bir cesaretle kendisine isteksizce verilen yere sıkıştı. Hatta biraz daha yer açabilmek için sağa sola kıpırdandı. Bir köylünün bu kadar pişkin olacağını tahmin edemeyen şişman adam, bana baktı. Ben gözlerimi ve içimi köylüden yana çevirdim. Şişman adam selam vermiş de karşısındaki almamış gibi kızardı. Köylü heybesini açmış, heybeden kumlu bir ekmekle iki domates çıkarmıştı. Domatesler ne tatlı şeylere benziyordu. Bir tanesini de bana uzattı. Ne çabuk anlaşmıştık. Uzatılan şeyi gülerek aldım. Kendi francalamla yemeye başladım. Bir lokma kaşar peynirini köylüye uzattım. Aldı. Kokladı, sucuk koklayan bir Karamanlı yüzüyle;

– İstanbul işi olduğu belli, dedi. Halis Balkan olmalı?

– Yok be dayı. Bu istasyon kaşarı.

– Daha iyisi de olurmuş, demek, dedi.

Sonra düşünerek ilave etti:

– Daha iyisi can sağlığı...

Şimdi hepsi uyuyordu. Hepsi tanımadıkları bir şehir düşünerek uyuyorlardı. Köylü ile Kasımpaşalı uyanıktı. Ben uyuyor muydum? Gözlerim kapalı, kafamda küçük çocuklarla dolu bir mektep... kafası aydınlık bir arkadaş ve sergüzeşt. Bir küçük tonton kafa düşünerek dalıyordum. Köylü, Eskişehir'de indi. Onun indiğinin farkındayım. Kasımpaşalı hâlâ uyumuyor, gözünü açana lakırdı yetiştirmeye çalışıyordu. Fakat gözünü kimse açmıyordu ki. Bu his bende o kadar kuvvetliydi ki ve Kasımpaşalı o kadar benim gözümü açmamı kolluyordu ki.

Tren durdu. Gecenin içinde Haymana bâkir bir orman sesi veriyor. Geyve'de sıtma kapmış entelektüelin de gözleri kapalı ve düşünceleri bir rüya kadar gayri şuuri. Bir küçük kazanın istasyonunda inip unutulmak, şişmanlamak. Bir kasap kızıyla evlenmek, belediye reisi ile eğlenmek, tahrirat kâtibiyle tavla oynamak... Ve gelip geçmek mümkün olabilse, diye düşünüyor. Haymana ovası yalnız geceleri gölge veren ağaçlarıyla hayatına karışacak. O, bu kafasıyla kocaman bir köstek sahibi olabilecek. Belki bir sürüsü olacak. Ona da bir müddet sonra hayvan alıp sattığı için cambaz diyecekler. "Cambaz" ne güzel bir kelime.

Tren ağır ağır hareket ediyor. Kasımpaşalı uyuyor ve konuşmuyor. Bir belediye fenerinin aydınlattığı tozlu sokağın başındaki evin muşamba perdelerinden içlenen, her kompartımanda uyumayan yolcular var. Ben salonu dolaşıyorum. Bir küçük çocuk uyumuş. Uyku ne dinlendirici. Yerime, küçük çocuğun saçlarından ve kafasından aldığım bir masumiyetle çöküyorum. Aynı çocukluk sinirlerime yayılıyor. Fakat zehirlenir gibi uyuyorum.

GARSON

Yazla beraber deniz üstündeki kahveye gelen garsonun bir haftalık kazancı, sekiz, sekiz buçuk lirayı ancak bulurdu. Fakat ne ziyanı var? Bu kahve şimdi onundur. İstediği gibi çalışabilir. İş bittikten sonra, sandalyeler masaların üzerine dizildikten sonra denize karşı bir cıgara içilir ve beş sandalyenin biraraya gelmesinden oluşan yatağa, arkaüstü –iş olmadığı veya yağmur yağdığı zaman, erkenden– uzanılabilirdi. Ne karışanı, ne görüşeni vardı. Değil kendisine hizmet etmeye, kendisinden herhangi bir hizmet görmeye bile tahammül edemeyeceği bir insana, "Ne istiyorsunuz?" demek yok artık... Ne de kahve fincanının tabağına her zaman para bırakan müşterinin, bu sefer niçin bırakmadığını düşünmek...

Burayı her yaz ucuz bir fiyata kiralardı. Semtin sapa bir kahvesiydi. Fakat köy evlerinin müntehasında deniz üstünde, tahtadan olması, ekseriya köye gezmeye gelenleri ve şair tabiatlıları buraya çektiği, bu nevi insanlar da bir kahveye beş kuruştan aşağı bırakmayan takımından oldukları için geçinir giderdi. Ona sorulsa: "İstanbul'un Belvü gibi, yok Cennet Bahçesi, Panorama, Altın Bira gibi bahçelerinde garsonluk etmek varken ve sen de birinci sınıf garsonken, ne diye bu işi yaparsın?" Pek kendisi de bilmezdi.

Kırk yaşında, sağlam, birinci sınıf... Yukarıda

saydığımız bahçelerde en hışır garsonun gündeliği iki buçuk hatta üç, diyelim iki lira. O halde, günde bir papele burasını niye tercih ederdi? Meçhul... Tembellikten mi? Hayır. Çalışmaktan korkmazdı. Burada, bu boş ve kimsesiz kahvede bile kendine bin türlü iş bulur, kova kova denizden su çekerek, siyahlaşmış tahtaları ovardı. Köyün gençlerini kahvesine alıştırmak için, geçen seneden beri iki ucunu biraraya getiremediği pingpong masasının ayaklarını tamir eder, masaların yerlerini değiştirir, bardakları yeniden yıkar... Bin türlü iş icat ederdi.

Hiç boş kalmak işine gelmezdi. Boş kalırsa, müthiş canı sıkılırdı. Yine de yapılacak iş kalmadığı zaman, Belvü Bahçesi'nde garson olduğunu, sıcak bir günde, müşterilerin akın akın geldiğini görür gibi olur, uzakta, öğle sıcağında, köyün içinde kedilerin bile uyuduğu zamanlarda çıngıraklı bir sesle haykırdığı duyulurdu:

– Dört duble çek. Yakasız (San fokol) olsun.

Masadan masaya mezeleri ve dubleleri taşır ve bırakır gibi hareketler yapar; bir yıldırım hızıyla kahvenin içinde koştuğu görülürdü.

İçi çok hazin bir şekilde ezilir. Bir şimşek halinde, bir kahve sahibi olmak arzusunun onu, buraya çektiğini düşünür mü, duyar mı, pek belli olmazdı. Karışanım görüşenim yok, demesi de laftı. Öbür tarafta da bir gün bile bir patron ona kaşının üstünde gözün var, dememişti. Çünkü ayağına çabuk, eline sağlam, müşteriye güler yüzlü idi. Sırası gelmişken söyleyelim: Kekeme idi de... Bunun garsonlukta mühim tesiri vardır ha! Ne kadar sinirlense, o kadar müşteriyi güldürmek kabildir. Sonra mavi, berrak gözleri vardı. Saçı ve sakalı bembeyazdı. Dört gün tıraş olmasa, o kadar ihtiyar gözükürdü ki... Tıraş olduğu zamansa fevkalade terütaze bir yüz alırdı. Saçları yumuşak ve düz, arkaya taranmıştı. Hülasa, yirmi senelik garsonluğun bütün fizyonomisini almıştı. Yüz kişinin içinde, bu adam bir garsondur, denebilecek bir yüzü, saçı ve hali vardı. İnsana öyle gelirdi ki, bu adam garsonluk için doğmuştur. Kendisi de bunun farkındadır. Halbuki hiç de öyle doğmamıştır. Pekâlâ bir doktor da olabilirdi. Doktor fizyonomisini birkaç sene icrayı tababetten sonra takınabilirdi. Bu, itiyatların ve mesleklerin saça, göze, kaşa, verdiği bir şeydir. Aldanmamalıdır. Çünkü insanlar garson doğmazlar. Onun çok tekrarladığı müthiş bir lafı vardır; söyleyelim: "Garson ölürler, ama, garson doğmazlar."

Hayır, bu karışan, görüşen meselesi de değildi. Bu, iki, iki buçuk lira bir fedakârlıkla külüstür bir kahveye sahip olmak arzusunun manasını garson Ahmet, bir türlü anlayamıyor, her sene haziranla beraber içini bir yangın gibi saran bu küçük kahveye kahveci olmak arzusunu bir türlü yenemiyordu. Kahveyi açtıktan bir hafta sonra, semtin çocuklarından bir tanesi, kendi kendisine gelir; Ahmet bir şey söylemeden çıraklık vazifesini alırdı.

Bir sabah çocuk çıkagelir, "Ahmet ağabey, merhaba!" derdi. "Merhaba" derdi Ahmet. Çocuk hiçbir şey konuşmadan, fincanları leğenin içindeki siyah sudan bembeyaz çıkarır. Rengi kirden kapkara olmuş bir peşkirle ovalaya ovalaya silerdi.

Ahmet çırağa surat ederdi. Yüz vermez, konuşmazdı. Hatta bazen homurdanırdı. Fakat dördüncü günün akşamı, iş bittikten sonra beraber domatesle ekmek yerlerdi.

Ahmet'in bazı çok keyifli günleri olurdu. O günler toprak yolun kenarına bir boru ile oturtulmuş mangalın kömürleri nar gibi kızarır. Mavi mavi tüter. Biraz sonra etrafı saran pirzola ve kızaran biber kokusu uzaklara yayılırdı. Ahmet, o akşam dört kadeh atardı. Çırak, iskeleye koşardı. Gözleri şaşı, başı beyaz bir tülbentle bağlı, kaşları rastıklı, yeldirmesi şanjanlı bir kadın, yukarıki yoldan Ahmet'e gelirdi. Bu, Ahmet'in nikâhlı karısıydı. Fakat bütün yaz ya üç defa gelir ya dört defa. Orada, deniz üstündeki çıkıntının bir köşesinde, denize sırtı dönük, bir tek ses çıkarmadan cıgarasını içerek hayalet haliyle otururdu. Müşterilerin yüzüne bakmaz, mütemadiyen duvarı seyrederdi.

Ahmet'in halindeki şenlik, karısı geldikten biraz sonra hemen söner, yerine bir sinirlilik ve gevezelik peyda olurdu. Büsbütün kekemeleşir, aksileşirdi. Çırağa bağırırdı. Müşteriye;

– Kahveyi Mehmet Efendi'den alırız, yine de beğendiremeyiz, derdi.

Ancak müşteriler gittikten sonra kadın ağzını açardı. Daha doğrusu açardı ağzını... Başörtüsünü fırlatır, uzun ve battal parmaklarında cıgarası, Belvü gibi yer varken, buralarda sürtmenin ne demek olduğunu anlamadığını, bu işin içinde bir bityeniği olduğunu haykırırdı.

Ahmet, bu bityeniği lakırdısına içerlerdi. Nihayet kadın, Ahmet'in bir tembelden başka bir şey olmadığını söylemesiyle, mesele kapanırdı.

Lüks sönmüş, yahut sönmek üzere olurdu. O zaman Ahmet, duvar kenarına yapışmış kahve ocağından bir hasır ve bir yorgan getirir, yere sererdi. Kadın, Ahmet onu ilk aldığı zamanki gibi karışık ve yumuşak hisler duyar, utanırdı...

Karısını ertesi gün vapura bindirdikten sonra en iyi müşterisine Ahmet, oturur anlatırdı.

Ahmet, Trabzonlu zengin bir babanın tek oğluydu. İstanbul'a fi tarihinde göç etmişlerdi. Kocaman, bir kantariye mağazaları vardı. Toptan iş yaparlardı. İlh...

İlk sarhoş olduğu günü Ahmet, çırağına anlatırdı. Gözlerini kapayarak anlatırdı:

On dokuz yaşında ya var, ya yoktu. O zamanlar İstanbul'un eğlence yerleri boldu bol; saymakla bitmezdi. "Garson, bir bira daha!" demişti. On sekizinci bardaktan sonra, Kıztaşı'ndaki eve döndüğü zaman, annesini merdivenin üst basamağında uyumuş bulmuştu. Onu öperek uyandırmıştı. İhtiyar hatun, onun ayakkabılarını ve ceketini çıkarıp çekilip gitmişti. Bir on dakika geçmemişti ki, bu sefer babasıyla beraber yatağının başucuna gelmişlerdi. O uyuyor gibi yapmıştı. Ahmet'e uzun gibi gelen bir zaman içinde onu, Ahmet'i seyretmişlerdi. Sonra, babası;

– Oğlumuz büyüdü kadın, erişti, maşallah! demişti.

Garip bir gurur içinde çekilip gittiklerini görmüştü.

Kantariye mağazası, evler ve dükkânların Ahmet'i idare etmeyeceği belli idi. Nitekim de etmedi. O zaman Ahmet, birdenbire, Belvü Bahçesi'nin garsonluğuna feda ettiği bu küçük kahveyi, hep o babadan kalma sahip olmak, bir şeye sahip olmak arzusuyla tuttuğunu anlayımıverdi, duyumuverdi; belli değil... Fakat şurası muhakkak ki, Ahmet, bir gün, bir haziranda köy kahvesinde kendisini bekleyen salaş kahvenin sahibini bir hafta bekletti. Gidip bulmadı.

Şimdi, Ahmet, Belvü Bahçesi'nde dünyada

hiçbir şeye sahip olmamanın verdiği büyük haz içinde, dünyayı ve etrafı istediği şekilde görerek ve şu kalabalığın içinde yalnız yüzde beş kişinin alnının teriyle çalıştığını düşünerek mesut; pazar günleri yüzde ondan ve yüzde ona eklenen bahşişlerden tam yedi lira yaptığını düşünerek, bu her haziranda tuttuğu salaş kahveyi hatırlamıyor bile...

Hatırlasa bile kendi kendine gülüyor. İçini o her haziranda saran yangının yerinde yeller estiğini görüyordu.

Bu tahavvülün sebebini kendisi de bilmiyor. Bilmiyor ama, dünyada hiçbir şeye sahip olmayacağını, olmak istemediğini ve olmanın da hiçbir faydası olmadığını, bilakis zararını Ahmet nasıl oldu da anladı; bu mühim meseledir:

Ahmet'in karısı geçen kış, zatürreeden ölmüştü. Bu ölümle, Ahmet, dünya yüzünde sahibi olunacak şeyin yalnız bir kadın olabileceğini, ötesinin ise yalan, haksız olduğunu ve kendisine kadından gayri bir şeye sahip olup olmamanın vız gelip tırıs gittiğinin farkına varmıştı. İşte onun için Ahmet şimdi bağırıyor:

– İki duble çek!.. Fransızca ilave ediyor: San fokol.

BİRTAKIM İNSANLAR

Gece saat on ikiyi on geçiyor. Taksim'de saatin altında tramvay bekliyorum. Öyle olmasa, bu kadar ince eleyip sık dokumaya lüzum görmez; vakit gece yarısını geçmişti, derdim.

Epey oluyor. Baharın bu soğuk günlerinde, şu devam eden kıştan bir buz gibi gece, hatırıma geliyor. O zamanlar daha bahardan haber bile yoktu. Şimdi ne kadar olsa sisin ve yağmurun hatta soğuğun içinde insanı şaşırtan ve başını döndüren bir koku var. O zamanlar daha Camlı Köşk'ün camları ve hanende ilanlarının mavi ışığını üşüterek geçen buz gibi bir rüzgâr esiyordu. Benimle beraber belki on'a yakın insan, gördükleri herhangi bir filmin rüyasını ayakta görüyor ve yataklarının ümit, hayat, güzel günler veyahut uykusuz, muharebeli geceler, sığınaklar düşündüren ılıklığına bir an evvel kavuşmak için bir türlü gözükmeyen tramvaya sabırsızlanıyorlardı. Ağzımdan su buharı fışkırıyor. Birbiriyle konuşanların arasına bir sis tabakası seriliyordu. Yatak şimdi bütün insanlar için, ekmek kadar azizdir. Yatak bir sevgili, yatak hatıra, yatak çocukluk, güzel rüya, yatak bir bahar, bir deniz kenarı, bir egzotik memleket; bu saniyede insana, dostlarım, yatak ne değildir ki...

Burnum yastıkta yorganım ağzım hizasında

kirpi gibi büzülmüşüm; dalmak üzereyim: Bir şeyler, birtakım kuşlar tüylerini döküyor, bir ılık su damlıyor, içimi yıkayan bir çeşme var...

Tramvay hâlâ yok. Biraz daha yerimde yatağımı, uykuyu düşünsem belki de uyuyuvereceğim. Donmak üzere olan insanların tatlılığını içimde duymaya başladım. "Bari gideyim şu açık pastanede bir ıhlamur içeyim de sonra yatarım," dedim. Bir-iki adım atmamıştım ki önüme bir adam dikildi. Rüzgârdan yalnız bir karartı gördüm. Sonra yüzüme doğru bir hortumdan çıkar gibi bir duman yayıldı: Adam konuşuyordu. Tatlı, munis bir Anadolu şivesiyle;

– Ağabey, dedi, buradan bana benzer birtakım adamlar geçti mi?

Paltomun yakası içinde yarı yarıya kaybolmuş kafamı çıkardım. Kafamı bir-iki defa salladım. Soğuğa alışmamış, mukavemete hazırlanmış gibiydim. Kulaklarımı keskin bir rüzgâr ısırdı. Adama baktım:

Bana benzer adamlar... Bütün insanlar birbirine aşağı yukarı benzemez mi? "Bana benzer adamlar" ne demekti?

Evet, adamın hakkı vardı. Ona benzer adamlar, ötekilerinden kolaylıkla ayrılabilirdi. Kış günü bir şehirde insanlar palto, şapka giyer, ayaklarında fotinler vardır. Belki paltolarının renkleri, şapkalarının kurdeleleri ve alamerikan, yahut alaturka şapkalarıyla birbirlerinden ayrılabilirler; icap ederse.

Bu adamın ne paltosu, ne şapkası, ne de ayakkapları vardı. Buna mukabil sırtında mor pamukları yer yer, parça parça dökülen bir hırkası, belinde ipi, ayağında yazlık tüy gibi bir pantolonu ve ayaklarında da yine iplerle bağlanmış çuvalı...

Yüzü tatlı esmer renkli idi. Sakalı uzamıştı. Yirmi beş, otuz yaşlarında gözüküyordu. Yalnız gözlerinde büyük, korkak, acele bir şeyler vardı. "Acaba," dedim, "bir esrarkeş midir?"

O devam etti:

– Benim gibi ağabey, dedi. Üstünü başını gösterdi: "İşte bu biçim adamlar görmedin mi? Bazıları şu yoldan geleceklerdi. Birtakımları da..." Taksim sinemasının aşağısındaki yolu göstererek: "Şu yokuştan çıkacaklardı."

İşi kısa kesmek istedim. Meçhul, karanlık, dalgada bir kafada her türlü hayaller dolaşabilir, neme lazım...

– Görmedim vallahi, dedim.

– Allah Allah! dedi. İmkân yok. Muhakkak geçmişlerdir. Ben yolda biraz eğlendim. Onları kaybettim. Yoksa gelmemelerine imkân yok.

– Nedir bu adamlar canım? diye sabırsızlık ve merakla sordum.

Kafamın içinde esrarengiz, büyülü, garip hikâyeler canlandı. Hatta daha ileriye giderek başka ve daha tuhaf şeyler düşündüm. Adamın afyonlu kafasına girmiş gibi oluyordum.

– Ağabey, biz, dedi, Tophane'deki sabahçı kahvelerinde yatarız. Hepimiz hamal, uşak gibi herifleriz. Ama namusumuzla yaşıyoruz. Ne yapalım? Beş-on para kazanırız. Geceleri de kahveciye beş kuruş verir, bir köşede uyuruz. Ne yapalım? Otellere para mı dayanır? En aşağı otuz kuruş. Otuz kuruşla iki gün geçimimiz var...

Ha! Bu akşam polisler geldiler. Sabahçı kahvelerinde yatmak yasakmış. Hepimizi çıkardılar. Biz de hep birlik olduk. Gidelim valiye çıkalım; uyandıralım, derdimizi anlatalım, dedik. İşte birtakımı şu yokuştan, birtakımı da arkadan geldiler. Demek görmedin ağabey?

– Görmedim, dedim. Nerelisin sen?

Gözleri çakmak çakmaktı.

– Zonguldaklı bey ağabey.

Gece yarısı, bu soğukta valiye gideceklerine başka bir koğuş bulmak, daha olmasa polisler gittikten sonra kahveciye zorla, kapıyı açtırmak mümkündü. "Valiye kadar çıkmayı akıl edemezler. Bu muhakkak bir esrarkeştir," dedim.

– Ne ise, ben yukarıya doğru bir hızlanayım, belki geçmişlerdir de sen görmemişsindir... dedi ve hafif hafif serpen karın içine karıştı gitti.

Tramvay gelmişti. Atladım. Tam Yedeksubay Mektebi'nin önünde birtakım adamlar gidiyordu. Fakat camlar o kadar buz tutmuştu ki göremeyince tramvaydan atladım.

Belki seksene yakın insandı. Aralarında çok gençleri bile vardı. Büyük adımlarla gayet ciddi yüzlerle yürüyorlardı. Önde gidenlerin halinde daha büyük bir vaziyet vardı. Daha ciddi idiler. Tek tük geçenler durup onlara bakıyorlardı. Fakat onlar hiç kimseye bakmıyorlardı. Yalnız en önde gidenler bağıra bağıra konuşuyorlardı. Vali ile nasıl konuşacaklarını talim ediyorlardı. Kıyafetlerine baktım. Evet, benim, mor pamuk hırkalı ve keten pantolonlu adamın hakkı vardı; onun gibi birtakım adamlar gidiyorlardı: Kulaklarımda genç Zonguldaklının,

"Canım, benim gibi adamlar bey ağabey..." dediği zamanki hali geliyordu.

Yatağım, tramvay beklediğim dakikalardaki

o munis halini kaybetmişti artık. Ne şu, ne buydu. Bir yataktı. İçinde yatabildiğim için mesut değildim.

Sabahçı kahvelerini kapamadan evvel birkaç tane gece barınma evine şiddetle ihtiyacı olan İstanbul şehrinin kışı, bazen ne kadar uzun, ne kadar uzun ve bitmez tükenmez bir âfettir; bilen bilir.

BENİMLE BERABER SEYAHATTEN DÖNENLER

SEVMEK KORKUSU

Bir yaylı hatırlıyorum. Hayvan, yol ve yulaf kokan keçelerin üzerinde çocukluğumun sevgilisini, yumuşak ve tombul avuçlarıyla, yolun iki tarafında uçan kuşları alkışlar görüyorum. Sonra yine çocukluğumun sevgilisini, bir deniz kenarında lacivert ve sıkı robunun içinde dolaşır seyrediyorum. Korku, yol boylarınca etrafımı sarıyor, önümde uzuyor. Sevmekten korkuyorum. Başka arzular, ihtiraslarla atıldığım yolda beni avare ve çırılçıplak, başı her manada boş bırakacak yalnız bir şey olduğunu biliyorum ve ondan, karanlıktan, rüyadan, zulümden, hürriyetsizlikten korkar gibi ürküyorum.

Her şeyi, herkesi, ilmi, felsefeyi bir ortaoyununa çıkaran, yumuşak ve nefesleri yediklerinin değil güzelliklerinin buharlarını çıkaran insanlar olacağını çocukluktan biliyorum.

Yalnız yüzleri, gözleri, kaşları, kirpikleri, omuzları ve ayakları değil; midesi, kalbi, hançeresi ve hicabıhâcizi* güzel insanlar var. Seven insanda ise fiziki güzelliklerin deruni taraflarını gören gözler olurmuş. Varsın olsun, inanmıyorum! İnanmadığım halde bu korku niçin? Allaha inanmayanlar içinde pek çokları samimi olmadıklarını, bazen son nefeslerinde, bazen de ani tehlikelerin

*) **Hicabıhâciz** : Memelilerde, göğüsle karnı ayıran kubbe biçiminde ince ve geniş zar; fr. **diyafram**.

karşısında Allah diyerek, ispat ediyorlar. O halde ben de samimi değilim. Çünkü korkuyorum. Bu muhakemeyi evvelce, "varsın olsun, inanmıyorum!" dediğim zaman yapmadım.

Bir kıştı. Kar, küçük şehri "kayakçı"larla doldurmuştu. Kahveler çivili ayakkaplı, yüzleri pembe, kafaları sarılı, mesut sporcu kadın ve erkeklerle dolmuştu. Müzik, her ışıklı çarşıda bir fırtınayı, çamların üzerinde birikmiş kışı, kiliselerin çanları üzerinde serseri karların çıkardığı işitilmez sesleri hikâye ediyordu. Bütün önsezilerim beni aldatmıştır. Yani her şeyi olmuş gibi hisseder, fakat bunların hiçbiri doğru çıkmadığı zaman bütün önsezilerim beni aldatmıştır, derim. Oluşundan önce duyulan şeyler çok defa felaketlerdir. Felaketlerin de kendilerine has kokuları olmasa, burnumuzdan gayri, köpeğinkinden daha hassas bir başka şammemiz* olduğunu söyleyemezdim. Korku da bir önsezidir. Fakat vukuundan kilometrelerce uzak değil, hemen hemen bir adım gerididir.

Korkudan buz gibi ter dökülmekle beraber o, sıcak, ılık ve karanlık gibi tatlı ve münzevi bir şeydir. Korkmak için her an elimizde vasıtalar vardır. Eğer o bir zevk olsaydı, kollarımızın arasındaki yumuşak göğüsten ve ağzımızda kırılan hararetle kurumuş dudaktan farkı olmayacaktı. İşte ben, bu küçük şehirde oturmayı kararlaştırmadan evvel, korkuyu, isterseniz önseziyi, bir behimi** zevk gibi kucaklamış, avuçlarımın hararetini ona vakfetmiştim. Yeni bir zevk bulmuş gibi, asfaltları biraz daha mor, ampulleri biraz daha karanlık tenha

---

*) **Şâmm, şamme:** 1) Koku alan, koku alıcı. 2) Koklayan. **Kuvve-i şamme:** Koku alma gücü.

) **Behimi: Hayvani, hayvansal.

caddeler dolaşırdım; kar, paltomun yakasına musallat olur, oraya birikir, gözlerim yakamdan ayrılmazdı. Sokağın kenarlarındaki sinemanın zili çalmaya başlardı. Beklediğim çok defa gelmezdi. Yanımdan acele acele geçenler, beni gördükleri zaman, bilmem korkarlar mıydı?

Beklediğimin gelmediği günlerden bahsedecek değilim. O günler, birbirinden şehre yağan şeyin kar veya yağmur olmasıyla ayrılabilir. Sinemanın zili aynı tarzda çalar, sinemanın içinde aynı film oynar, aynı insanlar önümden geçip giderler; biletlerini alıp sinemaya girerlerdi. Beklenilen gelmek için iyi havaları seçerdi.

Rüzgârsız fakat soğuk havayi nesiminin* içinde ve yıldızların altında zil, daha berrak sesler çıkarır. Sinemacı filmi barometreye göre değiştirir; bulutsuz havaların insanları sinemayı doldururlardı. Bu sinema, uzak ve sessiz bir amele mahallesinin sinemasıydı. Uzun bir koridordan girilirdi. Antresinde iki cılız palmiyenin içinde yemyeşil ampuller yanmıştı. Kenarcıkta bir havuz vardı. Fıskıyesinden rengârenk ışıklı bir ampul zaman zaman fışkırırdı.

Sessiz filmler oynanırdı. Su sesi gibi bir piyano, dar salonun uzak bir köşesinden aksederdi. Bir sürü çocuğun arasına otururduk. Âdeta ıslakla yaşanırdı. Ellerimiz birbirinin içinde yumuşardı. Ve perdede bir haydut... elinde kama... Haydutlar düşer, hafiyeler vurulur, nihayet genç kız sevgilisine kavuşurdu.

Salonun içinde hemen hemen hiç konuşmazdık. Ben kafamın içinde biraz sonra çevireceğimiz filmi çevirir; o masum, habersiz, şekillerle güler,

---

*) **Havayi nesimi:** Atmosfer, havayuvarı.

hayallerle ağlardık. Sonra, herkesle beraber sinemadan çıkardık. Konuşmazdık... Ben kapının kilidine anahtarı sokar; karanlık ve boş odama dolardık.

Bir gün bir masa karşısındaydım. Üstüne yeşil çuha örtmüşlerdi. Üzerinde oyun oynamıştık. Parti bittikten sonra, masanın örtüsünü kaldırdılar. O zaman ben masanın birdenbire küçüldüğünü hayretle görmüştüm. O da bu masa gibi olurdu. Fakat aksine; birdenbire küçükken büyüyüverir, kısa iken uzar; kalkar giderdi.

O yanımda iken korkmazdım. Evin dış kapısı kapanır kapanmaz, pencereme vurmuş sokağın ışıkları ve karşı meydanlığın ağaçları yatağımın ayak ucundan ışıklı gölgelerle uçuşurlar, yapraklara ve ışıklara karışmış ayak sesleri, yatağımın ayak ucunda uçuşan gölgelerle birleşir; kalkar, odamın içinde bambaşka bir gözle bakardım. Ufuksuz, seri ve maddesiz kuşlar her tarafta uçuşurlardı.

Bütün bunlar bana bir cennet dekoru içinde irtikâp edilmeye müsait bir katil vakası tahayyül ettirirdi.

Haftada bir gün gelirdi. Saat ikide kalkar giderdi. O gittikten sonra, ben onu öldürmüş kadar harap, katil yatağımın üzerinde sabahı, polisi, kanunları beklerdim.

Alacakaranlıkta, hele sabahın alacakaranlığında hiçbir cinayet işlenmemiş, hatta sabahın alacakaranlığında, muharebe bile olmamıştır. Sabahlara kadar asabiyetsiz bir ânı, bir daha yakalayamayacağımı tahmin ettiğim için, bir sabah, bu dağ şehrinden arkama dönüp bakmadan ayrıldım.

LOUVRE'DAN ÇALDIĞIM HEYKEL

Napoli'de, içinde kırlangıç, iskorpit, zargana ve mercanların yüzdüğü kırmızı bakır çemberli meşeden mamul lengerlere yer yer güneşli ellerini sokan, mavi ketenden pantolonlarını diz kapaklarına sıvamış, buğulu yemiş gözlü küçük satıcıları görmüştüm. Fakat "Napolili Balıkçı"ya vatanında rastlamadım.

Berrak ve sanki berrak olduğu için soğuk bir kış günü idi. Arkadaşım oteldeki odama erkenden uğramış; perdeleri çekilmiş loş odamın evvela perdelerini, sonra da camlarını ardına kadar açıvermişti.

– Havaya bak, havaya, demişti, daha yatıyor musun?

Metronun ılık ve ozon kokulu havasından Chatelet'te kurtulduk. Evet, Paris'teyiz. Nehrin üzerinden bulutlar akıyor. Rıhtımların kıyısında Verlaine'e benzer insanlar var. Paris sabahlarının serseri havası bilhassa bu saatlerde serseridir; akşamlarında, bütün elektrik parıltılarına rağmen, muzlim bir Baudelaire atmosferini her yerde bulabilirsiniz.

Louvre'u, Galatasaray resim sergisini gezer gibi gezdim. "Joconde"un önünde bir şeyler görmeye çalışarak, iki dakika durduk. Tarih kitaplarının içindeki resmine bakarken saatlerce düşündüğüm halde, ne tebessümündeki sırrı, ne de yüzündeki ilahiliği, anlayabildiğim bu kadının önünde beynimde bir şimşek çaktı ve kapandı. "Hah" dedim, buldum, sırrı keşfettim. Jakat "Joconde", müstehzi tebessümünü bir müddet terk ile, bana hain hain baktı. Yürüdüm. "Joconde"u sevmiştim. Onu, "zekâ" denilen şeyi sever gibi sevmiştim.

"Pècheur Napolitaine"e ait salonlarda rastladık. Önünden beni zorla ayırmaya çalışan arkadaşıma hitaben şöylece söylemiştim:

– Şu balık ağını görüyor musun? Baldırların bir kısmını ve çıplak ayağın bir tanesini kapayan balık ağını? Küçük gümüş balıkların çırpıntısıyla hâlâ yaşar gibi duran bu ağ, çoktan eskimiş, yırtılmıştır. Kırmızı bakır rengi çoktan solmuştur. Şu dizlerindeki ağa gülen çocuğu görüyor musun? Çoktan ölmüştür. Ölmeden evvel ihtiyarlamıştır. Bu burun aksırmış, sümkürmüştür. Bu taranmadan rüzgârda güzel saçlar, bir gün tarandıktan sonra bile çirkinleşmiştir. Bir Napolili Balıkçı'nın baharını yakalayan artisti kıskanıyorum, ismine bakmayacağım. Yürü geçelim.

Gülerek geçtik. Fakat, ben omzuma, pankartından sıyırarak, Napolili Balıkçı'yı yüklenmiştim. Louvre'un bekçileri, bu sırtımda götürdüğüm koca heykeli göremediler. Bu ağır yükün altında terliyordum; omuzlarım ağrıyordu. Etrafıma hayretle bakıyordum. Acaba omuzlarımdaki heykeli kimse görmüyor muydu? Fransa hükümeti yoksa Louvre'u seyircilerin zevk ve hevesine mi terk etmişti?

Kendimi dışarıya zor attım. Haricin soğuk havası, yükümü ağırlaştırmış gibiydi. Arkadaşıma mermer ağların kenarından bir parça tutması için rica etmek istedimse de, delirdiğime zahip olacağından korktuğum için bu tekliften vazgeçtim.

– Allahaısmarladık, Georges, dedim. Ben eve dönüyorum. Çok yoruldum.

– Hani "Montmartre"a gidecektik?

– Başka bir akşam, dedim.

Metroya bindiğim zaman, yanımdaki boş yere heykeli bırakmadım. Hâlâ omuzlarımdaydı. Oradan ağır ağır vücuduma, içime süzüldüğünü ve bir zehir gibi kanıma karıştığını hissettim. Kalbim vuruşunu artırmıştı. Eve bir sıtma nöbeti içinde vardım, bir kartpostal büyüklüğünde kalmış, erimiş heykeli sırtımdan âdeta kopararak masamın üzerine bıraktım ve yatağımın üstüne boylu boyunca uzanıp bir sıtmalı gibi titreye titreye saatlerce kaldım.

ROBENSON

Yuvarlak dünyanın üstünde isimlerini bilmediğimiz fiyorlar, kanallar ve limanlar, gece olunca sakin denize bakan tek bir fener, bazen sağnaklı ışıklar döküp yürüterek, bu yuvarlak dünyanın üstünde bir vücut gibi sinirli ve hararetli yaşarlar.

Dünya alabildiğine doludur. Dünyada bakışları birbirine benzeyen birçok insan, deniz kenarlarında yıkanır; dağların üstünde buzlar içinde kayar; veya ovaların salkımsöğütleri, kavakları altında sevişirler.

Gözlerin gözlerimden ziyade bana yakın, ellerin ellerim kadar sinirli, sarı tüylü ensen, sandallarının içine hapsolmuş müsterih çıplak ayakların... rengin sarı, kırmızı, esmer, siyah, ne olursa olsun, lisanını anlar, kokunu duyar gibiyim.

Bu yeşil, sarı, lacivert bayrak, sizin bayrağınız. Komşu kabilenin bayrağı aynı renkte, aynı şekilde, fakat üzerinde dokuz yıldız var.

Onun için mi boğazlaşıyorsunuz? Kavgadan evvel evlerinde yemek yediğin, başı sana dokunduğu zaman yaşadığını hissettiğin çocuğu bu dokuz yıldız için mi öldüreceksin?

Anlaşıldı, ben bayrakları değil, insanları seviyorum. Öyle ise, yuvarlak dünyanın üstünden akıp geçen yıldızlara bakan vapurlarda ömrüm geçecek.

Bandırası her ne olursa olsun, aşılandığım ve ekildiğim limanda dallarımı sallayarak her geçen vapuru selamlayacağım. Aylardır otuz metre murabbaı içinde kök salmış bir ağaç gibi rüzgârları emmekle yapraklarımı şişiriyordum.

Fakat hiçbir yaprağım bir yelken büyüklüğü almadan denize doğru gidemeyeceğim, diyordum. Ve hiçbir yaprağım bir yelken büyüklüğü alamayacak sanıyordum.

Bulunduğum limanın havasında insanı yelkenlilere ve şileplere iten bir mıknatıs mevcut olduğunu işitir, inanmazdım.

Napoli'de nasıl yerleşip kalmak, her akşam Vezüv'ü seyretmek, ay ışığında gladyatörler gibi denize girenlere bakmak, günlerce makarna yiyip şarkı söylemek arzusuyla üç-dört saat kaldımsa, burada tamamen aksi oldu.

Günlerce eski limanın uzunluğunca vapur bekledim. Bir an evvel bir küçük vapur ve bir iş.

Ben "Istakozların En Büyüğü"ne uğramıştım. "Istakozların En Büyüğü" meyhanecinin hayalini genişletmek için hususi surette tanzim edilmiş kocaman aynaları ve içeriye dört-beş kişilik bir grup girince her tarafı doluveren, esrarengiz bir meyhanedir.

Mor çuha kasketlerini kaşına yıkmış, yelken kullanmasını bilmeyen gemicilerden, köpekbalıklarının ağzından kurtulmuş denizcilere kadar birçok gönüllü bahriyelinin uğrağı olan "Istakozların En Büyüğü"nde Baba Vilyams'a rastladım. Bana bir iş teklif etti:

İcabında İngiliz bandıralı bir şileple Amazon kıyılarına gideceğiz. Şehir şehir, köy köy, buğday, mısır, domuz taşıyacağız.

Beş İngiliz lirası ayda.

Adiyö büyük liman, seni öbür kışa bir ay için gelip göreceğim.

*
* *

– Allahaısmarladık, Yoana.

– Deniz havası serindir, Robenson, lacivert fanilanı giyseydin.

– Giyeriz anam, ver dudaklarını.

Yuvarlak dünyanın üstünde fiyorlar, berzahlar, limanlar doludur. Denizler karalardan daha geniştirler.

– Adiyö Sait, Kosti'ye selam!

– Uğurlar olsun, Roben!

İHTİYAR TALEBE

I

Yaşını en mahrem arkadaşına bile söylememişti. Fakat biz; onun yaşını tahmin etmek için önlerimizde şarap şişeleri, etrafımızda "Marn" kahramanı beyaz bıyıklı Fransızlar, karşımızda kahvecinin verem yüzlü kızı, bir saatten fazla konuştuğumuzu bilirim. Sonra kalkıp pansiyona yemeğe giderdik. Bir saat içinde hazmedilebilen ucuz akşam yemeğini bitirince, yine kahveye koşardık. İhtiyar talebe yemeğini, çirkin çirkin kadınların bol bulunduğu bir pansiyonda ve herkesten evvel yerdi. Biz kahveye girince onu, sobanın başındaki masada oturmuş bulurduk. Mahalli gazeteyi keyif ve hüzün arası bir tavırla okurdu. Biz selam verirsek alır; vermezsek, selam vermeden yanımıza gelir, otururdu. Kendisi Sırp veya Hırvat'tı. Türk talebeleri her nedense çok severdi. Bilhassa aramızdaki uzun boylu, âdeta uzun boylu olduğu için kambur, Sırpça bilen arkadaşımıza bayılırdı.

Onu, aramızdan tereyağından kıl çeker gibi alırdı. Biz hiç onlarla meşgul olmazken, birdenbire her ikisini de başbaşa bulurduk. Neler anlatır, nelerden bahsederlerdi?

II

O akşam, bu masaları fıçıdan, bardakları Acem minyatürü kadar ince ve hayali, duvarları bağ bozumu resimleri ve neşeli ayyaş yüzleriyle kaplı meyhanede on sekiz arkadaştık. Aramızda Sırplar, Bulgarlar, Çinliler, İsveç, Norveçliler vardı. Hepimiz Ren kıyısı şaraplarından bol bol içiyor, ara sıra içimizdeki zenginler, acayip kokulu züppe içkileri yanlarındaki kadından ziyade oyuncağa, oyuncaktan çok kadına benzeyen Fransız kızlarına içiriyorlardı. Cins ve terbiye bakımından Fransız olan kadınlar, içtikçe coşuyorlar, kan kırmızı kahpeliklerini billur kadehlere doldurup sunuyorlardı. Benim kızım kendisine Macar derdi. Fakat ben onun Çingene olduğunu pekâlâ bilirdim. Macar kızı bir bisküvi kadar kıtır kıtır ve ağza alınınca bir bisküvi kadar yumuşaktır. Halbuki Avrupalı Çingenenin tadı İsviçre dağlarının karışıksız sütünden yapılmış; sağlam ve gürbüz kadınların yoğurduğu hamurdan olmuş halis bir çikolata tadındadır. Hele benim gibi ağzının çocukluk tadını kaybetmemiş olanlar için... Ben, benim kara ve tatlı kızımla şarap şarap üstüne yuvarlarken, gözlerim yalnız İsveç kızlarına takılıyor ve bu dağ sporlarının, karlı çamların, karlı, sarp ve buzlu tepelerin, altları yer yer uçurumlu cumudiyelerin cesur ve sarı kızlarını öpüyor gibiydim. Fakat ellerim kara kızın ellerinde, sağ dizi sol dizimde, kanı kanımda idi. Kızım, kulağımın dibinde âdeta haykırdı:

– Gözünü İsveç kızlarından bir lahza çevir de, karşıya bak!

Haleti ruhiyemin anlaşılmasından müteessir olmakla beraber, bana işaret edilen yere bakmayı da unutmadım. İhtiyar talebenin aramızda olduğunu biliyor; fakat onu yalnız zannediyordum. Bu akşamki şarap ziyafetine başlarken bir aralık onu görmüş ve konuşmuştum. Ziyafetin, daha doğrusu, âlemin ilk zamanlarında sinirli sinirli etrafa ve kapıya baktığını, kadınlı bir mecliste her yalnız erkeğin alacağı tedirgin vaziyeti aldığını görmüş ve kendi kendime üzülmüştüm. Sonra bu hâlâ asma ve yaprak, hâlâ kız ve çocuk eli kokan şarap, onu ve sinirli beklediği kadını bana unutturmuştu.

Önce ihtiyar talebeye baktım. Buruşuk Slav çehresinin üzerinde mütemadiyen bir kapı ve bir kadın gözleyen, mesut mu, kederli mi olduğu anlaşılamayan mavi gözleri geniş, biçimsiz, istihfaf eden kalın dudakları, erkek alnı ve işçi elleriyle bir dakikada onu yeniden ve alkolden doğan bir tetkik hevesiyle görüverdim. Sonra... birdenbire boğazım kurudu. Ellerim terledi. Dönen kafamı acıyla sağa sola salladım. Dudaklarımdaki ve içimdeki türküyü kestim.

Yanındaki kadını görmüştüm. Evet, bu bir kadındı. Hayır... Bu bir kadınsa muhakkak bütün hislerden sıyrılmak ve uzun boylu vücudunu tetkik etmek lazımdı. Bedava bakan bir belediye doktoru kayıtsızlığıyla;

– Soyun insan! demeliydim.

O, soyunmalı idi. Memelerini uçlarından takma olmasın diye tutup tutup bırakmalıydım. Eğer derisinde biraz ışık, bir lokma hararet varsa, bir parça kesmeli, mikroskopta bakmalıydım. Hücreler harekette miydi? Atomların alacağı ve aksettireceği ışık da bana oyun oynayabilir; inanmamalıydım:

Evet, bu bir kadındı. Saçları uzamış, kirlenmiş, boyanmış, yıkanmış, tekrar boyanmış, bazen berberde bu saçlarla uzun müddet uğraşılmıştı.

Bu bir kadın yüzüydü. Yaşı var mıydı? Deri buruşuk muydu? Hayır, deri bilakis gergindi. Yaşı bilakis hiç yoktu. Acaba bu kadın daha doğmamış mıydı? Ben bu çehreyi bir ana karnında daha teşekkül etmeden hangi acayip tesadüfle görmüştüm? Ve o zamandan beri hiç değişmemiş miydi?

Bir midyenin içi, bir sümüklüböceğin derisi de böyle miydi? Onu, lengerlerin kenarında, ardında uzun sümüklü bir yol, üstünde tuz, büzülüp ölürken mi bir sümüklüböcek bedduası tutmuştu? Yalnız gözleri ihtiyar talebenin şimdi mağrur, fakat hâlâ ürkek gözleriyle kardeşti. Danimarkalı kızın iri siyah benekli beyaz Danimarka köpeği, yanıbaşında havlıyordu. Nasıl bir önsezi köpeğe girmişti bilmem; köpeğin gözleri kadında idi. Fakat hali, kadına, hiçbir fenalık yapmak istemiyor gibi; onun etrafını saran havadaki tehlikeye havlıyordu.

– Sus Aysberg! dedim. Sus, sus da bakalım.

Köpek homurdanıyordu. Susmuş meclise baktım. Dostlar ve arkadaşlar durmadan içiyorlardı. Dört yanımızı havadan ziyade havasızlık, alkolden ve cıgara dumanından ziyade is kaplamış gibiydi. Şarap, kekremsi ve acı, kadehler yağlı. Çingene kızım üşümüş.

Bu kadın çirkin ve güzel değildi. Bu kadın yaşar veya ölü değildi.

İhtiyar talebe, şimdi, Sırpça bir türkü tutturmuştu ve en tuhafı, kadın ıslık çalıyordu. İçinden muhakkak günahsız, karbonu bol bir hava çıkıyor; masamızın bardakları ve örtüleri üzerine esen bu kadının ıslığından kopup gelmiş kurum ve yanmış kâğıt parçaları etrafa uçuşuyordu.

Ben, bütün âlem müddetince ne bardaklara

bir daha elimi sürdüm, ne dudaklarımı şaraba dokundurdum.

İsveçli kızlar hep bir ağızdan, beyaz bir dağdan skilerle inmişler gibi, beyaz bir yokuştan donmuş bir göl sırtına yerli ve beyaz kuşlarla beraber düşmüşler gibi, bir şimal iklimi türküsü söylemeye başlamışlardı.

Oh... İhtiyar talebenin kadını gibi kadınsız bir dağ.

Donmuş bir kaynak. Gece güneşi gibi, sarı kızlar.

Bir muhabbet kadar suçsuz, karlı ova... Uzakta köyler, ışıklar, zenginsiz, fakirsiz bir kış. Zenginsiz, fakirsiz şehirler, kasabalar, köyler. Kumral günler, kumral geceler.

Tüy kadar hafif beyaza çalar sarı saçlı, kar kokulu, kar renkli, yanakları buz gibi soğuk onar yaşında çocuklar, fiyorlar ve mavi sular. Mavi sularda çapkın, sarhoş balıklar ve bütün bir İsveç. Biletçisiz tramvaylar, kapıları açık evler. Ve bütün bir çıplak, beyaz, güzel insanlar. Acaba İsveç hakikaten böyle miydi? Bu laflarını anlayamadığım, İngilizceye ve ıslığa benzeyen lisan, hakikaten böyle şeyler mi söylüyordu? Sahiden bir göl üstünde çıplak bir çift mi görüyordum? Patenlerinin üzerinde çırılçıplak birbirlerine sarıldıkları halde, en küçük bir arzu duymadan vals mi yapıyorlardı? Ne kadar şehvetsiz, ihtirassız, yine ne kadar masum ve çocuk hislerle doluydu bu müzik. Arasıra kızların sesleri niçin hafifliyordu, mahzunlaşıyordu? Acaba uzak ve yakın iklimlerde çok çirkin yahut çok güzel insanlara mı acıyorlardı? İsveç'te hakikaten şehvet yok muydu? İhtiras beceriksiz miydi? Almanlar kendilerini göstermek için bütün heveslerine rağmen hiçbir şey söylemediler. Bir İspanyol çocuğu buruşuk, acı sustu. Çingene kızım acayip bir lisanla bir şeyler mırıldandı. Acaba Macarca bir şarkı okumak isterken mi susmuştu? Ve niçin bu masum müzik, herkesin saffetini kamçıladığı halde, meclisimizde riyakâr bir hava ve dalga vardı? Bereket, kafamızda İsveç dağları, fiyorlarla beraber kalkıp gittik. Ve hiçbirimiz birbirimizin elini sıkmadık. Çifter çifter, acele acele yatağımızı ve uykumuzu düşünüyor gibi ayrıldık.

İhtiyar talebe ile korkunç kadının ne tarafa gittiğini bana kimse görmedi gibi geliyor. Tenha ve kimsesiz şehrin sokaklarını kızımla kolkola saatlerce dolaştığımız halde, hiçbir şey konuşmadık. Onu evine bırakırken;

– Bu kadında ne vardı? dedi.

– Ne bileyim, dedim.

Üşünüldüğü zaman yapılan bir hareketle anahtarı kapıya soktu. Kapının aralığından uzanan ılık elinin tersini çevirdim. Uzun uzun koklayarak öptüm.

– Yarın erkenden bana gel, dedi. Şimdi derhal uyuyabilmek için ne lazımsa yapacağım.

– İstersen gireyim, dedim.

– Yok, yok, dedi. Yalnız kalmak en iyisi. Çünkü hislerim korkudan çok uzak. Düşünmek ve halletmek istiyorum. İlk defa bir şeyler düşünmeye ve mücerret bir şey tahlil etmeye ihtiyacım var.

Çingene kızımın ne muadelesi hallettiğini bir daha soramadım. Ben evime girer girmez uyudum. Kafam bomboştu. Çirkinlik hakkında muhakkak düşünmekliğim lazım olduğunu anladığım bir zamanda, düşünmemek için bütün enerjimi sarf ederek muvaffak oldum. Uyudum.

III

Bulunduğum şehirde ılık, tenha, yalnız mesut üç-beş dost için açılmış hissini veren kahveler vardır. Bu kahvehanelerin sahipleri, ekseriya, dul ve gayet titiz kadınlar olur. Vücutları, yalnız beyaz ve pembe, mahcup, arzulu köylü kızlar hizmet ederler. Patron madam, masasının başında veya sobanın önünde örgülerini, bluzlarını örmekle meşguldür. Köşede burjuva işçileri, kenarda sakin, grev yapmamış komünistler bulunur. Hizmet eden kızları sıkıştıran taze kur'a efradı,* yeni terhis edilmiş kışla terbiyesiyle pişmiş gençler de, hizmetçi kızın lütfu nispetinde az veya çok bulunabilir.

O kahvelerde, geceleyin, buğulu camdan dışarıya, boş sokağı, ıslak kaldırımların üstündeki ağaç ve gece gölgelerini, nadiren birbirine dudak dudağa sarılmış çiftleri seyre dalmak, sonradan çok özleyeceği bir hatıra bırakırsa o insan mesut olmak için yaratılmışlardan değildir. İnsanda en büyük intibalar, en büyük hadiseler iz ve hatırasını bırakmalıdır.

Küçük şeyleri unutamayanlar, en geri hatıraları da unutamayanlardır. Hafızalarının bu bahtsız kuvveti karşısında hiçbir memleket, hiçbir vatan tutamadan her yeri, her şeyi severek öleceklerdir. Ben, artık tenhalaşmış sokaklarda bir memleket havası tutturarak, bu nevi kahveleri keşfetmekte büyük bir maharet kazanmıştım. Bazen susmasını bilen bir arkadaşla, bazen kokulu bir likörü bitirinceye kadar saatler geçerdi.

İşte bu cins kahvelerden birine doğru yollan-

*) **Kur'a efradı:** (eskiden) Kura çekerek askere gidenler.

mıştım. Bir kilise geçtim. Bir meydan atladım. Bir küçük sokağın başında yapayalnız geçen birinin arkasından onu yıllardır seviyormuş gibi garip bir üzüntü ile uzun zaman baktım. Nihayet kahvenin önündeydim. İçerisi bu akşam ne kadar tenhaydı. Dört kişi kâğıt oynuyorlar. Bir asker, hizmetçi kızla ayakta konuşuyor. Patron madamla güzel bir ihtiyar, kimbilir belki gençliklerinden bahsediyorlar. Ya bu kenarda başbaşa bir ihtilal, bir facia, hatta bir vaka, bir çapul hazırlar gibi konuşanlar kim?

Onlardı. İhtiyar talebe ve bizim uzun, kambur Türk arkadaş. Yanlarına gelince ihtiyar talebe sustu, somurttu. Türk arkadaş kaçıp gitmemden korkuyor gibi beni yanına oturttu.

– Hadi bir kâğıt oynayalım... dedi.

İhtiyar talebe bütün ısrarlara rağmen, bu akşam içmiyordu. Nihayet, bir şişe iyi şarap getirttik. Dayanamadı. Bir daha geldi... Bir üçüncü şişeyi de bitirince, ihtiyar talebe, kırışmış dudaklarını ıstırapla açtı:

– İşte, dedi, bu kadın o kadın mıdır? O kadın bu kadın mıdır? Bu bazen genç, güzel, bazen insanı ürkütecek, iğrendirecek kadar çirkin kadın... Dün akşam bir baloya gittik. Ne kadar şık ve güzeldi. Bu sabah otomobilini durdurup beni çağırdı. Yanına yaklaşınca korktum. Bembeyaz saçları, belki altmıştan fazla gösteren çehresi...

– Nasıl olur! diye bağırdım.

İşitmemiş gibi devam etti:

– Halbuki bir hafta evvel, Tronche'de (bu civarda bir köy) oturuyordu. Şimdi benim evin karşısında oda tutmuş, garajdan sabahları otomobilini çıkarırken beni uyandırmak için saatlerce korna çalıyor ve sonra ben pencereye yaklaştım mı, arabanın içinde bir dudak ve bir tebessüm görebiliyorum. Bütün süratiyle kaçıp gidiyor.

Benden bu kadın ne istiyor, evlenmek mi? Eğer isteği bu ise evleneceğim. Fakat tam ben ona bu izdivaç teklifini yapmaya hazırlanırken, en iğrenç ve çirkin esvaplarını giyiyor; o kötü, biçimsiz şapkasını kafasına geçiriyor. Ne olursa olsun, diyorum; teklifimi yapıyorum. "Bana bir gün müsaade," diyor, "yarın size cevap veririm." Ertesi gün bir melek güzelliğiyle karşıma gelip oturduğu zaman, ne söyleyeceğimi şaşırıyor; beyazlanmaya yüz tutmuş saçlarımdan ürküyor ve bir türlü dünkü sualimin cevabını beklediğimi söyleyemiyorum.

Kadın da zaten o tarafa katiyen yanaşmıyor. Dünkü sualime dair küçücük bir ima yapmıyor.

Gün oluyor ki, ben onu müthiş seviyorum. Her tarafı arıyorum. Yok... Yok... Günlerden sonra o, beni takibe başlıyor. Ben yanına yanaşınca kaçıyor. Onu kâh bir otomobilde, kâh bir tramvayda görüyorum. İşaretler yapıyor. Fakat ne otomobilini durduruyor; ne de tramvaydan ilk durak yerinde atlıyor. Yaşı daima yirmi ile kırk beş yaş arası. Nadiren çok ihtiyar. Çirkinlik, güzellik, fakirlik, zenginlik, terbiyelilik, terbiyesizlik bu kadında. Beni tazip etmek için otomobilini bir lahzada boyatıyor.

Onu bir sokakta eflatun renkli bir otomobil içinde görüyorum. Elini kolunu sallıyor. Öbür sokağın başında sarı bir otomobilden tebessümler ediyor. Demin geçerken, büyük kahvenin ben bir kapısından girdim; o, öbür kapısından çıktı. Size rastlamadan küçük bir kahvede bir erkekle oturmuştu. Geçtim, karşılarına oturdum. Beni görünce rengi attı. Gözlerimi diktim. Herifi sürükler gibi aldı götürdü.

İhtiyar talebe susmuş, düşünceli düşünceli sokağa bakıyordu.

Birdenbire;

– İşte! dedi.

Buğulu camların ötesinden hakikaten, rüzgâr gibi birisi geçmişti. İhtiyar talebe koştu. Kapıyı açıp baktı. Yerine döndüğü zaman sapsarıydı.

– Otomobiline bindi, gidiyor, dedi. Yine yeniden boyatmış.

Biraz sonra bir otomobil, buğulu camların ötesinden geçti.

İhtiyar talebeye korkuyla bakıyordum. Bir şeyler sormak, bir şeyler öğrenmek, bulunduğu haleti ruhiyenin fecaatinden dem vurmak istiyorum. Fakat Türk arkadaş, Türkçe;

– Sus, dedi, sakın bir şey sorayım deme.

Sonra kendisi ona hitaben;

– Peki, dedi, şüphe yok ki, bu kadın aynı kadındır. Madem ki, güzel olduğu zaman da sizinle konuşuyor, çirkin olduğu zaman da, yalnız geçenlerde bana, çirkin olduğu zaman, size hiç para sarf ettirmediğini söylemiştiniz. Güzel olduğu zaman ekseriya, biraz hafifmeşrep midir? Parayı size mi sarf ettirir?

– Tamamen, dedi. Güzel olduğu zaman, beni küçük kahvelere götürür. Orada masrafı ben yaparım. Halbuki çirkin olduğu zaman, büyük kahvelerdeyizdir. O, beni rezil etmek için, acayip şapkasını giymiş, pis eteklerini beline bağlamış, yüzünü haddinden ziyade ve beceriksizce boyamıştır ve daima iyi, pahalı içkiler içer. Bu içkilerden kadeh kadeh yuvarlar. Sonra çantasını böyle acayip bir ihtiyatla –herkesten parayı kendi verdiğini saklamak için binbir ihtiyat göstererek– çıkarır. Halbuki garson da dahil olmak üzere, bütün etraf, masalar, bu garip ve üzüntülü hareketi görmüşlerdir.

Ah dostlarım! Bu kadın melek... İfrit... Her şeydir... Onu sevmiyorum da. Fakat beni rahat bırakmıyor. Bir lahza kendisiyle uğraştırmamazlık etmiyor ki. Odama günlerce kapanıyorum, camlarımı taşlıyor; sabaha kadar korna çalıyor. Sinirlenip sokağa fırlıyorum, görmemezliğe, tanımamazlığa geliyor. Çıldıracağım, be arkadaş. Ne yapayım, bu kadını öldüreyim mi? Şimdi beni muhakkak köşe başında bekliyordur. Bu akşam, ne olursa olsun, her şeyi söyleyeceğim. İmtihanların yaklaştığını, artık bana fenalık etmemesini, imtihanlardan sonra beraber Sibirya'ya gideceğimizi söyleyeceğim. Beni hiç olmazsa bir müddet rahat bıraksın. Öyle değil mi canım? İmtihanlar yaklaştı!

– Öyle... Öyle... muhakkak söyle.

Bir müddet de hazırladığı tezden, felsefeden, Bergson'un son kitabından, Nietzsche fikirlerinin bugünkü Almanya'ya hâkimiyetinden bahsetti.

– Bekletmeyeyim, gider... dedi. Allahaısmarladık!

IV

O gittikten sonra, dördüncü şişeyi getirtmiş ve bir kahkaha salıvermiştim. Arkadaşım;

– Yok, dedi, gülme. Ben korkuyorum. Beni bir saat bile rahat bırakmıyor. Benden başkasıyla konuşurken gayet tabii ve müsterih konuştuğunu görüyorum. Nitekim ben de başkalarını dinlerken aynı istirahati vücudumda hissediyorum.

Bana musallat oldu, ne diyeyim. Bana kalırsa bu bir deli değildir. Çoğumuz gibi hastadır. Hakikatte böyle bir kadın mevcut değildir. Fakat buna kestirmeden hayır da diyemiyoruz. Bu adam kimbilir ne kadar saf bir çocukluk hayatı geçirmiş. Kafasında bir kadın mefhum ve hayali vardır. Ve bu yalnız mücerret kadındır. Çirkinliği, güzelliği, zenginliği, fakirliği yoktur. Bu, bir tek kadın mefhumudur. Bu âdeta onun için bir kadın ilmidir. Hayata tatbik edince güzelliğe çirkinliğe karışıyor, yaşı değişiyor; elbette ki, yirmi yaşından kırk beş yaşına kadardır.

Bana anlattığına göre, başından bir aşk macerası da geçmiştir. Ve bütün kadınlar, o maceranın kadınıdırlar. Ve bu kadın, mütemadiyen onu takip etmektedir. Güzel kadınlara karşı fevkalade cesaretsizdir. Onlar, kendisine güldükleri zaman ya kahpe, ya hafifmeşreptirler. Kendisini çabucak unutuyorlar ve bir adamın üzerine bu kadar düşmesinden sinirlenip kaçıyorlar. İhtiyarlara gelince; bu sefer o kadınlar ihtiyar talebeye balta oluyorlar ve ona azami müsamahayı gösteriyorlar. Fakat nihayet genç vücut, kaygan deri, o yirmi yaşının sevgilisi, tekrar sinirlerini kamçılıyor; ihtiyar talebe hiçbir güzel ve genç kadın bulamıyor. Yahut da buldukları onu tatmin edemiyorlar.

Sonra işittiğime göre, birbirine ayırdedilmez derecede benzeyen iki Amerikalı hemşire; ihtiyar talebenin hastalığını keşfetmişler, onunla alay ediyorlarmış. Bu, iki kız kardeş vaktiyle birbirlerine fevkalade benzerlermiş. Şimdi bir tanesinin Hindistan'da aldığı bir nevi cilt hastalığı neticesinde yüzü, korkunç ve kötü, iğrenç bir hal almış.

– O kadını ben gördüm! diye bağırdım.

Arkadaşım;

– Ben görmedim, dedi. Bir gün o kadını görmeye gider miyiz? Ben yemek yedikleri pansiyonu biliyorum.

Ben "gideriz" dedim, arkadaşım devam etti:

– İhtiyar talebeye şu anlattığım Amerikalı kızlar hikâyesini fırsat buldukça, ilave ederek, kısaltarak anlattım. Nihayet başına gelen vakanın, bir kadının değil; iki kadının marifeti olduğunu anlatmaya çalıştım. Dinlemiyor, bazen müthiş kızıyor, gözleri alev alev oluyor. O, kendi dimağına göre yarattığı bu âlemden memnundur. Bir kadının hem güzel, hem çirkin, hem şu, hem bu olabileceği kanaatini benimsemiştir. Kendi tedavisini yine kendisi yapmalıdır. Başka çare yok. Hiçbir doktor, hiçbir âlim onu iyi edemez. Ancak kendi kendisi buna kadirdir.

Kahvede kimseler kalmamıştı. Patron madam bize bakarak sinirleniyor; pembe kız, beklettiği çavuşun hatırasıyla kendinden geçmiş uyukluyordu. Etrafımızda ışıklar sönmüş, sandalyeler masaların üzerine bindirilmişlerdi. Arkadaş;

– Kalkalım mı? dedi.

Ben, gülerek,

– İstersen oturalım, dedim.

V

İhtiyar talebe, temmuzun bu ılık ve yağmurlu gününde terlediği kadar hiç terlememişti. Fakat asılacak lisansiyeler listesi üniversitenin dehlizine nihayet asılmıştı. Sabahtan beri bira bira üstüne içiyordu. Ruh, şekil, fizik ve ahlak değiştiren sevgili, bugün onu ne kadar rahat bırakmıştı. Öyle olduğu halde, saatler geçmiyor, bu munis yaz yağmuru altında her eşyayı bir sükûn, bu yürümeyip koşan Avrupalılara, bir Afrikalı ataleti çöküyordu. Yağmur ne ağır, ne büyük damlalarla yağıyor. Yağmurun altında koşan insanların içindeki miskinliği meydanların, kahvelerin saatleri zaptediyor. Bu, sanki gece ile, malum bir saatle bitecekmiş gibi yağan yağmuru ağaçlar, insanlar ve eşya ile elbirliğiyle uzatmaya çalışıyorlar. Sanki bütün şehir, bakkallar, kasaplar, mektep çocukları, işçiler, muallimler, akasyalar, güvercinler, saatler ve heykeller bir yeni zaman yaratmak için filozoflaşıyorlar, alimleşiyorlar. İhtiyar talebe için, lisansiyeler listesinin üniversite dehlizine asılacağı zaman bir türlü gelmiyordu. O zaman ne ağır şeydi, ne kımıldamaz mahluktu. Ağaçlar kendilerini budayan insanlarla beraber olurlarsa bir şey çıkmazdı. İhtiyar talebe, en çok saatlere kızıyordu. Nasıl oluyordu da saatler, bir munis yaz yağmuruna karşı ruh peyda etmişler gibi makineden kollarıyla ağırlaşırlar, sakinleşirler, dururlardı.

İhtiyar talebe, artık bu ataletten başka bir şey düşünmüyordu. Ne mütemadiyen değişen sevgilisinin mütemadiyen rengi değişen otomobilini, ne kambur Türk arkadaşını... Onu meydan ve kilise saatleri almış uçurmuş; bir ruhi zaman içine sürüklemişti.

Postanenin önündeydi. Yağmur, şapkasız başından süzülüyor; seyrelmiş saçlarında ılık bir düşünce, bir uyanık rüya gibi gelip geçiyordu. Meydanda kimseler yoktu. Arasıra bir bisikletli, yağmurluğun içinde büzülmüş koşuyor; bazen iki serçe, önünde sevişiyorlardı. Serçeler zaman mefhumunu bilmiyorlar. Bu, tabiatın kendilerine çoktandır vermediği duşa bütün ömürleri, bütün hevesleriyle atılıyorlar. Yağmurun büyük damlaları, onların tüyleri üstünde akmadan buhar oluyor gibi serçelerin sıcaklıklarına, ruhlarına, vücutlarına siniyordu ve bir yağmur damlasını küçük vücutlarına onlar, nasıl kendilerinden umulmaz bir şehvet ve lezzetle sindiriyorlardı. Ah, serçeler ne bahtiyardı!

Postanenin büyük saati, nihayet karar vermiş bir insan ciddiyeti ile bu saatleri ve insanları, zamanı unutmaya çalışan şehrin üzerine tahakküm etti ve dördü çaldı. Postaneden üniversiteye yarım dakikada gidilirdi. Şimdiden küçük dehliz dolmuştu. Bir serçe küçüklüğü ve ıslaklığı almış narin Çinli talebelerin, yanakları elma cilasıyla parlayan dev gibi Almanların arasından ihtiyar talebe; ağır ve temkinli, kimseye dokunmadan, hiçbir tecessüs acelesi göstermeden yürüdü. Yahut ona çok sakin yürüyorum gibi geldi. Biraz dikkatli bakan gözler, onun içindeki aceleyi keşfedemezler miydi? Bu his, ihtiyar talebeye gelince önce, mektupların bulunduğu camekâna doğru yürüdü. Uzun uzun mektuplara baktı. Ne isimleri görüyor; ne de mektupların pullarına dikkat ediyordu.

On bir sene evvel Fransa'ya ilk geldiği zaman, o da küçük Fransız çocuklarının hevesi, nezaketi ve minimininiliğiyle arkadaşlarından pullar toplamış; koleksiyonlar yapmıştı. Sanki bu on bir sene evvelki merak, yeniden onu sarmış gibi gözleri pulların üzerinde görmeden dinleniyor; sanki günlerden beri bir mektup bekliyormuş gibi, zarfların üzerine hasret ve hüzünle, yine görmeden bakıyordu. Nihayet çok aceleci Fransızlardan, temkinli Japonlardan bir ara bularak lisansiyelerin yazılı bulunduğu listeye, pullara ve kartpostallara bakar gibi bakmaya başladı. Fakat bu sefer küçük serçelerin yağmur damlasını içlerine ve ruhlarına sindirdikleri gibi, gözlerini açmış, ruhu oynak, görünüşte lakayttı.

Evet, bu isim, bu unutmaya yüz tuttuğu baba ismi orada idi: Stefanoviç... Pavel Stefanoviç. İhtiyar talebe, küçük bir serçe kadar şen, fakat mağrur, saatler gibi durgun ve ağır, üniversitenin kalın ve ağır kapısını açtı. Yağmurun altında saatlerce dolaştı. Ne mesuttu. Ne kadar mesuttu!..

Saat ne çabuk yedi olmuştu. Bu karanlığın içine şimdi üflenir gibi yağan yağmur ne cici, ne güzel şeydi. Ve ne kadar çabuk dinecek gibi yağıyordu. Tenha sokaklara düşmüş; ışıkları yarı sönük çarşılar geçiyordu. Şehir tanınmayacak gibi değişmişti. Hiç gelmediği bir amele mahallesindeydi. Şehrin talebe ve burjuva muhitinden başka taraflara nadiren gittiği için buralarını hiç bilmiyordu. Buralarda ne güzel kahveler vardı. Küçük sinemalar... Küçük sinemaların kapılarına sinmiş ameleler, ne ağız dolusu gevrek bir lisan konuşuyorlardı.

Ve sonra:

– Mösyö, Mösyö!

Küçük bir çocuk yanına yaklaştı.

– Şu otomobildeki kadın size bunu yolladı.

Çocuk bir otomobili işaret etmiş ve uzaklaşmıştı. İhtiyar talebe sakindi. Zaten öyle bir mektup beklemiyor muydu? Gözünün önüne acayip fistanlı, sümüklüböcek vücutlu kadın geliyordu. Bu kadının kendi gözlerine benzer ne tuhaf gözleri vardı. Sonra canım, bu kadın zaman zaman değişmenin sırrını bulmuştu. Küçük bir makyaj, ona bir on dört yaşındaki köylü kızı saffeti, aynı zamanda arzusu verebiliyordu. O, yalnız yüzünü değil, içini boyayan bir kadındı. O halde zaman zaman aldığı çirkinlik muhakkak bir çirkinlik değildi. Bu, bir moda idi. Belki günün birinde ihtiyar talebe onu zorlayacak; bu moda ile süslenmesini isteyecekti. Mektupta şunlar vardı:

"Lisansiye olduğunuzu işittim; tebrik ederim. Bu akşam otomobille Uryage'a gidiyorum. Orada köye varmadan büyük çınarın dibinde sizinle konuşmak isterim. Tam sekizde orada olacağım."

Evet. Muhakkak bir gece, böyle bir yerde onunla konuşmak lazım. Nasıl, bu kadın nasıl onun bütün haleti ruhiyesini keşfetmiş. Bir küçük köyün ışıklarını seyrederek, kocaman bir çınar ağacının dibinde gece yağmurla birlikte düşünmek...

Evet! Otomobilin fenerini söndürecekler. Yağmur camlara takıla takıla, sine sine düşecek. Otomobilin içinde... Bu, bir elektrik düğmesiyle rengi değişen otomobilin içinde projelerini anlatacaklar. Yuvalarından bahsedecekler. Bütün dünyadan gizli, bir ihtilal hazırlar gibi saadetlerini hazırlayacaklar. İhtiyar talebe, Uryage köyüne giden son tramvaya yetişti. Geçerken Türk arkadaşına bir tezkere bırakmayı da unutmadı:

"Gidiyorum, Uryage'da büyük çınarın dibinde beni bekliyor. Lisansiye oldum. Bahtiyarım."

Türk arkadaşı, ihtiyar talebenin deliliğine hâlâ inanmıyordu. "Bu deli değil" diyordu, "biraz hasta, fakat geçici bir hastalık."

İhtiyar talebe, çınarın dibinde saat sekize kadar bekledi. Saat sekizde bir otomobil yanına yanaştı, yavaşladı. Fakat tam o otomobile yaklaştığı sırada, kendisini çiğnemek istermiş gibi yanından hızla geçip gitti. Ve iki kadın kahkahasına karışık bir erkek gülüşü çınarın temmuzla ve yağmurla kabarmış, büyümüş yapraklarına kadar sindi.

VI

İhtiyar talebenin lisansiye olduğu, Uryage köyüne yakın yüz senelik çınar ağacının dibinde sevgili beklediği günün akşamı, ben ve uzun, sırtı ve başı kendisine çok yakışan bir inhina ile eğik arkadaş buluştuk. Önce her zaman oturduğumuz kahveye uğradık. Orada elimize, ihtiyar talebenin tezkeresini verdiler.

"Gidiyorum, Uryage'da büyük çınarın dibinde..."

Lisansiye olmuşların, sertifika almışların arasına katılmamak için müzikli kahveleri, ışıklı çarşıları bir köşede bıraktık. Bu akşam yemeğini her zamanki pansiyonumuzda yememeğe karar verdik.

Arkadaşım birdenbire hatırladı:

– Gider, yemeği, şu geçenlerde bahsettiğim Amerikalı kızların pansiyonunda yeriz, dedi. Shouvalar oradadır. Bize herhalde ikram eder.

Saat yedi buçuğu geçiyordu. Ağır ağır dar bir sokaktan geçerek han avlusuna benzer bir taşlığa girdik. Arkadaş;

– Şu apartmanda oturduğunu biliyorum ama, acaba hangi katta idi? Birkaç defa geldiğim halde her zaman unuturum. İçerisi öyle karanlıktır ki.

İkinci kattan sonra merdiven iyice karanlık oldu. Ta yukarıda yanan bir yirmi beş mumluk lambanın ışığı ancak arkadaşımı seçmeme yardım ediyor; fakat apartmanların üstündeki kartvizitleri kibrit çaka çaka okuyoruz. Nihayet altıncı katta Shouvalar'ı bulduk. Riyaziyeye çalışanların perişan saçları, miyop gözleri, tatlı ve derin tebessümüyle bizi içeri aldı. Oda darmadağınık, köşede bir viyolonsel duruyordu.

– Yahu, Shouvalar, dedik, biz bu akşam senin pansiyonunda yemek yemeğe karar verdik. Yani, kendi kendimizi sana davet ediyoruz. Ne dersin?

– Saat kaç? diye sordu.

– Sekize çeyrek var, dedik.

Beresini saçlarına koydu. Gözlüğünü çıkarıp bir kutuya yerleştirdi. Bu arada miyop gözleri kırpışa kırpışa gülüyordu.

Biraz sonra, aynı taşlığın etrafına çöreklenmiş köhne evlerden başka bir evin ikinci katında, hafif hafif radyo çalan temiz bir salondaydık.

Yemek dağıtılıyordu. Ortada kocaman bir masa vardı. Burada, on, on beş kişi sessiz sedasız yemek yiyorlar; aralarında âdeta hiç konuşmuyorlardı. Bunlar birbirlerini hemen bütün sene hiç tanımadan yemek yiyen Çinliler, Japonlar, Ruslar, İngilizler, kadınlı erkekli her milletti. Ve masalarda su sürahileri duruyordu. Ötede küçük bir masanın etrafında üç kadın, dört erkek önlerinde şarap şişeleri gülüp eğlenerek, şakalaşarak çorbalarını içiyorlardı.

Bunlar, mağazalarda, bankalarda çalışan bekâr Fransızlardı. Beride, yine dört-beş kişilik bir masada yapayalnız sarışın ve sporcu bir genç oturmuş, arkadaşlarını bekliyor, bir taraftan da çorba içiyordu. Biz tam bu masaya yakın, üstüne daha hiçbir şey konmamış, bir masaya oturduk. Bize de hizmet edildi. Çorbamızı, etimizi yemiştik. Saat sekiz buçuktu. Üç kişi kapıdan içeriye yağmur ve rüzgârla, bir muşamba kokusuyla beraber girdiler. Yüzleri geniş ve rüzgârlı idi. Üzerlerinde, sanki bu yağmurlu dağ şehrine güneşli bir deniz kenarından geliyorlarmış gibi, bir hal vardı. İki kadın bir erkektiler. Kadının birisi, bizden tarafa dönmüş olanı, fevkalade güzel bir kadındı. Yağmur, saç, muşamba, tül, şapka ve kırmızılık bir kadın üzerinde bu kadar imtizaç edebilirdi. Diğer kadının arkası bize dönüktü. Öteki kadın kadar uzun, ince, zarif, gösterişli idi. Bu kadın, yanındaki arkadaşlarına miyavlar gibi bir şeyler anlatıyordu. Tam yanımızdan geçerken bize arkası dönük kadının yüzünü de gördüm. Yine boğazım kurudu. Ellerim terledi. Ürperdim. Bu kadın ihtiyar talebenin bu kış yaptığımız âlemde getirdiği kadındı. Gittiler, sarışın erkeğin masasına oturdular. Benim arkam, o masaya dönüktü. Diğer iki arkadaşım, karşımda oturmuşlardı. Biz artık susmuştuk. İngilizce bilen Shouvalar kulak kesilmiş dinliyordu. Shouvalar'a yemek müddetince ihtiyar talebenin tezkeresinden ve hikâyelerinden yarım yamalak bahsetmiştik. O da, bize, bu hikâyeyi zaten bildiğini söylemişti.

Şimdi biz dikkat kesilmiş, Shouvalar'a bakıyorduk. O, kafası ilerde, elleri kulaklarının arkasında düşünüyor gibi, gözleri bir bardakta, dinliyordu. Birdenbire kulakları kıpkırmızı oldu. Çocuk yüzü ateş ve humma içinde kaldı. Sonra sarardı. Gözlerinin içine kadar bembeyazdı. Dişlerinin arasından kötü, müthiş bir küfür savurdu. Sonra yine birdenbire tabii, ders çalışırkenki halini bulmuş gibi saçlarını ince, muhataralı,* uzun elleriyle karıştırdı.

– Kalkın gidelim, dedi. Kaltağı daha fazla dinleyemeyeceğim.

Yanımızdakiler, o müzikli İngilizceleriyle masum bir şakadan bahsedercesine gülüşüyorlardı.

Dışarıya çıkar çıkmaz, Shouvalar, Paris sokak çocuklarının Fransızcasıyla başladı.

*) **Muhataralı:** Tehlikeli, korku veren.

Evvela, kaltak diye bağırdı. Sonra inek, deve, domuz gibi bir sürü hayvan isimleri daha tekrarladı. Nihayet ferahlamış gibi içini çekerek anlattı:

– Biliyor musunuz, dedi, oğlanı ağacın dibinde nasıl bulduklarını?.. Yağmurun, çocuğun kızarmış, ihtiyarlamış çehresi üzerinde nasıl yol yol aktığını... Gözlerinin, onları gördüğü zaman pırıl pırıl bir haziran gecesi gibi –evet, böyle bir teşbih de yaptılar– yıldızlandığını...

Ah, ne kadar gülmüşler, ne kadar eğlenmişler!

"Ya o hödük, budala, odun, ayı herif, ömründe bu kadar gülmediğini söylerken... Tu!.." Shouvalar tükürüyor, kızıyor, bağırıyor, coşuyordu. Gelip geçenler dönüp dönüp bize bakıyorlardı. Shouvalar'ın lisanı nihayet bir küfür yağmurundan ibaret oldu. Gelip geçenlerden geçtim, biz bir şey anlayamaz olduk.

VII

Biz pansiyondan ayrıldıktan sonra, iki Amerikalı kız ve erkek, muhaverelerine şöylece devam etmişlerdi:

– Bu kadar gülmemelisiniz İda. Bence yaptığımız şaka, çok fazla ileri gidilmiş bir eğlenceye benziyor. Bu, fena akıbetler doğurabilir.

Güzel kız kardeş,

– Şimdi de âşık oldun değil mi? Zaten kime âşık olmazsın ki... Şunu bil ki, sana onu ilk defa gösteren ve oyun oynamayı teklif eden benim. Senin de ne kadar tehalükle kabul ettiğini ben bilirim. Gidip kendisine hakikatı söyleyebilirim. O kadar acıyorsan şimdi gider; onu Uryage yolunda bir kenarda bulurum. İster misin?

Çirkin kız;

– Yok, yok... demişti. Bu, hem onun kendisi için çok feci bir netice verebilir. Hayır, istemem. Bunu yapmanı istemem. Ona yapılan oyunu sen değil, ben anlatmalıyım.

O zamana kadar içen ve dinler gibi yapan erkek; ağzında kanlı bir biftekle konuştu:

– İkiniz de çocuksunuz. Daha doğrusu kadınsınız, yani fazla hassassınız. Yarın dağlarda bir gezinti yaparız. Bütün hassasiyetinizi Alpler geniş karınlarına çekerler; rüzgâr sinirlerinizi uyuşturur. Güneş doğumu ve batımında istediğiniz kadar şiir yazabilir; istediğiniz kadar müteessir olur; gözyaşı dökebilirsiniz. Toprak, yaz yağmurundan daha bol yağan kadın gözyaşına her nedense her zaman hasrettir. Ve derler ki, kadınlar ne kadar çok ağlarsa erkekler o kadar mesutturlar. Sinirlenmeyi ve münakaşayı bırakıp bugünkü eğlencemizden aldığımız zevkin şerefine hadi içelim...

Öteki erkek, sarhoş olmuş;

– Yahu, ne oldu; bana anlatın canım. Sinemaya geç kalacağız, hadi bana da anlatın canım... diyordu.

O günkü eğlencenin şerefine hep beraber içtiler. İki ikiz kız kardeşten güzeli haykırdı:

– Hatıra defterime bunu, "bir yağmurlu günün hikâyesi," diye geçireceğim. Nasıl, güzel değil mi?

Yalnız sarhoş erkek gülümsedi ve esnedi. Sonra;

– Saat dokuza çeyrek var, dedi.

Hep birden, "aman!" diye bağrıştılar. Sokağa fırladılar. Yağmur dinmişti. Nehir boyunca yürüyorlardı. Alpler'in kokusunu küçük İsére nehri kalın bir sis tabakasıyla birlikte şehre getirip bırakmış; kendisi çekilip gidiyordu. Bir müddet nehri seyrettiler. Nehrin getirdiği bu nefis havayı ciğerlerine çektiler. Ferahlamışlardı.

Yine hep birden;

– Aman, sinemaya geç kaldık! diye bağrıştılar ve karanlıkta kayboldular.

VIII

Bir daha ihtiyar talebeyi görmek nasip olmadan eşyalarımızı hazırladık ve üç Türk arkadaş, bir Danimarkalı kız, bir dağ köyüne doğru yola çıktık. Biz orada iken şehir, hareketsiz ve cansızdı. Sıcak, parça parça, pelte pelte, yer yer birikiyor, kahvelerin terasları üzerinde her şey; bardaklar, sürahiler, aperitifler ve insanlar uyukluyordu. Şehir ağır ağır boşalmaktaydı. Talebeler memleketlerine yahut dağ köylerine, ucuz plajlara çekiliyorlar; zenginlerse şimale, şimalin büyülü gazinolu, operalı deniz kenarı şehirlerine göçüyorlardı. Sanki bütün kesesi müsait şehir halkı, sıcaktan yanan kasabayı fakirlere bağışlıyor. Ve sanki bu sıcağı, bu tahammül edilmez harareti, kendileri şehre veriyorlarmış gibi kaçıp gidiyorlar. Şehri amelelere, parasız talebelere ve ihtiyar kızlara bırakıyorlardı. Son günleri biz de, belediyenin yüzme havuzunda akşamı ve serinliği bekleyerek geçirdik. Nihayet bir sabah, posta kutusundan banka kâğıdını bulduk, birbiri arkasına paralarımızı aldık. Şimdi biz de zengindik. Biz de şehri tenhalaştırabilir; biz de orada kalmaya mecbur olanlara biraz daha teneffüs edecek hava bırakabilirdik. Etrafında rüzgâr ve serinlik götüren süratli bir otobüs bizi dağ köyüne doğru götürdü. Şehirde kalmaya mecbur kalmış bir arkadaşımızdan aldığımız mektuplarda, şehrin güzelleşip serinlediğini; fakir fukara, amele, talebe, pantolonu yırtık çoluk çocuk mesut yaşadıklarını öğreniyorduk. Şehirde insanlar, saat kaçta, hangi rüzgârın, hangi tarafta estiğini keşfediyorlar; ve akın akın oralara koşuyorlarmış. Sonra her ağaç altında görünmez vantilatörler dönüyormuş gibi bir serinlik duyuluyormuş. Ve yollar geceleyin ne kadar serin, kimsesiz, tenha imiş. Dağ köyü hiç de fena değildi. Fakat hepimiz küçük şehrin hasretini çekiyor, parasız dostlarımızı özlüyor, işçi arkadaşlarımızı göreceğimiz geliyordu. Arkadaşlarımızın mektupları ise büsbütün hasretimizi kamçılamaktaydı. Bu nostalji içinde bir gün otelimizin salonunda; bir vantilatörün rüzgârdan dairesinde oturmuş cıgarayı savuruyor, konuşuyorduk. Sıcak, otel kapısının dışında beyaz, erimiş bir halde uçuşuyor; bütün pancurları kapanmış holün içinde bir ilkbahar havası esiyordu. Bu sırada bir garson, bizim kamburca Türk arkadaşa yaklaştı:

– Mösyö D... siz misiniz?

– Evet.

– Sizi ihtiyar bir adam görmek istiyor.

– Nerede?

– Arzu ederseniz buraya getireyim?

– Hay hay!

Arkası ışığa dönük, cüsseli bir adam, kapının beyaz ve erimiş perdesinde gözüküyor; yaklaşıyor:

– Mösyö D...

– Evet.

– Yorgi Stefan Stefanoviç.

– Müşerref olduk. Zannedersem Pavel'in babasısınız?

– Evet.

Arkadaşlardan biraz öteye çekiliyorlar. Ağır ağır, gizli gizli konuşuyorlar. Tıpkı kışın ihtiyar talebe ile aynı arkadaşının tenha kahvelerde başbaşa verişleri gibi, bir çapul hazırlar gibi konuşma... Ben etrafımdaki muhavereyi dinleyemiyorum. Onlar yavaş yavaş konuşuyorlar. Kulağıma çarpan kelimeler tanıdık şeyler değil. Nihayet Sırpça olduğunu anlıyorum. Merak içime yayılıyor. Ne konuştuklarını bir anlayabilsem.

IX

O akşam, küçük köyün panorama bahçesinde ay ışığına bakarak ve derinlerde bir cümudiye manzarasıyla, beyaz, iki nehir ayağını seyrederek dolaşırken, ihtiyar adam söylüyordu:

– Bütün bu felaket, umumi harpte başladı. Bütün felaketlerin membaı zaten o değil midir? Pavel, Avusturya ordusuna zabit olarak girmişti. Mektuplarında hep gülleden ve gürültüden bahsediyordu.

Cephane yüklü kamyonların ağır sesi, onun sinirlerini, top gürültülerinden daha çok bozuyor; en çok silahların mekanizma boşaltıp doldurma sesleri onu çıldırtıyormuş. Siperde herkes, her nefer fısıldar gibi konuşurmuş. O zaman gecenin sessizliği içinde çakan tarassut fişekleri âsabına sükûn verir, arkadaşlarının ve neferlerin sessizliği ile uyuşurmuş.

Sonra mekanizmalar işlemeye başlar, dişler

gıcırdarmış. Arkada otomobil gürültüleri, inilti, kılıç şakırtısı, gür emirler...

Bir İtalyan şehrine girmişler. Karnaval vaktiymiş. Şehrin en güzel kızına âşık olmuş ve şehrin en güzel kızı, bu lepiska saçlı, mavi gözlü, yirmi yaşında, su gibi beyaz, berrak çocuğa vurulmuş.

Bir gece, barın birinde eğlenirken, bir maskeli, evvela kızı öldürmüş; sonra genç zabiti ölüm halinde yaralamış. Aylarca hastanede yattıktan sonra, Zagrep Darülfününuna gidip gelirken dükkânların camekânları ve aynaları üzerinde gördüğü ihtiyar adamın, o genç zabit olduğuna bin şahit lazımmış.

Tam on iki sene evvel, Fransa'ya gitmek arzusuyla babasına müracaat etmiş. O, oğlunun hiçbir dileğini geri çevirmezmiş.

İhtiyar adam ağlıyor. Harbe, sipere, kurşuna ve gürültüye... kamyonlara ve gazlara ve otomobillere, bir nevi medeniyete Sırpça ağız dolusu küfrediyordu.

Vakit gecikmiş; ihtiyar adam, mütemadiyen geniş ve köylü çehresi kısılmış, takallüs etmiş anlatıyordu:

"Pavel'e bir köy... otomobilsiz, sessiz, sakin yollarında, dereler akan bir köy ve küçük bir Sırp kızı lazımdı," diyor; "bir küçük köylü Sırp kızı... Uzun saçlı, mavi gözlü, sapsarı."

X

Ertesi gün, erkenden, bulunduğumuz köye iki buçuk saat mesafede minimini bir kasabanın şifahanesinde ihtiyar talebeyi bulmak ve onu belki son defa görmek üzere sözleştik, yataklarımıza çekildik.

Otobüs erkenden kalkıyordu. Ben de beni götürmeyeceklerinden korkarak, erkenden uyanmıştım. Daha ortalık karanlıktı. Küçük şehre vardığımız zaman, daha sokaklar uyukluyor; sıcak bir günün başlayacağı şimdiden anlaşılıyordu. Gök açık, rüzgârsız ve alacakaranlık doluydu. Şehir haricine çıkmıştık. Bir kır kahvesi açılmıştı. Biraz orada oturduk. Kahveciye şifahanenin nerede olduğunu sorduk.

– Bir araba kiralamalısınız, dedi. Epey uzakçadır.

Kahvecinin küçük çırağı araba aramaya koştu. Biz dağların içinden hâlâ çıkamayan güneşe karşı çaylarımızı içtik.

Araba tıpkı bir Kadıköy arabasıydı. Atların boynundaki çıngıraklar ve sabahla şairleşiyor, şifahaneye doğru bir gezintiye gider gibi gidiyoruz.

Temiz yüzlü bir bina... İnsana, içindeki insanların derdini söylemeyen binalardan bir binaydı. Kapıcı, gözlerini ovalayarak bu erkenci ziyaretçileri hastane müdürüne haber vermeye gitti. Az sonra müdürün yanındaydık. Sakallı, nazik ve biraz sinirli bir adamdı. Sakin konuşmasına rağmen, nerede ise kızıverecek sanılıyordu. Cümleleri tok, hareketleri çok ürkekti.

– Önce, dedi, kendisine sizin geldiğinizi haber vermeliyim. Bugünlerde biraz fazla hasta. Belki kabul etmek istemez. O zaman elimden bir şey gelmez. Böyle bir hastayı zorlamak doğru değildir. Sıhhi vaziyetine gelince: Allahtan ümit kesilmez. İyileşebilir. Ziyaretinizi kendisine bildireceğim.

Arkadaşım, müdüre, ihtiyar talebenin nasıl buraya düştüğünü sordu. Müdür, kestirmeden;

– Jandarmalar dağ yolunda bulmuşlar da... dedi.

Müdür odadan çıkıp gitmişti. Vakit gecikiyor, bir türlü gelemiyordu. Nihayet, genç ve dinç bir gardiyan içeriye girdi, ihtiyarın eline bir kâğıt verdi, çekildi. İhtiyar, kâğıdı okurken yüzü buruştu. Gözünden bir-iki damla yaş aktı. Ve kâğıdı meyus, isteksiz bir hareketle arkadaşıma uzattı.

Hastaneden çıktık. Araba kapıda bizi bekliyordu. Bir şey sormaya cesaret edemiyordum. Arkadaşım elinde buruşturduğu kâğıda kurşun kalemiyle bir şeyler yazdı, bana verdi. Alıp Sırpça bir iki satır yazının altındaki tercümeyi okudum:

"Bir akıl hastasını ziyaret; bir eşeği tımar etmeye benzer. Eşek olmadığım için tımara da ihtiyacım olmadığını arz eder ve derin bir hürmetle sizleri selamlarım, efendiler."

BİR VAPUR

Dün, ona Galata rıhtımında rastladım. Çelik ve demir vücuduyla hassas bir sporcuya benziyordu. Çıplak ayaklı bir küçük serserinin yanı başındaydı. Halatlarının bağlandığı demirlerden birine ayağımı dayadım ve elimi çeneme koyarak onu seyrettim. Beni alıp götüren, beni alıp getiren mahluku doya doya sevdim. Bu vapur, "Tadla", yeni Türk vapurlarından "T" vapurudur.

Fransa'ya tahsile gitmiş talebeden "Tadla"yı tanımayan kim vardır? Kim bu vapurun üçüncü mevki güvertesini yıldızlı temmuz geceleri adımlamamıştır?..

"Parnas" dağının güneşli, altınlı ve karlı ebedi zirvesini, Stromboli'nin eteklerindeki beyaz kasabaları, Vezüv'ün kızıllığı altında gülen beyaz şehri, mavi Mesina'yı, vahşi Korsika'yı ve nihayet kahpe Marsilya'yı batî seyri* ve ağır vücuduyla, bize gösteren "Tadla" olmadı mı?

Şaşı gözlü, kaptan tavırlı metrodotelin limanlara yaklaşırken gösterdiği tevazuu, sevimliliği unuttunuz mu?

Ben, bu gemide Korsikalı muçolar tanımıştım ki, güverteyi silerken kafalarının güzelliğine ve lisanlarının çevikliğine hayran kalmıştım.

Gemiciler tanıdım ki, gece yarısından sonra

---

*) **Bati:** Ağır, yavaş hareketli; **Seyr:** Yürüyüş, gidiş.

kopmuş fırtınaların ve uzak, esrarengiz Çin şehirlerinin ıslıklarını güvertelere yaydılar.

Birinci mevkiden üçüncü mevkideki sevgililerini görmeye gelen anormal prensesler, on altı yaşında rüya kadar güzel çocuklarının gözü önünde flört eden Rum kadınları gördüm. Ben bu vapurda cömert Yahudilere, dost Ermenilere, laubali şen İngilizlere, ciddi Fransızlara rastladım.

Marsilya limanından kalkıp Pire'ye gelinceye kadar geçen beş gün zarfında, tam bir arkadaşlıkla bağlandığım küçük bir çocuğu, beş gün sonra, elem ve hüzünle terk ettim. Beş günde, iptidai tahsilini beraber yapmışız gibi, binbir çocukça hatıra ile ayrıldım. Tesadüf bir gün bizi karşı karşıya getirirse; onu çocukluk arkadaşlarımdan hiç ayırmadan;

– Sizinle, diyeceğim, hangi mektepte beraber okumuştuk?

Yine bu vapurda bir kız tanıdım. Bir delikanlıyı seviyordu, bana;

– Ne eşek şey o, diyordu. Ben onu o kadar sevdiğim halde, bir sabah gelip de "bonjur" demiyor, yanıma tesadüfen gelse bir kelime konuşmuyor.

Ben, o kıza;

– Ben varım ya, diyordum.

– Ah, diyordu, sen çirkinsin.

Yıldızlı ve karanlık güvertede başbaşa oturuyorduk. Elini tutuyordum. Gözlerini kapayıp delikanlıyı tahayyül ederek elimi sıkıyordu.

Yavaşça kulağının dibine;

– Hepsi bir değil mi? diyordum. Karanlık gecede, hepsi, hepimiz bir değil miyiz? Yalnız kadın ve erkek olsun. Gözlerini kapa, tahayyül et.

O, karanlık içinde güzel çocuğu tahayyül

ederek ince duman vücuduyla vücuduma yaslanıyordu.

Yine vapurda tanıdığım bir papaz, bir dostu bir limanda bıraktığım ve perişan bir halde düşündüğüm zaman, yanıma yaklaşıp bana;

– Zevk, demişti, en uçucu şeydir. En hurdebinî* delikten kaçan bir gazdır. Onun için değil midir ki, zevki mütemadiyen değiştirmek lazımdır. Fakat her değiştirişin sonundaki bu melale, hüzne, ıstıraba tahammül edilir mi? Evladım, yegâne saadet Allahtır.

Sonra karanlıktan ve kimsesizlikten beklediğim teselliyi bir papazdan aldığım için, kızardım.

Fakat geceydi. Kocaman gökler ve yıldızlar vardı. Seren mütemadiyen parlak bir yıldızı gösteriyordu. Samanyolu berrak ve şeffaftı. Gözlerimi göğe kaldırdım. Boşluğun içine saklanmış, düşüne düşüne yarattığım Allaha güvenerek gözlerimi kapamış ve o gece, "Tadla"nın güvertesinde müsterih bir çocuk uykusuyla uyumuştum.

*) **Hurdebinî:** Mikroskobik.

[illegible]

[illegible]

Yine vapurda tanıdığım bir papaz, bir [illegible] bir [illegible] perişan bu işte [illegible] [illegible], [illegible] [illegible].

— Zeki, Cemil, [illegible] gezdik [illegible] [illegible] kayıt [illegible]. Ortaya [illegible] [illegible] değiştirmek [illegible]. Fakat [illegible] [illegible]. Efendim, [illegible] Sandet, Ahlin.

Sonra [illegible] [illegible] [illegible] [illegible] [illegible]

Fazıl [illegible] Kocamustafa [illegible] [illegible] [illegible] [illegible] [illegible] [illegible] [illegible] [illegible] [illegible] [illegible] [illegible] [illegible] [illegible].

SARNIÇ

Birinci Basım 1939
İkinci Basım 1950
Üçüncü Basım 1954
Dördüncü Basım 1965
Beşinci Basım 1970
Altıncı Basım 1973
Yedinci Basım 1976
Sekizinci Basım 1980
Dokuzuncu Basım 1981
Onuncu Basım 1983
On Birinci Basım 1986
On İkinci Basım 1987
On Üçüncü Basım 1989
On Dördüncü Basım 1990
On Beşinci Basım 1992
On Altıncı Basım 1993
On Yedinci Basım 1994
On Sekizinci Basım 1996
On Dokuzuncu Basım 1997
Yirminci Basım 1998
Yirmi Birinci Basım Mart 1999
Yirmi ikinci Basım Aralık 1999
Yirmi Üçüncü Basım 2000

Yirmi Dördüncü Basım
Eylül 2001

SARNIÇ

Dağın eteğine beyaz minareleriyle sarılmış bu şehrin lisesi, zaman geçtikçe daha canlı, daha berrak hatıralarla bize döner, bizi tekrardan içine alırdı. Biz, herhangi bir sınıftık. Herhangi bir son sınıf olduk... Ön avlusu, aynı zamanda burunları, kolları kırık heykellerle süslü bir müze bahçesi, ancak son sınıf talebeleriyle muallimlerin gezindiği bir yer olan liseyi, bir gün, ardımıza dönüp bakmadan başkalarına bıraktık. Bir daha buraya ömrümüzün sonuna kadar talebe olarak giremeyeceğimizi bile bile. Bu müthiş bir şeydi! Biz ne kadar seviniyorduk!.. Sanıyorduk ki, mütemadiyen bir güzel şeyi geride bırakacak, bir daha ona sürünemeyecek, onun içine giremeyecek, bir ânı bir daha yaşayamayacaktık.

Önümüzde hayat... Her gün bir başka uykuya yatıp, bir başka rüya göreceğiz. Halbuki zaman, ağır ağır bizimle beraber akan nehir, bir göle varıyordu. O gölde artık biz akmıyor, dalgalanıyorduk. Yahut bana öyle geliyordu. Çoğumuz evlenmiştik. Birbirimizi liseden beri bırakmayan dört arkadaş, hepimiz, birer kız almıştık. Aynı mahallede oturuyorduk, aynı yolları tepiyor, evimize varıyor; aynı kadını her akşam daha fazla sevmeye çalışıyorduk. Aynı mezarlık karşımızdaydı. Seneler böyle geçtiği halde aynı sarışın, esmer, ayakları çıplak çocuklar hiç büyümeden aynı servi ağaçlarına tırmanmaya çalışıyorlar, aynı ölülerin taşları arkasında saklambaç oynuyorlardı. Birdenbire her şeyin bir saniyede duruverdiğini görmüştük. Daireden evimize, ticarethanemizden fakirhanemize iki arkadaş döndüğümüz günlerde bir mahalle mescidindeki iptidai mektebini, bahçesinde bir Roma belediye reisinin burunsuz heykeli dikili lisemizi, İstanbul'u, Darülfünun'u, bir iki Darülmuallimat* kızını hatırlar ve bu kadar süratle geçmiş bir zamanın hesabını tutardık. Arkadaşım;

– Hatırlar mısın, derdi, iptidai mektebimiz Kirazlı mescitti. Bir gün Şeker Hoca derste idi. Bizim Şükrü minareye sabahleyin kimse görmeden çıkmış, paldır küldür iki teneke devirmişti. Hoca ile beraber sokağa nasıl fırladığımızı hatırlar mısın?

– Hatırlamaz olur muyum? Hatırlamaz olur muyum?

– Şeker Hoca mektebin karşısına dikilmiş biz arkasında... O bir şeyler mırıldanır, sureler okurken birden Şükrü, mektep kapısında, elinde tenekeler gözüküvermişti.

– Ya! Ya! Ama iyi adamdı!.. Şükrü'ye ceza bile vermemişti. Saçlarını çeker gibi okşamış, "Yaramaz" demişti, "bir daha yapma emi! Bizi korkuttun."

Bu sözlere ikimizin de gözü yaşarırdı.

Niçin? Sanki o günler şimdiki kadar güzel miydi? Acaba o günler de bugünküler kadar durgun değil miydi? Her gün, her saat aynı hocayı görmez miydik? Senelerce aynı mektebin eşiğini aşındırmamış mıydık? Aynı mahalle imamının sesini, minareden, aynı saatlerde duymaz mıydık?

---

*) **Darülmuallimat:** Kız Öğretmen Okulu.

Evimizin arkasında bir türbe vardı. İçerde kandil yanar, yeşil sandukaların içinde kocaman, minare boylu ölüler yatardı. Ölülerin kocaman kavukları vardı. Bir odanın içinde karıkoca yatarlardı. Ve bir kandili her akşam beyaz sarıklı bir ihtiyar yakardı.

Kış geceleri dar sokaklar birbirine yapışır, bir ölü aydınlık sokaklara iner; yalnız türbenin içinden ılık bir ahret ve sakin ölüm havası eserdi. Sokaklarda çıt yoktu. Sonra birdenbire insanlar yatsıdan dönerlerdi. Keskin bir öksürük sesi duyardık. Kulak verirdik. Karları bir lastik ezer; odada beyaz başörtülü, rastıklı bir taze bir sakız patlatırdı. Benim bir ablam vardı. Davut'un bir büyük ağabeysi vardı. Biz Davut ile beraber ağabeysinin bizim evin erik ağacında saatlerce beklediğini, karın üzerine iki karış yağdığını, ders çalıştığımız odada ışığı söndürerek, birbirimize sokularak, nefes almadan rüya görür ve hiçbir şey anlamaz, birçok şeyler sezer gibi seyretmemiş miydik? O Davut kimdi? Kimin çocuğuydu? Niçin onu hatırladıkça içimden bir şeylerin sökülüp koptuğunu, başımın birdenbire dönüp bir müddet sustuğunu duyuyorum. Bu Davut kimdi? Kaçıncı sınıfta iptidaiyi bıraktı? Üzerine iki karış kar yağan delikanlı, acaba ablamı Davut'un söylediği gibi hakikaten öptü mü? Ablamın duru beyaz yanaklarını bu elleri, kafası, saçları ve ensesi büyük delikanlının beyaz köklü kocaman dişleri gözüken ince dudaklı, geniş ağzı tükrükledi mi? Sonra benim o duru beyaz renkli, iki kaşı birbirine değen, etli dudaklı ablam ne oldu? Bu şimdi bazen evinin önünden geçtikçe uğradığım kocaman memeli bir hâkim karısı olan kadın, benim uzun ve kardan bacaklı ablam mıdır?

Harp zamanındaydı... Anam bir sabah ekmeğin üstüne belli belirsiz tereyağ sürmüştü. Bütün ömrümce bol tereyağlar sürülmüş ekmek yedim. Fakat o günkü tereyağın sevincini duyamadım. Gün oldu ki, halkla bu çarşıları, sefil dükkânları, pis aşçıları, kışlaları ve tezgâhları dolduran halkla aram bir uçurum gibi açıldı. Kocaman kahvelerde kravatları düzgün, boğazları tok gençlerle bilardo oynadım. Öyle lokantalarda yemek yedim ki, bir öğle yemeği parasıyla beş kişi bir hafta doyardı. O tiyatrolarda, o koltuklara oturdum ki, etrafımda beyaz kadınlar dünyanın en kokulu lavantasını sürmüşlerdi, erkeklerin yüzlerinde ise bir tek kıl yoktu. Herkes, her şey pırıl pırıldı. Ama neden her şey pırıl pırıldı? Ama neden her zaman küçük mütevazı köşeler aradım? Dostlarımı, en sevdiklerimi bu çarşı içlerinin kara çocuklarından seçtim. Bir tiyatronun galerisinde tanıştığım birisi, en iyi arkadaşım oldu. Bir tezgâhta tülbent dokuyan narin bir kıza âşık oldum. Onun ayaklarını ellerimin içine aldım. Onu paltomun içine saklayarak kış geceleri tenha sokaklarda yürüdüğüm zaman saadeti ilk defa vücuduma bir otuz altı buçuk derece hararetle sindirdiğimi hissettim. En çok zevki kasabanın bayram yerlerinden, halkın tatil günleri serpildiği çayırlıklardan aldım. Kayalara, dağlara, baharın ve yabani kokuların rüzgârla beraber dolaştığı tepelere tırmanıp küçük çoban çocuklarıyla konuştum. Bir keçi kokusu sarmış ağıllarda çobanlarla arkadaş oldum. Dert dinledim. Onların sefaleti ile kederlendim. Saadetleriyle coştum. Her umumi ve herkese açık yol, aşçı dükkânı, bahçe, kır benim oldu. İnkaya yollarının rengini ezberledim. Gölge görmeyen yollar benim gölgemle doldu.

Köylülerle beraber demir parmaklıklara asılıp içkili belediye bahçesinin içinden saz dinledim. Açık yerlerde oynayan sinemaları parasız seyredenlerle yaz günleri birbirimizi ittik.

Mahalle kahvesinde yirmi lira maaşlı posta müvezzileri, balıkçılar, dostsuz mütekaitler, zebun ve sessiz kahvecilerle altı kol iskambil oynadım. Dünya benimdi!

Yine öyle zaman oldu ki, bir partiden insanlar, öteki taraftan olanları yağlı iplere geçirdiler. Her ikisine de acıdım. Vurulanla vurulduğum, ölenle öldüğüm günler oldu.

Kimdim, neydim, kimi seviyordum?

Her barınacak, her çorbası tüten, her sobası yanan evde bir kaderin, bir bilinmez yaranın korkusunu gördüm. Hatırlarım: Günlerden bir gün, dünyanın en şehvetperest insanı olmuştum. Ne görsem almak, neye baksam kucaklamak, ısırmak, sevmek, koklamak, neyi sevsem kıskanmak, başkalarına koklatmamak isterdim. O zaman sarhoş olmaya giderdim. Durmadan içerdim. İçtiğim zaman her şey güzeldi. Her şeyi kucağıma alabilirdim. Her şeyi ısıtabilirdim!

Bu, yalnız bir hayvani his miydi? Yoksa bunun gerisinde saklı açık bir insanlık sevgisi var mıydı? Beni idare edemeyen neydi? Bu dünya, insan için kâfiydi. Bu dünyada insan en güzel, en büyük, en bahtiyar mahluktu... O halde, niçin sokakta çıplak çocuklar, aç gezenler, işsiz delikanlılar, titreşen köylüler, yalnız namazlarını ve torunlarını seven ihtiyarlar vardı?

Mütemadiyen sual sorup hiçbir cevap almadan evime döndüğüm akşamların birinde, karımı oturmuş ağlar buldum.

– Karı! dedim. Ocağın mı yanmaz? Çorban

mı tütmez? Başında ağrı mı var? Hasta mısın? Ne ağlayıp duruyorsun?

– Efendi! Sayende, dedi, hiçbir eksiğim, gediğim yok... Ne açım, ne açığım, halime şükrederim. Ama kürklü mantom yokmuş. Baloya gitmezmişim. Haftada bir defacık sinemaya da gidemiyormuşum. Bunların ziyanı yok!..

– Öyle ise nedir? dedim. Derdin ne Fitnat?

– Anamı babamı göreceğim geldi, dedi.

Karım, hali vakti oldukça yerinde İstanbullu babasını görmeye gideli tam bir sene oldu. Dönmedi. Babası bana birkaç satır yazdı:

"Muhterem damadım,

Rızam olmaksızın sana varan sevgili kızım bana avdet etti. Çektiği sefaleti anlattı. Hatırıma şu darbımesel geliyor: Kendi geçememiş, kuyruğuna da kabak bağlamış. Şimdilik karını göndermiyorum. Boşanmak istersen, avukatım gelip seni görecektir. İstemezsen ben gelip seni göreceğim. Baki selam."

Onun beni görmemesi için, dünyada yapmayacağım hiçbir şey yoktur.

Dünya birdenbire değişivermişti. Artık ne lise hayatı, ne geçmiş arkadaşlıkların sarhoş edici hatıraları, ne de Kirazlı mescitteki iptidai mektep kalmıştı.

Şimdi uzun boylu, ipince bir İstanbul kızını boş bir odadan, yağan kara bakarak, hatırlıyor; kimseye anlatmayacağım, gizli, egoist bir hayatı yeniden yaşayarak sac sobaya bir-iki odun daha atıyor, kurumuş hatıralar sarnıcına gizli, bilinmez bir membadan akan şarıl şarıl su sesleri duyuyorum. Bu son hatıralarla sonuna kadar idareye çalışıyorum.

KALORİFER VE BAHAR

Şehrin şimaliyle şark'ı arasında surlar... Surların üstünde ve etrafında sefil kulübeler, bostanlar, kenar mahalleler... Kenar mahallelerin merkezde konuşulan dile göre yayık telaffuzlu kızları, çamurlu yüzlü, bazen de fazla zeki çocukları vardır.

İnsan isimleri çoğunca, anadan doğar doğmaz takılan manasız isimler değildir. İnsanlar buralarda; dal, hıyar, çukur, göbek, lahana gibi sebze ve meyve isimleriyle; katır, barbunya, zargana, kunduz gibi hayvan adlarıyla; yahut da yüzünün, karakterinin bir tarafını bildiren, bal dudak, cambaz, kıllı, köse, sulu gibi isimlerle çağrılırlar.

Bu mahallelerden şehrin merkezine gitmek, İstanbul'dan Ankara'ya gidip gelmekten zordur! İnsanlar birbirini burada, Ahmet, Mehmet, Apostol, Yorgi, Şalom diye çağırmadıkları için kimin Müslüman, kimin Hıristiyan, kimin Yahudi olduğu da pek belli olmaz. Her üç lisanın kolay, bitaraf, zaruri parçalarını ve argosunu öğrenmiş olanlar da, çoktur. Bazen bir sarı Apostol, bir sulu Avram'a Yahudice sataşır; bazen bir Barbunya Ahmet, Zargana Agop'a Ermenice dert yanardı. Sefil kulübelerin, ucu bucağı görünmez yangın yerlerinin ortasında işlenen her suç, o kenar mahallelerin sükûnetini özlemeye, uzletini sevmeye, sefaletini tetkik etmeye gelen mütecessise karşı olduğu için, fazla dedikodu yapılmaz, yalnız birkaç gün sur haricindeki kahvelerde oturan jandarmalar ve sonbaharda yaprak hışırtılarına karşı Natpinkerton hikâyeleri okuyan polisler telaşa düşerdi. Sonra bir gün sarı yüzlü, korkak, aç bir delikanlının elleri kelepçeli, adaleleri gerilmiş, yüzü gülümser vaziyette götürüldüğü görülürdü. Hapishaneye buradan askere gider gibi gidilirdi. Kendi aralarında din farkı gözetmeksizin kız bile alıp veren bu insanların başlıca düşmanı, daha doğrusu sevgilisi, bir tepeye çıkıldığı zaman görülen, şehrin merkezidir. Orada kapkaranlık, soğuk geceleri ısıtan bir aydınlık vardı. Bu, bir uzak cümbüş veya yangın hissini verirdi. İnsan çamurlu yangın yerlerinde, ceketinin ceplerinden ellerini çıkarır, gayri ihtiyari bir ışığa doğru uzatırdı.

Kadınlar bu mahallede doğarlar, gene aynı mahallede fakat bir başka sefil kulübede ölürlerdi. Erkekler bu mahallede doğarlardı ama, katiyen bu mahallede ölmezlerdi. Kimi hapishanede, kimi bir duvar dibinde, bir cami avlusunda, ne bileyim başka yerlerde, kendi doğdukları yerden başka yerlerde ölürlerdi.

Bu mahallede çocukların bazen başparmakları yoktu. Bu, çok hususi bir sanata şimdiden alışmaları için mahalle operatörleri tarafından yapılan bir ameliyat neticesiydi. Bazı çocukların da ayakları yoktu. Topuğundan, bileğinden, baldırından, dizkapağından ve kasığından itibaren kopmuş ayaklı, mavi gözlü, koşamamaktan doğan kinlerini tekrar tramvay ve otobüslerden alan çocuklar.

Elektrik, benzin, kalorifer, telefon ve çini soba, hasretini çekmedikleri şeylerdi. Fakat, çıkmaz sokağa akşam karanlığında düşen mavimtırak şeyin; bir tramvay teli sürçmesinden doğan bu masmavi masal aydınlığının, cin ışığının elektrik, sonra gene tramvay altlarında homurdanan sesin motor sesi olduğunu biliyorlardı. Bazen kapısı açık bir yazıhanede bir başkasıyla konuşur gibi tavırlar alan şişman adamın komik bir vaziyette, bir acayip matrağı kulağına götürdüğünü ve bir acayip makineye bir şeyler söylediğini görürlerdi. Hatta büyükler bile küçüklere bunun ne olduğunu sormaya cesaret edemezlerdi. Yalnız sur haricinde, büyük yoldaki direklerin vınlayışından anlarlardı ki, şişman adamın sesi bir başka şişman adama aktarılmaktadır.

Bakın, kalorifer bu mahallelere nasıl tanıtıldı:

Bir gün, mavi gözlü bir küçük çocuk, uzaktan aydınlığını ve ebedi yangınını seyrettiği şehrin merkezine gidecekti. Nasıl yaz günü kış gününden daha uzunsa, kış gününün yolları da yaz gününün yollarından daha uzundur. Çocuk, yol, iz bilmiyordu. Tramvay kuyrukları onu bir yerden alıp öteki yere götürüyor, bir türlü ismini işittiği Köprü'ye varamıyordu. Ondan ötesi kolaydı. Bütün tramvay yolları oraya çıkardı. Çok merak ediyordu. Orada, yazın kendisinden büyük arkadaşlarına mahalleyi bıraktıracak kadar mühim neler vardı? Kendisine göre orayı bina etmişti bile. Binalar büyük, büyük, büyüktü. Muhayyelesinin öte tarafı ise o nispette küçüktü. Bir kör kandil vardır, bir de keskin bir ampul ışığı. İkisi arasındaki farkı ışık mevcut olmadan ve karanlık kafamızda, etrafımızda esip giderken düşünürsek, ne kadar güzel tahlil edebiliriz. Işık denilen şey karanlıktan değil, karanlık ışıktan ötürüdür. Halbuki bu semtin insanları öyle düşünmezlerdi. Karanlık mevcut olduğu için ışığa ihtiyaç vardı. Dünya yaratıldığı zaman her taraf karanlık; yani geceydi. Her zaman, kavuşacakları bir ışık, kurtulacakları bir karanlık vardı. Onlar, dünyanın apaydınlık kesilebileceğini sanki biliyorlardı. Küçük çocuğun muhayyelesi bizim gibi bina etmiyordu. Binalar büyük, büyük, büyüktü. Derken, nihayet minareden de büyük değil ya, demiyordu. Nihayet sur kadar da eski değil ya, demiyordu. Bu düşünce bambaşka bir şeydi. Bir yaz gecesi, babası ile beraber bir dut ağacına binmişlerdi. Dut ağacında geceleyin dut yemek güzel bir şeydi. Fakat dut yerken yukarı ışığı seyretmek insanın kafasını uçuruyordu. O zaman düşündükleri ne tuhaf şeylerdi. Bugün, bu kış gününde, o düşündüklerini hatırlayamıyordu. Yalnız şu cümle, bütün düşüncelerinin hulasası gibi dudaklarına geliyordu:

"Orada, binalar büyük, büyük, büyüktür." Köprü'nün üstünde olduğunu anladı ve tramvayın kuyruğundan atladı. Orada günlerini, vapur düdüklerinin, teneke kaplama yağmurluklarının üzerine konmuş kuşları seyretmekle geçiren insanları seyretti.

Binaların büyük olduğu yere yaklaşmıştı. Oraya biraz daha sonra varabilmek için değil, Köprü üstünün serseriliğini, hercümercini, balıkçıları ve kendi mahallesindekilere benzer insanları görebilmek için acele etmiyordu. Yeni buluğa ermiş çocukların garip belâhati* içinde idi. Her şey sinirlerini uyuşturuyor; her şey onu kendi iç âlemine sürüklüyordu. Balıkçıları seyrederken sinema aklına geldi. Sinema, evet, sinema neydi? Kendisinden büyükler, hatta küçükler bile onu bilirlerdi. Ama o bilmiyordu. Bir gün sormuştu:

---

*) **Belâhat:** Bönlük, kalın kafalılık, alıklık.

– Sinema nasıl şey, Hödük?

Hödük, beyaz kaşlarını, çil mavi gözlerini birbirine karıştırarak arkadaşlarına bağırmıştı:

– Çocuklar, Capon, sinema neymiş, diye soruyor.

Kimi sinemanın bir kocaman balık olduğunu, kimi Çingene gırnatası, kimi bir genç kız, bir parlak oğlan olduğunu söylemişti. Sonra bütün mahalle Capon'la alay etmişti. O;

– Enayiler, demişti, sanki ben bilmiyor muyum sinemayı? Hödüğü denemek için sordum.

– Nasıl ulan, demişlerdi. Söyle bakalım?

– Nasıl olacak, demişti, karanlık bir yer.

Niçin, nasıl, oranın neden karanlık olduğunu söylememişti. Hafızasının ta ötelerinde bildiği bir şey mi vardı? Ötekiler daha fazla ısrar etmediler. Hödük'le alaya başladılar.

– Capon, ulan Capon, sinemayı bilmez olur mu be!

Capon hakikaten sinemayı bilmiyordu. Niçin karanlık bir yer demişti? Bu, başlayan geceden doğma bir peşin his miydi? Yoksa bir gün bir ufak çocuk, "Geçerken tesadüf karanlıkta gazoz şişelerini devirdim, iki tanesini kırdım, herif yakalayamadı" demişti de, oradan mı sinemanın karanlık bir yer olduğunu, bilmeyerek anlamıştı? Demek ki, sinema karanlık bir yerdi. Karanlık bir yerde insan korkmaz mıydı?

Sinemayı şimdi o yavaş yavaş anlıyordu. Karanlık bir yerdi. Birdenbire ışıklar yanıyordu ve bir Çingene gırnatasını çalıyordu. Işıklar sönüyordu. Tekrar yanıyordu. Tekrar sönüyor, her yanıp sönüşte bir kız şarkı söylüyor, bir delikanlı aşağı yukarı o karanlık yerde geziniyordu.

Evet, binalar hakikaten büyüktü. Bu dar sokağın içinde insanlar nereye koşuyorlardı? Birden okudu: "Santral Sineması". Karanlık değildi. Kapının önünde kız ve oğlan resimleri asılıydı. Kimi yumruğunu sıkmış, kimisi bir kızı kucaklamış, kocaman şapkalar kafalarında, atlar üstünde delikanlılar gördü. Sinema karanlık bir yer değildi demek... Resimlere bakıyordu...

Ondan ötesini ertesi gün Hödüğe anlattı.

"Herif bana, 'Sinemaya sokayım mı oğlum seni?' dedi. 'Burası sinema değil mi?' dedim. 'Yok' dedi, 'içerisini bir görsen bayılırsın, sen hiç sinemaya gitmedin mi?' 'Gittim be', dedim. 'Karanlık bir yer.' 'İyi ya işte' dedi, 'biliyorsun, gel girelim.' Girdik. Ayaklarım donmuştu, içerisi sıcaktı. Tabanlarım buz kesmişti. Herif beni bir yaldızlı parmaklığın yanına götürdü. Bu yaldızlı parmaklık demirdendi. Ama kül rengine boyanmıştı. Ayaklarımı oraya dayar dayamaz yandılar. Herif bana, 'Kenarında dur, ısınırsın,' dedi. 'Bu ne amca?' dedim. 'Buna kalorifer derler,' dedi."

Hikâye oldukça uzundu. O kadar uzundu ki, Capon ismi o gün içinde unutulmuş, Capon'un ismi Kalorifer olmuştu.

Karın iki karışı geçtiği günlerde ateşsiz kulübelerde kalorifer hikâyesi anlatılır dururdu.

Beyaz, bembeyaz kış gecelerinde yalınayak çocuklar köpeklerle beraber koşuşurlarken, içerisi ağır bir insan kokusu dolu kahvenin önünde dinlenirler;

– Ulan Kalorifer, derlerdi, ısıtıyorsun insanı be!

Kış güzel şeydir. Tabiat yemişleri, mahsulleri, kuşları ve arılarıyla insanların saadeti için çalıştığı gün mevsimler ne güzeldir! Çalışan bir insan için kış bir ılık su, yaz bir serin vantilatördür.

Kış, saadetimizi tamamlamak için geliyor. Bahar aşkımızı tazelemek için. Yaz damarlarımızdaki çalışma arzusuna biraz tembellik, güneş ve kudret doldurmak için.

Tabiat çırılçıplak, hatta zelzelesi, fırtınasıyla bile güzel, özlenir bir şey. Bizi kucaklamak, bizi avutmak, bizi çalıştırmak, bize öğretmek için neler yapmaz. O artık bir sır değildir. Bize bir saadeti bağıran, bizi yaşamaya çağıran bir bütündür. Tavuklar bizim için yumurtluyor, bu vapuru bizim kafamız yaptı. Bu tayyarede uçan biziz. Ellerimiz, ellerimizin içinde gülen, bağıran, seven, en çok seven, insanlarla dolu bir lokantadayız. Şimdiden sonra kahveler, buğdaylar yanmayacak. Çocuklar kalorifer olmayacak, sinemalar dolup dolup boşalacak. Zaman o zamandır.

Bahar böyle düşündürürdü. İnsanlar yalnız baharda, hakikati, ağaçlar gibi yeşererek hissederlerdi. Bir oğlan bir kızı dudağından öptüğü zaman, bir ana oğlunu kucakladığı zaman, bir komşu öteki komşunun elini sıktığı zaman, sokakta insan her gördüğünü tutmak, onunla konuşmak, söylemek, söyletmek isterdi. Erikleri büyüyor, kirazları kızarıyordu. Dutların tomurcukları büyümüş, yapraklar burunlarını kundaklarından çıkarmışlardı. Ölenler ölmüş, soğuktan donanlar donmuş, açlıktan bayılanlar bir daha ayılmamıştı, ne ziyanı vardı? Bahar gelmişti ya! İnsanlar ebegümeci pişiriyor, kediler ot yiyordu. Kuşlar yaprakları gagalıyordu. Arılar, çiçeklerin içinde dönüp dolaşıyor. Gubar-ı tâli,* kuşların gagasından sanki bir mektuptu. Artık kimse kimseye acımıyordu. Herkes herkesi seviyordu. Capon'un kurumuş, kı-

*) **Gubar:** Toz. **Gubar-ı tâli:** Bitkilerdeki cinsellik tozu, pollen.

sılmış yüzü genişlemişti. Çekik gözleri büsbütün çekilmiş, baharı süzüyordu. Kalorifere ihtiyacı yoktu. Capon Capon'laşmıştı. Sinema bir hatıra bile değildi. Sinema bir düşmandı. Yanmıştı, yıkılmıştı. Şişman adamlar acayip makineye ne söylerse söylesin vız gelirdi. Rüzgâr bir sesi bir sese vardırmak için sinek, böcek, toz, bulut olmuş, telefonlaşmıştı.

Gökyüzü ta gece yarılarına kadar bir masal aydınlığıyla aydınlıktı. Kış ümitle, arzu ile beklenebilirdi.

Sur dışından güzel kara kızlar geliyordu. Şalvarlarında ve çıplak ayaklarında arzu getirerek fala bakıyorlardı. Delikanlıları sarı kızlar için düşündürüyor, sarı kızları esmer delikanlılar için hasretlendiriyorlardı. Beyaz, kuvvetli dişlerini gösteriyorlar, yemek, durmamacasına yemek, ısırmak, gülmek, durmamacasına gülmek istiyorlardı. Kışı onlar da seviyorlardı. Kışı bekliyorlardı bile. Ama niçin ondan bu kadar bıkmıştılar?

Bazen sur haricindeki mezarlıklarda fala bakarlarken yanaklarını ısıran delikanlıya karşı baklalar ellerinden düşüyor, sonra kışı, çadırı, dumanı, kurtları, azgın köpekleri anlatıyorlardı. Onlar, bunları anlatırken toprak baklaları yeşertiyor, boncuklar mezarların yarıklarından içeriye düşüyordu. Mezarlık içinde falına bakılan delikanlı kışı hapishanede geçirmişti. Toprak ona da renk veriyordu. Kızarıyordu.

O da bir nebat gibi kabuklarını çatlatıyor, kızıl nusgunu yanaklarına ulaştırabiliyordu.

Her şey güzel, her şey sevimli, her şey istiyor ve alıyordu. Yalnız bu insanların yaptığı şeyler kötü, durgun, yürümezdi!

Kulübeler kıştan daha kötü, daha kokulu, daha sefildi. Şimdi güneş insanların gözünü açıyor, "Size ben bunun için karanlığı, rutubeti vermedim. Kışlar bunun için gelmediler. Bahar sizi görmeye utanıyor. Bu kokan gömlek nedir? Bu pis perdedeki sümük izleri kimindir? Bu tencere niçin kalaysızdır? Bu ibrikteki su niçin bu kadar ılık, bu kadar durgun, bu kadar ağırdır?" diyordu. Bunları güneş söylüyordu. Kulübedeki insanlar bunu duyuyorlardı. Kulübeyi köpeklere, kedilere bırakıyorlar, uzun günleri açıkta, bostanlarda, kuyu başlarında, dut ağaçlarında ve sularda geçiriyorlardı. Karanlıkla beraber evlerine döndükleri zaman tekrar güneşi dinlemek için sabah olmasını beklerlerdi. İhtiyarlar böyle yaptılar. Gündüzün kırda, bayırda, çarşıda, sırtlarında küfe, duvar diplerinde ve güneş önünde ısınıp dilenerek, çalarak, koparak dolaştılar. Fakat karanlıkla beraber itiyatlarına dönüyorlardı. Yalnız çocuklar vahşi idi. Kulübe korkunçtu. Onlarla yalnız güneş konuşmuyor; kuşlar, çiçekler, sular ve ılık yıldızlı masum geceler de konuşuyordu. O zaman çocuklar başlarını alır giderlerdi. Gidenin arkasından gözyaşı dökülmezdi. Gidenlerden pek azı geri dönmezdi. Kışla beraber birçoğu süklüm püklüm, bir sürü kötü hatıralar, itiyatlar kazanmış dönerlerdi.

O bahar, Capon, yaz girmeden kulübeyi bıraktı. Üzerine bahar yağmurunu çekerek, başı kasketsiz, ayakları çıplak şehri gezmeye başladı. Şehir üç gün içinde öğrenilebilirdi. O iki günde öğrendi. Tramvayların ta üst tarafında nereye gidip geldikleri yazılıydı. Kışın niçin semt semt dolaşmıştı da bakmamıştı? Yoksa kar mı levhaları kapamıştı? Yürüdü...

Kahveci çıraklığı ederken sesi bir su sesi gibi dökülüyordu.

– Bağırma, diyorlardı, ne bu çığlık?

Bağıracaktı. Sinirlenen adamın kulağı dibinde haykırıyordu:

– Şekerli bir, zarif olacak. Aç bir, doldur iki.

*
* *

Kış yaklaşırken, ilk yağmurlarla beraber bütün mahalle, akşam üstleri, yazın evlerinden kaçmış olanların dönmesini beklerdi; çoğu sakin ve korkak, başları önlerinde kulübelerine kayıp kaybolurlardı. Günlerce dayak yerlerdi. Âdeta her akşam birinin dönüşü beklenirdi. Bu akşam Camgöz, öteki akşam Fırlama, daha ertesi akşamlar dört meyve ismi birden mahalleye girerdi. İlk karla birlikte dönmeyecekler anlaşılırdı, onların ismi bir kahraman adı gibi, içerisi ağır bir insan kokusu ile dolu kahvede durmadan tekrarlanırdı. O sene yalnız iki isim ağızdan ağıza dolaştı. Bu iki isim ise bir insana aitti:

– Capon, Capon dönmedi be! Aferin Kalorifer'e!

Böylece iki ismin bir kişiye ait olduğunu bilmeyenler, sanki Capon'u, Kalorifer mahalleye döndürmedi sandılar.

BEYAZ ALTIN

Şimdiki fırka binaları ile sinemanın bulunduğu yerde servileri, baldıranları ve ısırgan otları arasında kocaman kavuklar, mermer püsküllü fesler yükselen, kara yosun tutmuş mermerlerin üstünde hüvelbakiler okunan; otları bulutlara karışmış, ağaçları eflake çıkmış bir mezarlık vardı. Geceleyin bir deniz gibi yakamozlanan bu fosforu bol arazide gündüzün çocuklar birbirini kovalar; ceviz ağaçlarına kocaman delikanlılar tırmanır, mezarların üstünde şıracılar, bozacılar, koz helvacılar uyuklardı.

İşte tam bu mezarlığın karşısında Eskicizade Nedim'in sıra sıra taş yüzlü ardiyeleri ve ardiyelerin arasında dört-beş metre enliliğinde, otuz metre derinliğinde bir ticarethanesi vardı. Enliliğin üç metresi bir yazıhane için bölünmüştü. Bu yazıhanenin içinde orta boylu, kurnaz yüzlü, tıknaz bir adam otururdu. Hâlâ onu orada kahve içerken, önüne bir şeyler kaydederken görür gibiyim. Mezarlığın taş ve servilerine, hatırında hiçbir ölüm korkusu olmadan bakan bu adam, kasabanın fırınlarında vesika ekmeği satıldığı, sokaklarında aç köpeklerin, topalların, körlerle ihtiyarların gezindiği Umumi Harp sıralarında bir gün beni, yazıhanesinin önünden geçerken çağırdı.

– Gel, dedi, kâtip, bir yemek yiyelim.

Bir yemek yemek ne demektir? Bir yemek neden ibaret olur? Bu, her zaman mühim bir meseledir. Ama o zamanlar bir okka karışıksız un, bir yirmi yaşındaki köylü çocuğundan daha kıymetli idi. O halde bir yemek ne demektir? İşte:

Seçilmiş iri taneli buğdayların unundan, evdeki hususi fırında yapılmış, karanfil kokulu, üstü çörek otlu; dilimleri hâlâ fırın, karanfil ve refah kokan ekmek.

Yağları, elleme kömürünün korlaştığı mangalın içindeki nar gibi ateşleri söndüren yağlı börekler. Kebap otu serpilmiş narin kuzu pirzolaları. Meyhaneci Hristo'nun aziz ve kıymetli müşterileri için hazırladığı dört-beş senelik eski şarap, yakın köylerden birinin inciri.

Ardiyelerin arkasındaki bahçede pirzolalar pişer, evden sefertası içinde zeytinyağlı enginarlar gelir... Ben bütün bu yemeklerin sonunda gelecek revani tatlısına bayılırım.

Neden bu yemeklerden bu kadar iştiha ile bahsettiğimi harp nedir bilmeyenler, tesadüf edecekleri her kırk yaşındaki adama sorabilirler. Bu çok yakın mazide tokları açlar doyurdu ve açlar öldüler. Kimisi vatan, kimisi şeker ve un için ölen bu insanların yaşadığı devirde, bir Eskicizade'nin yazıhanesinde öğle yemeği yemenin ne kadar mühim bir şey olduğunu; bana bu ikramı eden Eskicizade de biliyordu. Ben sessiz açlardandım. İsyan duymuyordum. Kimseye karşı sesimi yükseltecek kudreti kendimde bulamıyordum. Bütün şehir halkı gibi, zaman diyor, harp diyordum. Ama toklar adamakıllı tıkınıyordu. Zekâ diyordum ve aptallaşıp oturuyordum. Eskicizade bana yaptığı bu ikramda tamamen diğerbin kalırdı. O, ya birisini batırmak, yahut da kafese koymak için ziyafet çekerdi. Bana ise, yaptığı kurnazlıklarını, zekânın hesabını vermek için yedirirdi. Mütebessim dinlerdim:

– Buğday para edecek, haberini aldım. Haleplizadeler'in İstanbul'daki habercisine bir telgraf ulaştırdım. O adam aynı zamanda benim de komisyoncumdur. Bana "buğday düşecek ona göre davranınız" telgrafını çektirttim. Akşam Haleplizade geçerken telgrafı gösterdim. Deli gibi oldu. "İmkân yok" dedi, "yalandır." "İşte dedim, bu herif senin komisyoncun değil mi?" Yüzü karmakarışık gibiydi. "Nasıl olur, nasıl olur?" diyordu. "Müteahhitlerle dün konuştum."

"Galiba" dedim, "harp bitecek." "Harp bitsin, hepimiz istiyoruz ama," dedi, "Hükümetin bize yardım etmesi, ticareti koruması lazım değil mi canım! Bilseydim bu sene hiç aşar almazdım." "Yahu," dedim, "geçenlerde ben sana 'şu fiyata buğdaylarını bana bırak,' demiştim, bıraksaydın bak bu başına gelmezdi. Ben de, bendeki stokları o zaman dayanacaktım. Bir şey ziyan etmez, belki üstelik sen de ben de kâr ederdik."

"Ne bilirim birader," dedi. Yürüdü gitti.

Ali'yi o akşam İstanbul'a yolladım, diye devam etti. Onların başvuracağı her kapıya gitmiş, buğdayın düşeceğini yazınız, harp bitmek, Fransızlar sulh istemek üzere dedirtmiş. Üç dört gün sonra Haleplizade, şöyle dükkânın önünden sanki geçiyormuş gibi geçti.

"Nereye Hacı?" dedim.

"Şu helvacı Rıza'ya kadar gidiyorum. Dönüşte uğrarım," dedi.

Ben Rıza'nın falan bahane olduğunu bildiğim için;

"Dükkânı kapayacağım, şöyle bir su kenarına kadar uzanayım," dedim.

"İyi fikir," dedi, "belki ben de gelirim."

O geçip gitti, ben arabamı getirttim. Sözün kısası, su kenarında, o akşam biz, buğdayları Haleplizadeler'den aldık. Ertesi gün, ben malları tesellüm eder etmez, İstanbul'daki komisyoncu, Haleplizadeler'e şu telgrafı dayandı:

"Buğdaylarınızı elinizden çıkarmayınız. Buğday okka başına dört kuruş bindi."

Kuzu pirzolaları, böbrekler yenir, Hristo'nun şarabı su gibi akardı. Eskicizade, öğle sıcağında her şeyi uyuyan kasabaya bir kahkaha salıverirdi. Ben kasabanın bu kahkahayı duyacağından korkar, ürker, utanırdım.

Haleplizadeler'in iflas bayrağını çektikleri günün akşamı su başında verilecek ziyafette hazır bulunmamak için sokağa da çıkmamıştım. Akşam oluyordu. Evin önündeki tahta havalenin kenarında cıgaramı savuruyor, sessiz sokakları, susan halkı, köpekleri seyrediyor, arasıra geçenlerin ağzından kaptığım Kütelamare, Çanakkale, cephe ve ekmek, vesika, şeker kelimeleriyle zamana intikal ediyor, dertleniyordum. Karnım açtı. Ekmekten sıçan kuyruğu çıkmıştı. Midem bozuktu. Öyle olduğu halde, kaçak cıgaramla hali unutmaya çalışıyordum. Bu insanlar benden ne istiyorlardı da mütemadiyen Kütelamare ve Enver Paşa diyorlardı? Midelerinde vesika ekmeğinden başka bir şey olmayan insanlar nasıl zamanı düşünebiliyorlar, sulh, harp diyorlardı? Niçin çocuklarından ve tarlalarından bahsetmiyorlardı?

Birden köşebaşından iki kara yağız atın çektiği bir fayton peyda oldu. Arabacı bile ne topal, ne çolak, ne kördü. Peki, askerden nasıl kurtulmuştu? Bu atları gibi karayağız, sıhhatli adamın ne derdi olabilirdi?

– Vay kâtip, yalancı hastalık ha! Tembellik ha! Rakı da mı içmezsin ulan! Yürü be.

– Bu akşam beni affet ağam. Rakı içecek halde değilim. Bugün yine sıtma tuttu.

– Sıtmaya rakı birebirdir. Sana bir kadeh de kininli konyak vereyim... yürü. Bugün seni bırakmam.

– Gelemem, ağam.

– Kâtip, ben sensiz edemem bu akşam, muhakkak gelmelisin. Kıymetimi bilmezsin. Senin için dört çuval öğüttürdüm. Dört okka da kelle şeker ayırttım. Halt etme artık!

Düşündüm: Dört çuval un, dört okka da kelle şeker.

Su kenarında ılık bir akşam başlamıştı. Kavakların tepesinden kuş sesleri geliyordu. Bir gölü kendine memba yapan bu küçük çayın sazlıkları içinde o göl, durgun sularını böyle kapıp koyverdiğine pişman yine uyuklardı. Bu çay yine bir göldü sanki... Eskicizade;

– İnsan, dedi, aslını unutmamalıdır. Bakın bu çay bile aslının göl olduğunu unutmuyor. Suları bir göl suyu gibi ılık ve sessiz. Sanki bir göl gibi sakin, bir göl gibi akmıyor. Tabiat bile aslını unutmuyor, görüyon a! Aslında kendisinde bir şeyler saklıyor. Ben işe eskicilikle başladım. Lakabım da belli ya. Donumu bağlayamazken soğan pazarında köylülerden yumurta alır, satardım. Evlerden Yahudi çocukları gibi eskiler de topladım. Evleninceye kadar bu böyle devam etti. Sermayem yoktu ki, zengin olayım. Ticarette o kadar pişmiştim ki, bir küçük sermaye ile dünya kazanacağıma emindim. Evlendim, karımın biraz parası vardı. Zaman da yardım etmedi değil. Ama ticarette küçükten pişmek lazım. İşte kâtip! Oğlunu İstanbul'a mektebe göndermeye bakma. Ticarete alıştır. Kibrit satsın; cıgara kâğıdı satsın, işe alışsın. Ticaretten fayda var. Tüccar adam kimsenin kölesi değildir.

Hepimiz onu dinliyor; hak veriyorduk. Bu rakılar... bu pirzolaları, bu patlıcan tavaları, beğendileri, havyarları belki en büyük memur yiyemiyordu. Hatta, vatan için şarkılar okuyan dâhiler de yiyemiyorlardı. "Yaşasın ticaret, yaşasın tüccarlar!" dedik ve içtik.

Sıtma bir on beş gün içinde beni, çocuğa döndürmüştü. Düşüncelerim, her azam, bir çocuk vazühali almıştı.

– Vay kâtip? Bu ne hal! Allah Allah! Bu ne iştir yahu? Ne kör olası hastalıkmış o öyle! Kusura bakma, hatırını soramadım. Çok dalavereler döndü. Çok uğraştım, çok yoruldum. Senin dört çuvalı beş edip bugün göndereceğim. Şekeri de on okkaya çıkardım. Bir sene yersiniz. Biraz da kahve göndereceğim. Nohutla karıştırın da idareli kullanın, birkaç ay sonra hiç bulamayacağız.

– Sağ ol ağam!

– Otur bakalım şu sandalyeye! Al eline kalemi şu benim hesapları görüver. Deftere geçir. Şu mektubu da yaz. Kopyasını al. Ondan sonra da ziyafete başlarız.

– Helvadan da ye kâtip. Dokunmaz merak etme. Halis Halep yağından yapıldı. Biraz daha misket al kâtip. Üzüm adama dokunur mu hiç?

– Peki ağam. Ne diye şimdi o Rahmi Bey'i bu kadar tutuyorsun? Adamakıllı para yaptığını söylüyorlar. Senden sonra kasabada onun ismi anılıyor.

– Sen merak etme kâtip. Bir seneye kalmaz, onu ben bir alaşağı edeceğim. Sürünecek. Ekmek parası bulamayınca bana gelecek. Sen görürsün kâtip.

– Peki ağam, neden böyle yaparsın?

Cevap vermezdi. Gülerdi. Bu onun en büyük zevkiydi. Sinemasız, tiyatrosuz, kadınsız ve kumarsız kasabada, hırslar elbette böyle tatmin edilirdi. Birini alaşağı etmek için evvela kendisiyle boy ölçüşebilecek bir vaziyete çıkarmak, sonra elense etmek. Ardından bir kahkaha salıverip su başında bir âlem tertip etmek.

Kasabanın bütün sessiz, görmüş geçirmişleri Eskicizade'yi severdi. Hepsine iyiliği dokunur, herkese şeker, un gönderirdi.

Harbi Umumi bitmek üzereydi. Rahmi Bey'i elense kavrayan Eskicizade bu vaziyetten biraz hırpalanır gibi olmuştu.

Rahmi Bey ümidinden fazla mukavemet göstermiş, yenilmemek için çalışmıştı. Bu, Eskicizade'ye aşağı yukarı yüz bin liraya mal olmuştu.

Fakat bugün Rahmi Bey, ben ve Eskicizade yemek yerken Rahmi Bey'de her şey suyunu çekmişti. En tuhafı, zavallı adam kendisine edilen fenalıktan habersizdi. Oturmuş, celladıyla yemek yiyordu.

O akşam İstanbul trenine kadar kendisine yoldaşlık ettik. Bilet parasını Eskicizade verdi.

Tren kalkarken Rahmi Bey'e bir cüzdan içinde tabanca parasını vermeyi de unutmadı.

Arabanın içinde bize dişleri gıcırdayan ağaçları, köpekleri, tekerleklerin altındaki kumları küçümseyerek evimize döndük. Eskicizade dalgın ve meyus gözüküyordu.

– Kâtip, dedi. Dişlerim çok fena; hepsi ağrıyor. Seninle İstanbul'a kadar gidelim de şunları yaptıralım.

– Olur ağam, yaptıralım.

Ertesi gün satılmış buğdayları çuvallara yerleştirdik. Hesap seksen bin okka bir buğday gösteriyordu. Ardiyenin bir tanesi hâlâ tıklım tıklım, ama hesap dolmuştu. Koşarak Eskicizade'ye gittim.

– Seksen bin kilo doldu ağam, dedim. Bir ardiye daha ağız ağza dolu. Bu nasıl iş?

– Ha! Kâtip, dedi, buna ardiye mahsulü derler. Sen onları da çuvallara doldurt bakalım.

Buğdayın fire verdiğini bilirdim. Yani seksen bin kilo buğday yetmiş dokuz bin sekiz yüz altmış yedi kilo gelirse buna aklım yatar. Bu da zaten mal alınırken hesap edilirdi. Fakat seksen bin kilonun faraza doksan bin kiloya çıkıp böyle artma bir fire verdiğini hiç görmemiştim.

Yine böbrek, yine enginar, yine ayva kompostosu, misket üzümü, sarı bayır inciri vardı. Yine Eskicizade gülüyordu.

– Kâtip, diyordu, bu işe aklın yatmadı ha!.. Hey Ali pehlivan! Gel buraya ulan! Anlat kâtibe şu ardiyenin doğurduğu evlat meselesini.

Ali pehlivan köylülerden alınan malı tartan kantarcıydı. Aslen belediyenin kantarcısı olmakla beraber, bazen bu Eskicizade'nin kantarcısı oluyordu.

Vaziyet anlaşılmıştı. O zamana kadar yediğim yemekleri yine kusmadım. Fakat o akşam, kasabaya bir daha dönmemek üzere, İstanbul'a hareket ettim.

İstanbul bir âlemdi. Burada aç köpekler insanlaşmıştı. Binbir Eskicizade'nin yanında binbir şeriki cürüm* yaşıyordu.

Fırınların önündeki insanlar; otomobildeki toklara, bizim, kasabada Eskicizade'ye baktığımız gibi bakıyorlardı. "Zaman" diyorlardı, "harp" diyorlardı. Kimse sesini çıkarmıyor, top sesleri uzaktan uzağa işitiliyordu. Çarşılarda vatan şarkıları okunuyor, cephelere giden genç şairler, genç yazıcılar "Harp yaşasın! Yaşasın harp! Harp! Harp!" diye bağrışıyorlar, ölenlere mersiyeler, vesika yiyenlere has şiirler okuyorlardı. "Yaşasın"lar yükseliyordu. "Âti bizimdir" diye haykırıyorlardı. Sokakta sarı-kırmızı Almanlar birer kahraman gibi dolaşıyorlardı. Almanlar ne güzel adamlardı!..

İstanbul hâsılı bir âlemdi. Yiyen, içen, gülen doluydu. Yemeyen, içmeyen, gülmeyen bir köşeye çekilmiş; yemiyor, içmiyor, gülmüyordu.

Eskicizade'ye, indiğim otelin kıraathanesinde rastladım.

– Yazıklar olsun kâtip, dedi. Hani beraber gelecektik.

Ben biraz soğuk;

– Öyle oldu, ağam, dedim.

Yumuşadı. Biraz sonra ben ondan daha yumuşaktım.

O akşam yattığımız yer, Beyoğlu'nda kocaman bir apartmandı.

---

*) **Şerîk-i cürm, şeriki cürüm:** Suçortağı.

Yanımızda üç tane taze kız vardı. Havyar sofrada idi. Eskicizade'nin bile İstanbul'dan getirmeye utandığı has francala dilim dilim, ince ince kesilmişti. Bütün kızların gözleri havyardan ve rakıdan çok, bu acayip nesnede idi.

Yedik, içtik...

Ertesi gün kendisine, Eskicizade'nin dişlerini yaptırmaya gittiğimiz dişçi;

– Platin yapalım paşam, dedi, altın herkesin ağzında. Sonra sarı da iyi durmuyor. Platin yapalım.

Eskicizade;

– Yapalım, dedi.

Dişçinin yüksek bir para istemesine karşı güldü. Bana hitaben;

– Ardiye bu sene on bin okka mı mahsul vermişti? diye sordu.

Eskicizade'nin dişlerini platin yaptırdık. O bana İstanbul'da bir iş buldu. Mütareke ilan edildi. Kendisi memlekete döndü. Arasıra yine ismini işitir, dalaverelerini duyardım; servetinin hesabından dem vurulurdu. Fakat çokluk yanına uğramazdım. Kasabaya beş sene evvel gittiğim zaman;

– Kâtip, diye seslendi.

Ama sesi eskisi gibi çıkmıyordu.

– Şuramda, kâtip, şuramda bir şey var ki, beni sıkıyor, anlayamıyorum. Hamur işi memnu, yorulmak memnu, heyecan memnu, rakı yasak. Böyle yaşamak mı olur? Hey gidi günler hey!..

Eskicizade kalp sektesinden öldüğü zaman sevinenler çok oldu. Ben sevinmedim. Ekmeğini yediğim için müteessir bile oldum.

Ardiyelerin karşısındaki "Kanlı Mezarlık"a gömülmüştü. Daha orası mezarlıktı. Bugünkü fırka binaları ve sinema yapılmamıştı.

Bir gün, belediye meclisi, şehrin ta göbeğindeki bu mezarlığın ortadan kaldırılmasına karar vermişti. Serviler kesilmiş, kokuları ta uzaklardan duyuluyordu. Bu servi kokusuyla kasaba o kadar dolmuştu ki, ölülerin ayağa kalktığı rivayeti bile çıkmıştı. Eskicizade'nin toprağı başka yere taşınmak lazım geldi. Şehir haricine bir şeyler götürüp gömdüler. Fakat bu ikinci tedfinden sonra kasabaya şu havadis yayıldı:

"Eskicizade'nin kabrinden hiçbir şey çıkmamış." Bu, kasabaya müthiş merak oldu. Acaba bu adamın kemikleri ne olmuştu? En büyük esnaf bile bu büyük tüccarın ölüsü ile alâkadar oluyor, birbirine, "Acaba bu adamın kemikleri ne oldu?" diye soruyordu.

Nihayet iş öğrenildi. Bunu yapanlardan birisi tutuldu. Bu genç, bir köylü delikanlısı idi. Her şeyi inkâr ediyordu. Elde hiçbir delil de olmadığı için serbest bırakıldı. Fakat serbest bırakılır bırakılmaz ötekine berikine anlatmakta hiçbir beis görmemişti.

– Ne yapalım? diyordu. Herifin dişlerinin beyaz altın olduğunu babam söylerdi. Her buğday götürüşünde sırıtır, dişlerini gösterirmiş. "Pırıl pırıl parlardı," derdi. Beyaz altın da müthiş para edermiş... Ne yapalım?

– Pekâlâ ölüye ne yaptınız?

– Ne yapacağız? Su boyuna kadar götürdük. Ayağına bir taş bağladık. Cumburlop!

Ardiye mahsulünün on bin okka verdiğini benden başka bir de Ali pehlivan bilir zannederdim. Oysa bütün civar köyler bunu bilmeden, anlamadan bir kablelvuku* his gibi duyarlarmış.

*) **Kablelvuku:** Olmadan önce.

Ardiye mahsulünün karşılığı olan beyaz altınları ölünün ağzından sökenler İstanbul'a koştular. Bu parayı meyhanecilere ve kart fahişelere dağıttılar.

BİR KARPUZ SERGİSİ

Birdenbire ellerimi öpmeye başladı. Yüzü kıpkırmızı olmuştu. Şimdi yalnız kırmızı küçük kulaklarını, ensesinin çukuruna düşmüş dumanlı kumral saçlarını görüyorum. Bir an içinde değişivermiştim. Bir başka insandım. Bütün muhakemelerim altüst olmuş; fikirlerim değişmişti. Bu anda benden her şey yapılabilirdi. Bu ellerimin öpüldüğü birkaç saniyede benden bir dünya istenebilirdi. Ben bu dünyayı yaratacak kadar kuvvetliydim. O, artık dudaklarını ellerimin tüylerinden tırnaklarına kadar gezdiriyordu. Bir zaman yanağının, kırmızı ve yanan yanağının da elime bir kumaş temasıyla süründüğünü hissettim. Ellerimi, bu sevilen, sevilmeyi yadırgayan ellerimi, kendisine bıraktım. Ellerim benim olmaktan çıktı. Kafam müsterih bir iklime çekildi. Düşünmekten durdum. Neden sonra sevilmeye alışmamış bir insan ruhuyla ellerimi yanaklarından çektim.

– Yok, dedim. Heyecanlanma! Bu paranın, sana verdiğim bu paranın ne ehemmiyeti olabilir. Bırak yapma, utanıyorum.

– Bana verdiğin para için değil. Vallahi para için değil. Dinim hakkı için! İnan vallahi, para için değil. Dinim hakkı için!

Avlusunun otları taze kesilmiş, minareleri çimenlerin üzerine akmış, kubbeleri yakın çarşılara dökülmüş sessizlik ve esrar dolu İstanbul camilerinden bir tanesinin avlusundaydık. Bir öğle üstüydü. Fırsat buldukça, canım sıkıldıkça, kafamın içine bir başka benlik sokuldukça insanları sevmek için, bir uzlet içinden, bir yoksuzluk ve kimsesizlik içinden; bir varlığın ve kimsenin karışıklığını daha iyi duyabilmek için daima melankolik köşeler arardım. O zaman küçük kumruların gezindiği cami sundurmalarında düşünür; İstanbul'a, bu köprülerin ve sefillerin ve vapurların birbirini düşündüğü, birbirini çağırdığı İstanbul'a bakar kalırdım.

Cami avlularında hiçbir zaman yalnız kalmadım. Belki benim gibi aynı hisle dolu birkaç insanı, bir servinin veya bir çınarın veyahut da bir kubbe gölgesinin içine uzanmış buldum. Fakat bugün kendisine para verdiğim insana, birbiri arkasına bir hafta, sonra muhtelif fasılalarla bir bahar, bir yaz, orada rasgeldim. Bana artık öyle geliyor ki, bir gün, hasretini uzaktan çekmeyi, kendisini senelerce görmeyip de günlerden sonra bir gün, görmeyi özlediğim bu şehri terk etsem, senelerden sonra döndüğüm zaman onu gene orada, bir kubbenin, bir servinin gölgesinde bulacağım sanırdım.

O kadar birbirimize alışmıştık. Arka üstü yatardı. Ellerini, dumanlı kumral saçlarının döküldüğü ense çukuruna kenetlerdi. Gündüz, yıldızları görür gibi gökyüzünde düşünürdü. Kafası bir Yahudinin kafası kadar ticari entrikalarla dolu idi. Şimdi cebinde parası da vardı. Çalışmak istiyordu. Yazdı. Bir karpuz sergisi açabilmek için projeler yapmakta idi. Cins karpuzlar rüyalarına giriyordu. Ama çalışmamak... Ah çalışmamak! Başlayan yazın bütün güzelliğini görebilmek için arzusu iradesiyle çarpışmıyordu bile. Arzusu iradesini almış, birlik olmuşlar, dost olmuşlardı. Beraberdiler. Bütün gün ayrılmıyorlardı. Yalnız rüyalarında birbirlerinden bir lahza ayrılıp tokalaşıyorlardı.

Bir adım ötemizde kaynayan yaza karşı, gölgenin ve bir orta zaman rutubetinin içine gömülüp karpuz sergisinin projelerini yaptık.

Tekirdağ karpuzlarını en arkaya dizeceğiz. Sağlamcı ve pazarlık yapmayan müşterilere onlardan... Sonra, öne kocaman siyah karpuzlardan koyacağız. Bunlar kalın kabukludur, hep kırmızı çıkarlar. Ama çabucak kof cevizlere dönerler. Vodina kavunları en iyi cinstir. Kokuları dışında değil; içindedir. Bu çitili, üzerleri çentikli, kokulu kavunlar yumuşayıverirler, eziliverirler, onları çabuk sürmelidir. Ne pahasına olursa olsun elden çıkarmalıdır. Birdenbire hararetlenir:

– Küçük bir çırak tutmalıyız, derdi. Çıraksız iş görülmez. Bıçkın bir çocuk buluruz. Kapkara bir şey olur. En küçük bir pıtırdı, bir karpuzun olup olmadığını anlamak için üstü fiskelendiği zaman çıkan sesten bile uykusundan uyanan, atik bir çocuk bulmalıyız. Karpuz sergisinin bütün işi o çocuktadır. Yalnız böyle bir çırak bize daha iyi çalışmanın, dil dökmenin, geniş olmanın, iş bittikten sonra türkü çağırıp cıgara savurmanın lezzetini verebilir.

Ben;

– Yok, dedim, önce çıraksız çalışmalıyız. Ona masraf ister.

Gene birdenbire sözümü keser;

– İstemez, derdi. Ben kendi ekmeğimi onunla paylaşırım, sana ne? Ziyanı yok, patron sen ol. Sen iki pay al, ben bir pay. Bu bir pay çırakla bana yetişir.

– Pekâlâ.

Ertesi gün onu gene bir kubbenin altında elleri ensesinde arka üstü düşünür bulurdum.

– Çırak yarın hazır, derdi.

Ağustosun öyle bir günündeydik ki yaprak oynamıyor. Çok berrak ve sıcak bir hava, sesleri uzaklardan bize getiriyor, ta Kumkapı sahillerinde yıkanan insanları düşündürüyordu.

– Haydi gidelim Kumkapı'ya, dedim. Bir kenarda denize gireriz.

– Ben sabahleyin gittim, dedi. Sen istersen git, bir banyo yap, gel. Ben çırağı bekliyorum.

– Paralar? dedim.

– Bitti mi? dedi.

– Bende metelik yok.

– Bana verdiğin para duruyor, dedi. Bu para, bize yeter de artar bile.

Ben Kumkapı sahiline yollandım. O arka üstü yattığı yerden sağ tarafına döndü. Gözlerini kapadı.

Ben bir minare gölgesinden güneşe doğru adımlarımı ağırlaştırırken arkamdan bağırdı.

– Hacı Bey! dedi. Yarın sabah altı buçukta Beyazıt havuzunun kenarında ol.

– Olur, olur.

Saat ona doğru Süleymaniye'nin avlusuna vardığım zaman kimsecikler yoktu. Bir adam güneşin altında soyunmuş, çamaşırlarında bir şeyler arıyordu.

O zannettim. Değildi. Akşama doğru idi. Sundurmanın önünde düşünmekle uyumak arası bir halde meltem çıkmasını bekliyordum. Ter içinde gözüktü. Tıraş olmuştu. Siyah bir fanila giymişti.

– Niçin altı buçukta gelmedin? dedi.

Beni uykumdan çekip alarak sürükledi. Karpuz sergisine vardığımız zaman, güneş altında bu kadar hızlı yürümekten şakaklarım zonkluyor, vücudum çoktan beri akmamış bir terle, yumuşamış, kaşınıyordu. Pis bir hasırın üzerine kırk elli tane karpuz dizilmişti. Küçük, hakikaten duman gibi kara saçlı tuhaf bir çocuk, bu küçük karpuzların önünde haykırıyordu:

– Çeyreğe!.. Çeyreğe!.. Elini mi kestin baba!.. Param olsa da ben de yesem!..

Karpuzların bazılarına nereden düştüğü meçhul bir güneş vuruyor, sokağın başından bir vantilatörden eser gibi bir meltem esiyordu.

– İşte, dedi, bizim sergi de böyle olacak.

Sonra indiğimiz yokuşu, ağır ağır çıktık. Kararan güne karşı bir karpuz sergisini düşündük:

Bir karpuzun üzerine mumu yakardık. Mum kara ve kocaman karpuzun üstünde ağustos gecelerini sallar dururdu. Çırağımız önce küçük, hurda bir karpuzu kesmiş yemiş; sonra, kocaman bir karpuza başını koymuş uyumuş olurdu. Arkadaşım hâlâ tekirdağları kara beneklerden, kara benekleri alacalardan, vodinaları topatanlardan ayırırdı. Bazen bir kırkağaç kavununu eline alır, bana döner;

– Bir başka cins kırkağaç, derdi. Bunu ayrı koyalım. Bu kışa dayanır. Kışın bile çürümez, yumuşamaz. İçi buz tutar. Kışın soba kenarında bunu kesmek lazımdır. Ilık suya koymalı bir müddet, ılık suda kaldıktan sonra kesip yemelidir. Tadına doyum olmaz.

Sonra her iş biter, simsiyah külhanbey gömleğini çıkarır, bir Yenicami gömleği giyerdi. Ceketini serginin tahtasına çakılmış çividen alır, omuzlarına bırakır;

– Haydi gidelim, derdi. Köprü'den biraz vapurları seyredelim. Hem hava almış oluruz.

MAVNALAR

Köprü'nün üstünde el ayak çekilmişti. Üstünden başından amele olduğu anlaşılan bir adamla, yine aynı yaşlarda, elbisesinden gemiciliği dökülen bir başka adam hiç konuşmadan yan yana cıgaralarını tüttürerek, Üsküdar'a doğru bakıyorlardı.

Üsküdar uzaktan bakılacak ve oraya gidilemeyecek kadar uzak, garip, güzel bir köy haliyle karanlığın içinde kırmızımsı, seyrek elektrikleriyle çoktan uyumuştu. Gemici ötekine;

– Benim Üsküdar'da bir teyzem vardır, dedi, gidip bir gün görelim.

– Görelim.

Yine konuşmadan Köprü altından geçen bir motora daldılar. Motorun arkasında mavnalar doluydu. Üzerine muşambalar örtülmüştü. Muşambaların altında buğday, mısır, arpa, hububata benzer bir yumuşaklık vardı.

Amelenin kafasından Köprü'nün üstünden, son mavnanın içine, içlerinde buğday olduğunu tahmin ettiği yumuşaklığa atlayıvermek geçti. Bu hissini söylememek istedi, dayanamadı:

– İçine atlayıverseydim, dedi.

– Sinemadaki gibi, değil mi?

Amele cevap vermedi. Vermedi ama gülümsedi.

Bir kış ramazanı gecesiydi. Sonra İstanbul tarafına dönüp camilerin mahyalarını seyrettiler.

Gemici;

– Ne hoş, dedi, kandiller...

Amele,

– Sahi hoş be! dedi.

Hafta tatilinde birisi Galata'ya geçerdi. Öteki Şehzadebaşı'na... Kırk yılda bir de Köprü başına giderler, geceleyin geceye bakarlar. Gecenin içinde her zaman Üsküdar'ın ışıkları, Galata'daki büyük vapurlar, iskelelerdeki küçükleri, Köprü altından gelip geçen artlarına dolu veya boş mavnalar bağlanmış motorlar görürlerdi. Böyle akşamlarda birbirlerinin dostluğuna güvenileceği, iyi iki arkadaş olduklarını dört-beş cümle konuşmadan anlarlardı.

Amele, her zaman, buraya her gelişlerinde içi buğday dolu, yüklü motorlar geçerken Köprü'nün demirleri üstüne çıkıp ayaküstü kendisini bırakmak isterdi. Bazen arkadaşına bunu söyler, arkadaşı;

– Sinemadaki gibi değil mi? derdi.

Ya eve gider yatarlar, yahut vakit erkense bu sözden birdenbire hatırlayarak Yüksekkaldırım'da bir sinemanın ön sıralarına geçip otururlardı.

Ne film gösterilirse gösterilsin onlar mütebessim ve memnundurlar. Eve gelince yine konuşmazlardı. Biri Galata'daki dostunu, sinemadaki herifin yaptığı gibi öpeceğini; öteki Şehzadebaşı'ndakinin avucunun içini karanlık sokaklarda koklayarak öpeceğini; içleri ezilerek, uykuları kaçarak düşünürlerdi.

Birisi;

– Uyudun mu? der;

Öteki;

– Uyudum, diye cevap verirdi.

Beriki gülerse öteki derhal uyurdu. Gülmezse, gülmeyen uyumuş olurdu.

Beyaz, mehtaplı bir geceydi. İnsana büyük bir yol gitmek arzusu veren, iskelede yatan vapurların bacaları hafif hafif duman çıkarıyorlar... Bazen bir vapur, denizin içindeki bir başka ışıklı vapurla beraber iskelelere yanaşıyor, üç-beş kişi merdivenlerden hızlı hızlı geçip gidiyorlardı.

Amele birdenbire;

– Gitsek mi... dedi.

Öteki;

– Gidelim, dedi.

Aynı odada yatıyorlardı. Birisi Sıvaslı idi. Öteki İzmirli. Biri vapurlarda çımacılık yapıyordu. Ötekisi bir değirmende çalışıyordu. Ayda dört liraya tuttukları odada hiçbir gece oturmazlardı. Birbirlerinin yüzünü de çok az görürlerdi. Birisi işini dokuzda paydos ederdi. Öteki on ikide gelir yatardı. Oda simsiyah karanlıktı. Yine karanlık, rutubetli, küflü bir avluya bakan demir parmaklıklı pencereden, gün ışığı zor girerdi. Birinin yatağı sağda, ötekinin yatağı soldaydı. Amele, yorganı olmadığı için soyunmadan yatar, öbürü, don gömlek uyurdu.

Sabahleyin beriki saat altı vapuruna yetişmeliydi. Ötekisini ise öğleden sonra iş alırdı. Bazen her ikisi de altıda uyanmış olurlarsa Rum patron yanında çalışan amele,

– Sabahın kalimera oğlum, derdi.

Ötekisi de kalimerayı karamela manasına alır;

– Seninkisi de latilokum... derdi, gülerlerdi.

Bir gün çımacıyı işinden çıkardılar. Bir iskele memuru yüzünden. Adam şu kadarcık anlattı:

– Bana "eşşoğlu eşek" dedi, ben de çenesini dağıtıverdim.

Arkadaşı;

– Yapmamalıydın, dedi.

Bu söz, ötekinin o kadar gücüne gitti ki, üç gün aç gezdi, arkadaşından bir yardım istemedi. Beriki birikmiş parasını yiyor sanıp halini sormadı. Çımacı Paşabahçe Cam Fabrikasında iş buldu. Orada yatıp kalkacağı için arkadaşına veda etti. Öpüştüler. Son akşamlarını yine Köprü başında geçirdiler.

– Bir Üsküdar'daki teyzeme gidemedik, dedi amele.

Sıvaslı:

– Olmadı işte... Yine gideriz inşallah canım!..

O kadar güzel bir ay vardı ki gökyüzünde. İnsanın içine ay âleminin acayipliği çöküyor, insan kendi kendine orada olsak, diyordu. Ayın içinde... Ama hiç kimse bunu ötekine, yanındaki arkadaşına söylemiyordu. Tam o sırada sakin suların içinden patırtılı bir motor sesi geldi. Ve ardında belki ona yakın mavnalar. İçlerinde yine buğday vardı. Amele, ta altlarından geçen tepeleme buğday yüklü mavnalara baktı. Fakat, içine, içlerine atlamak arzusu ilk defa olarak gelmedi.

GECE İŞİ

Ömer, evvelce saçlarındaki mendili uçuran karayele savrulmuş bir küfürle kadına hücum etti. Bu hareketten meyhanedekilerin en genci ürperir gibi oldu. Bu gencin yanındaki kırk beşlik bir adam;

– Otur evlat, dedi.

Kendisinin değil, ruhunun kaçıp gitmek isteyişini anlayan bu adama genç çocuk korkuyla baktı.

Akşam, daha ortalık kararmadan içmeye başlamışlardı. Tramvayların ışıkları yanmış, meyhanenin ışıklarını Ömer, mahsus yaktırmamıştı. Bu yarı karanlık içinde daha iyi konuşuluyor, daha iyi içiliyordu.

Sonra ışıklar teker teker, korkak korkak, âdeta hiçbir elektrik düğmesi çevrilmeden, sanki kendi kendilerine yanmışlardı. Her ampul beş-on dakikalık bir fasıladan, bütün ampuller, ancak bir saatlik zaman geçtikten sonra, kendiliklerinden Ömer'in haleti ruhiyesiyle ve karanlıkla beraber yanmışlardı.

Işıklar yanınca meyhane her akşamki manzarasını almıştı. İçinde Ömer'in bulunduğu zannedilmeyecek kadar gürültülüydü. Dudaklarını kıpırdatmadan konuşan külhanbeyler, külhanbey işçiler, balıkçı, yahut ne iş yaptığı meçhul Rum ve Ermeniler her şeyden bahsediyorlardı. Bu meyhanede namuslu insanlar bile hırsızlarla yankesicilerin vakalarını tiksinmeden, ürpermeden dinlerlerdi. Meyhane aynalarının içinde cemiyetle başbaşa gidemeyen, sarılıp yürüyemeyen insanların bir vakadan, bir cerhten,* bir katilden hatıralı gözleri gözüküyordu.

Ömer'in hücum ettiği kadın, kızarmış yanağını ovalayarak;

– Ne oldu ki, Ömer Ağa? dedi. Lafımı yanlış anladın, kötüye çektin.

– Yanlış anlamadım. Ben malımı bilirim.

Araya kemancı Karabet girmişti. Bu külhanbeylerin hürmet ettikleri bir adamdı. Bu cemiyette Karabet, bir artist muamelesi görüyordu. Onu aşağı yukarı, büyük küçük herkes sayardı. Gençliğinde uzun seneler geçirdiği hapishanenin havası suratında, ruhunda, elbisesinde kalmış, onlarla beraber kemanını çalardı.

Ömer;

– Sen hele biraz yan dur Karabet, dedi.

Karabet isterse bunu kendine bir hakaret sayar, külhanbey damarları işlemiş olsa Ömer'in üstüne atılabilirdi. Yana çekildi ama, her fırsatta pala atmaya hazır bir vaziyet aldı. Ömer, şarkıcı kadının kızarmamış sol yanağını işaret ederek;

– Bir daha, dedi, elinin hamuruyla erkek işine karışma!

Genç kadının yerine biraz ileride gözleri sevinçli, dişleri çürük, saçları oksijenli, bütün bunlara rağmen hâlâ güzel ve sevimli, hâlâ bir kedi kadar sokulgan ihtiyar bir Rum kadını cevap verdi:

– Merak etme Ömer Ağa... –yanağını bir eliyle acıyormuş gibi tuttuğu halde– merak etme sen. Zehra bir daha elinin hamuruyla erkek işine karışmaz.

---

*) **Cerh:** Yaralama, yaralanma.

Bu cümle o kadar komik bir vaziyette söylenmişti ki, çok gülmeyen Karabet bile güldü. Zehra sandalyesine çökerek dişlerinin arasından bir "kahpe!" fırlattı. Ömer de çalgıcı yerinin merdivenlerini inerken gülümsüyordu. Susmuş meyhane, sanki bu gülümseme parolasını bekliyormuş gibi deminki gürültüsünü buldu. Hiçbir şey olmamış gibi o acı zeytinyağı ve anason kokulu hava ortalığı kapladı. Herkes tekrar kendi kahramanlık maceralarına, sevda hikâyelerine, birbirlerine içlerini dökmeye hazırlandılar. Yalnız ta köşede camdan dışarıyı seyreden iki yabancı, garsonu çağırıp, "Ne oldu?" diye sordular.

Garson bir sır tevdi ediyormuşçasına bir tanesinin kulağına bir şeyler mırıldandı. O da arkadaşına, meze tabaklarının üzerinden bir şey üflüyor gibi hadiseyi anlattı.

– Karı, o delikanlı için demiş ki, "Ömer tabiatını değiştirdi galiba..." demiş.

İki müşteri ürkek ürkek Ömer'in masasına baktılar. Ömer dalgın, düşünceli mezeleri yokluyor, yanındaki, sert yüzlü, kırk beşlik adam onu teselli eder, yatıştırır hareketlerle bir şeyler anlatıyordu. Bu kırk beşlik adamın yanında yirmi yaşlarında bir genç vardı. Yüzü pembe, yanakları dolgun, duru beyazdı. Gülümsediği zaman çirkinleşiyor, bir altın diş, zaman zaman ağzının çukurunda parlıyordu. Gözleri sönük, fersizdi. Saçları yumuşaktı. Omuzları dar, hali tavrı, külhanbeyliğine rağmen, kadıncanaydı.

Ömer meyhaneden çıktığı zaman, vakit epeyce geçti. Bir teşrinisani* gecesi ıslak ve ispirtolu

---

*) **Teşrinisani:** Kasım ayı.

sokaklarda kimseyi dinlemeden dolaşıyordu. Ömer yanındaki kırk beşlik adama;

– Şunu sav, dedi, bir boka yaramaz, korkak.

Kırk beşlik adam, üç adım arkalarında yürüyen omuzları kalkık çocuğa;

– Oğul, dedi, hadi sen git yat.

Çocuk ses çıkarmadan rüzgârla beraber savuştu. Deniz kenarına birbiriyle konuşmadan varmışlardı. Gecenin içinde ne müşterisi beklediği belirsiz kayıkçılar, onları görünce buyurun bile demediler. Onlar iki-üç sandala atlayarak bir ceylan-i bahrinin küpeştesine ulaştılar. Oradan bir kapak kaldırdılar, içeriden sıcak bir hava yüzlerine çarptı. Aşağıda müthiş bir karanlık içinden horultular geliyordu, cıgaralarının ateşiyle birkaç yüz gördüler. Bir tanesinin önünde onlar da, hayret etmiş gibi birdenbire durup yere çömeldiler. Bu uzun, bir naaş gibi uzun bir insandı. Yüzü beyaz, âdeta cam kırıklarından yapılmış bir levha gibi cıgaranın ateşiyle yanıp sönüyordu.

– İdris, ulan İdris!

Yatan adam homurdanarak etrafına bakındı. Sesi sakin ve hayretsiz;

– Kimsiniz, dedi, ne var?

– Kalk İdris, benim... Ömer.

– Yanındaki kim?

– Kim olacak be, Mavro.

– Mavro mu, ne var yine?

– Ne olacak iş var.

– Ne işi?

– Gece işi be!..

Uzun adam pabuçlarını aradı. İçeriye karanlık, gece ve rutubet dolan açık delikten ağır ağır dışarıya çıktılar. Yine sandaldan sandala atlayarak çamurlu bir kaldırıma ayak bastılar. Orada Ömer saati sordu.

Birisi;

– On bir buçuk, dedi.

Yürüdüler. Her yer kapanmış, sokaklardan bekçi düdükleri, geceye has ne olduğu belirsiz hışırtılar, insansız ayak sesleri geliyordu...

Bir sabahçı kahvesi buldular. Dışarıdan bir gaz lambası yandığı sanılan, fakat içerde yirmi beş mumluk bir ampul yanan bu kahvedeki insanlar birbirini görmüyor sanılırdı. Halbuki içeriye girince bir sefil insan ve yaşayan koku, sonra bütün bunları kâfi derecede gösteren bir aydınlık vardı.

– Merhaba Ali!

Bir acem şivesi:

– Merhaba Ömer Ağa, hoş geldin.

– Hoş bulduk. Bize üç çay, taze ise... Simitçi yok mu?

– Nerdeyse gelir. Çayım yeni demlendi.

Sedirin üzerinde iki çıplak, küçük insan uyukluyor, onlar bu oldukça ılık kahvede hâlâ üşüyorlardı. Ömer yalnız burunları, bir karpuz çekirdeği kadar ufak burunları gözüken bu insanlara yaklaştı.

– Bunlar da ne Ali?

Ali, Ömer'in yanına gelmiş; mustarip, acı bir yüz takınmıştı.

– Sokak çocukları zavallılar. Almasak olmuyor. Ne yapalım?

Ömer, Ali'ye doğru dönüp hiçbir şey söylemeden, onu süzdü. Sonra duvardaki bir halıyı, koca elleriyle kucaklayıp söktü:

– Bedava acıyacağına, dedi, bu paçavrayı üstlerine örtüversene... Baksana nerdeyse donacaklar.

Çıplakları kapanmış iki küçük çocuk üzerlerine atılan halıya uyanmadan büründüler. Birbirlerine karşı dönerek sarılıp yeniden derin çocuk uykularına düştüler.

Sobanın başında köprü başlarında balıkçılık yapan bir esrarkeş oturuyordu. Sessiz sadasız düşünüyordu. Balıklar, kocaman balıklar, her biri dev gibi balıklar, zokaları denizin içini yemyeşil aydınlatan oltalar ve küpeştesi karidesler, deniz kızları, dev cüsseli şeytan minareleri dolu bir kayık...

Biraz daha ileride kara gözlü, alabildiğine esmer, kıvırcık saçlı on dört on beş yaşlarında birisi vardı. Uyumuyor; cıgarasına bakıp düşünüyordu. Ömer onun yanına gidip oturdu. Öbürleri de biraz öteye sandalyelere çöktüler, uyuklamaya başladılar.

Biraz sonra kahvedeki sessizliği hiç ürpertmeyen ve esrarkeşi dalgasından uyandırmayan küçük bir hadise oldu. Ömer, elinde başkasının avuçlarından alınmış bir sustalı ile ayağa kalktı. Sesi sakin ve memnundu.

– Şaka yaptık be Karayel! Şaka yaptık be!

Karşısındaki ufak çocuk bir deniz gibi nefes alıyor; bir rüzgâr gibi konuşuyordu.

Nihayet;

– Ben öyle şakalara gelmem, Ömer ağabey. Öyle şakalar için yedi bıçak attım. Yedi bıçak yedim.

Kara çocuk tuhaf bir Karadeniz şivesiyle yapılan hareketin alçaklığından, adiliğinden, kancıklığından bahsetti' durdu. Ömer hayretle, tebessümle dinliyordu.

– Şaka idi şaka, Karayel. Ben seni bilmez miyim? Ali, ulan yap dört çay daha. Git simitçiyi de bul getir.

Çocuğu Ömer'le aralarında geçmiş vakanın şaka olduğunu ikna biraz güç oldu. Fakat şimdi dört kişi başbaşa vermişlerdi. Dört kişi başkasının işitemeyeceği bir sesle konuşuyorlardı. Yalnız Mavro, bir başkasının işiteceği şekilde yanındakine;

– İşte, dedi, tam aradığımız erkek çocuk. İşten de anlar. Zaten işi de bir ıslık değil mi?

Sonra yine dört kişinin işiteceği bir şey konuştular. Simitçi aramaya gitmiş Ali gelince, onları ayakta buldu. Dört kişi taze simitleri ısırarak sokağa çıktılar, karanlığa karıştılar.

HANCININ KARISI

Yanıma, sabahları gözlerimin içine bakan, akşamları beni kapımın eşiğinde bekleyen sarı bir köpek aldım. Beni her şey aldatıyordu. Mısır tarlalarından geçerek kenarına vardığım su, uzaktaki beyaz yazın içinde uyuklayan kasaba, kasabanın havuzu fıskıyeli gazinosunda tavla oynadığımız şişman tüccar, şehrin belediye bahçesinde yanına oturduğum ve küçük kızları beraberce seyrettiğimiz delikanlı, hatta şehir haricinde ceviz ağaçlarının gölgesine uzandığımız yulaf demeti saçlı boşnak çoban, hepsi, her şey, su, değirmen, gölge, güneş, mor püsküllü çapkın mısır koçanları, her şey beni aldatıyor.

Kimi zekâma, kimi hırsıma, kimi maddeme, kimi ruhuma sataşıyor. Yeis, bir kartal hızıyla kafamda kanat geriyor. Kimseyi, hiçbir şeyi sevmemek için elimi, kolumu sallayarak kendime derdi çağırıyordum. Dert, sararmış buğday tarlalarının üstünden geçen rüzgâr hışırtısıyla gelip beni buluyor. Ben bir başak gibi sallanıyordum. Ne sular şarkı söylüyordu, ne de tarlalarda ekin biçen sessiz, sakin köylüler bana yol gösteriyordu.

Sarı köpekle beraber epey yol almıştık. Köprüler geçmiş, bataklıkların kenarından yürümüş, çobanlardan yol sormuş, bir dağın eteğine varmıştık. Dağın eteğinde, kapanık manzaralı, seyrek evli, sakin, sokaksız ve çarşısız acayip bir köy vardı. Ana yoldan hiçbir yol ayrılmadan çimen ve çayırların üstüne bir hayli ev yığılıvermişti. Evlerin önünde ne bir çocuğa, ne bir kıza, ne de çorap ören bir ihtiyara rastladım. Köyün araba izleri dolu ve böylece yollu sokaklarında dolaştım. Kimselere rastlayamadım. Tekrar ana yola geldiğim zaman akşam karanlığı basmıştı. Sarı köpeğim aç ve susuzdu. Ama beni bu uzun seyahatte yalnız bırakmamaya karar vermişe benziyor, hâlâ önümde zıplıyor, yorgun ayaklarını kaldırarak üzerime atılıyordu.

– Buralarda bir han olacak, dedim.

Bir av köpeği gibi havayı kokladı. Burnu yerde, benden iki yüz metre ileriye kadar gitti, döndüğü zaman;

– Han filan bulamadın galiba, dedim.

Yere çömeldiğim zaman iki ön ayağını omuzlarıma koydu, uzun uzun uludu.

Dağı tırmanmaya başlamıştık. Bir su sesine doğru gidiyorduk. Bir oluktan buz gibi su içtik. Yıldırım vurmuş gibi ağacın kütüğüne oturdum. Akşam ışığına karşı düşündüm. Tepemde bir ıhlamur ağacı tütüyor... Niçin bu yaz gününde küllenmiş bir mangalın kenarında kaynayacak bir çaydanlık, boğazından, bademciklerinden hasta bir insan tahayyül ediyorum?

Niçin serin akşam güneşinin dağa ve dişbudaklara tırmandığı bu anda bir kış, "Çingenbacak" elmalarının dizildiği raflar, bir kırmızı sac soba hatırlıyorum? Evet yine niçin, bir karanlık evi, bir ihtiyar adamı; onun öksürüğünü, onun cıgarasının dumanını, evin bahçesinde kızılcık ağacındaki ökseye yapışmış bir sükûtu anıyorum?

Köpeğim yanımda bir kız bileği kadar ince, beyaz, damarsız –kimbilir hangi serseri çobanın kabuğunu soyduğu– bir dal parçası ısırıyor. Ben bu yaz gününde ıhlamur kokusuyla kuşları, nezleleri... kızılcık ağaçlarını... hepsinden evvel ve sonra bir ihtiyar adamı hatırlıyorum. Bu ihtiyar adam dedem... Ben dokuz yaşında bir çocuk...

Gece birdenbire geliyor. Bir kalp çarpıntısıyla, korku ile yerimden kalkıyorum. Zaman unutulmuş ve bulunmuş. Bir kilometre ileride tatlı, gevrek bir ışık. Köpeğimle beraber ilerideki ışığa doğru koştuk.

Hanın sahibi cılız bir adamdı. Köpeğime bir papara, bana sucuklu iki yumurta hazırlayan karısı ise olgun, dolgun, kırmızı, geniş bir kadındı. Beyaz başörtüsünden genç birkaç saç gaz lambasının altında pırıldıyor, gözleri geceleyin dağda kurt gözleri gibi parıldıyordu.

Sabahtan beri köpeğime bile açmadığım içimi bu cılız han sahibine açtım.

– Ben, dedim, gölü görmeye gidiyorum. "Karakurt gölü"nü. Gölün kenarında güzel bir köy varmış. Hastayım. Bana orada birkaç ay geçirecek bir yer bulunabilir mi?

– Bulunmasına bulunur ağam, ama o köyün ahalisi biraz kuşkuludur. Yabancı pek sevmezler. Sonra gülümsedi: "Köyün kadınları," dedi, "belki işitmişsinizdir. Çok güzel olurlar. Onun için bilmem erkekleri sizi yadırgamazlar mı?"

Sonra uzun uzun o köyün kadınlarından, köyden, Karakurt gölünden bahsetti.

Birkaç saat içinde o kadar birbirimize alışmıştık ki, nihayet;

– Ben de o köylüyüm, delikanlı, dedi. Kasaba çocukları biraz kötü oluyor nedense. Bizim köyün karıları da bir parça iştihalı. Ama seni anladım arkadaş, sana bir yer bulmaya çalışacağım.

Köpeğimi sevdi. "Demek ki dâr-ı dünyada," dedi, "bundan başka sana yar kalmadı."

– Kalmadı çavuş, dedim, kalmadı.

Askerliğinden, on yedi sene süren askerliğinden bahsetti. Sonra daha çok samimileşti. Bütün derdini söyledi. Bir dağ başındaki han sahibinin ne derdi vardı? Bu genç saçlı, geceleyin kurt gözlü kadını doyuramıyordu. Çocukları da olmuyordu. Yoksa ona vakit bırakmaz, dört-beş çocukla ihtiyarlatıverirdi.

Köpeğim uyumuştu. Biz sigaramızı tazeleyerek uzaktan uzağa ışıkları gözüken biraz evvel geçtiğimiz köye doğru pencerelerimizi açtık. Yine anlattık:

Orası bir Çerkez köyü idi. Eskiden bütün köy halkı eşkıya imiş. Şimdi ise yabancı görünce evlerinden çıkmayacak kadar korkak mı diyeyim, çekingen mi diyeyim, bir tuhaf olmuşlar...

Dağ içinden sesler geliyor. Gece koyu karanlık bir deniz hışırtısı çıkarıyor, çakal sesleri kayadan kayaya kulaklarımıza geliyordu. Hancı beni dört yataklı bir odada bırakarak çekildi. Bir şey bekleyerek sabaha karşı uyumuşum. Bu beklediğim şeyin hancının doyuramadığı genç saçlı karısı olduğunu uzun seneler anlayamadım. Fakat oydu. Gelmedi. Ne bir ayak sesi hanın boş, loş, sessiz, ölü sofalarında gezindi, ne de bir kapı gıcırtısı duydum.

LOHUSA

"Kumköy" Sakarya yanında, hemen hemen yan yana denilecek kadar kasabaya yakın, kırk beş hanelik bir köydü. Kasabanın kenar mahallelerinden sonra bir mezarlık başlardı. Yer yer duvarları yıkılmış, baldıranla ısırganlar mezarları ve mezar taşlarını kaplamış, bu artık ölü gömülmeyen mezarlık geçildikten sonra, Sakarya'nın tahta köprüsü gözükürdü. Daha köprüye varmadan sağ kolda küçük bir öküz arabası yolu, küçük bir tepeye doğru tırmanır, tam tepedeki kocaman çınarın dibine varılınca birbirinden birer ikişer dönümlük tarlalarla ayrılmış köyün evleri, ottan damları ile meydana çıkıverirdi. Yol, buradan itibaren kasaba yolları gibi arnavutkaldırımı idi. Ta köyün ilk evine kadar bu sarsak ve harap yol gider, orada birdenbire bitmez, seyrekleşir; gene bir yüz adım kadar tek tük kaldırım taşları bulunur, sonra bir çimenlik başlardı. Bu çimenliğin ortasındaki araba izleri, iki muvazi hatla hiç bozulmadan âdeta kenar çimenler hiç ezilip sararmadan her evin kapısına kadar varırdı.

Kasabanın üç ana yolu vardı. Bu üç ana yoldan ikisi Sakarya'nın köprülerine çıkardı. Nehirse kasabanın dışında kocaman bir münhani* çizerdi. Kumköy, kasabanın köprülere çıkan her ana yo-

*) **Münhani:** Eğri.

lundan aynı mesafedeydi. Her iki taraftan da şehre aynı zamanda varmak mümkündü. Fakat bir mezarlık geçildikten sonra şehrin çarşısına varılan yol daha ziyade bir iktisadi yoldu. Çünkü bu yoldan kasaba çarşısına daha çabuk varılabilirdi. Halbuki öteki yoldan kasaba, hemen hemen iki tarla geçildikten sonra başlayıverirse de, çarşı oldukça uzaktı. Kasabanın bu mahallesi, Boşnak mahallesiydi. Boşnak mahallesi ise su gibi berrak sarı kızlarıyla bir macera ve aşk yoluydu.

Köy, küçük kasabanın tesiri altında o kadar köylülüğünü unutmuştu ki, bazen Kumköylüler Sakarya'nın öte tarafındaki köylere kız alıp vermeye gittikleri zaman bir şehirli muamelesi görmek isterler ve bir şehirli vaziyeti takınırlardı. Köyün iktisadi taraftan her nedense arnavutkaldırımı, iki tarafı böğürtlen çalılıklı yolu bulunduğu halde, öteki taraftan, macera ve aşk tarafından, kasabaya daha çabuk varmak mümkün olan yerinde, yolu yoktu. Tarlalar içinden, çalılıklardan geçmek lazımdır. Bu yolda ancak delikanlıların kocaman hendekler atlayarak maceraya çıkması mümkündü. Boşnak kızlarına tutkun köy delikanlıları, sabahleyin kasabaya mektebe giden çocuklar, bu tarla yolunu tercih ederler, hep de ağanın tarlasından geçip giderlerdi.

Hasan Ağa'nın evi, köyün tam ortalık yerinde, üç katlı kocaman bir kasaba eviydi. Köyün öteki evleri gibi kerpiçten değil, yarı kerpiç, yarı kâgirdi. Önde ise birbirine muvazi, davarların girebilmesi için icabında kaldırılan iki uzun direk, kapı yerine kullanılırdı. Evin insanları, bu direkleri kaldırmaya lüzum görmezler, iki direk arasından geçerlerdi.

Bu evin üç katında ayrı ayrı üç aile barınırdı.

Alt katta yetmiş dokuz yaşında Hasan Ağa, orta katta büyük oğlu, üst katta ise Hasan Ağa'nın bu senelerde everdiği büyük kızı oturuyordu. Hasan Ağa büyük oğlu ile dargındı. Büyük oğlu da ablası ile geçinemiyordu... Hasan Ağa köyün kasaba çarşısına yakın iktisadi yolundan yetmiş yaşına kadar edeceği istifadeyi etmiş, oldukça hilekâr, zeki, yorulmaz bir adamdı. Yetmiş yaşında üçüncü karısından bekâr kaldığı zaman beş sene bir delikanlı gibi köyün macera ve aşk yolundan kasaba ile muameleye girişmişti. Bir kış gecesi karın iki arşını geçtiği tarlalardan sarı saçlı, burnunun üstü çilli, bilekleri mor damarlı yirmi beş yaşlarında bir genç kız getirivermişti. Şimdi dört senedir onunla yaşıyordu. Dal gibi kızı şişmanlatmak için elinden geleni yapmıştı. Hiç Türkçe bilmeyen sarışın Bosnalı bu yıllar zarfında Türkçeyi sökmüş, pembe teni güneşten biraz kararmış, kalçaları adamakıllı dolmuş, memeleri büyümüştü. İhtiyarın gözü seksen yaşına rağmen ondan başkasını, daha tabii ve sessiz muhabbetleri görmez olmuştu. Yeri meçhul altınlar yalnız onun için bozduruluyor, yalnız onun göğsü üstünde büyük beşibiryerdeler, minnacık fındık altınları parıldıyordu.

Yetmiş dokuz yaşında Hasan Ağa'nın son dördüncü karısı birdenbire sancılandı. Hasan Ağa dargın olmasına rağmen yukarıya seslendi:

– Ulan Rüstem, Rüstem!..

Yüzünün sertliğini, bıyıklarının büyüklüğünü, ensesinin kalınlığını, ellerinin kocamanlığını ifşa eden acayip bir erkek sesi işitildi:

– Ne var, dedi, ne var?

Sonra tahtaları çökertir gibi kırk beş yaşlarında, ağırbaşlı, hakikaten burma bıyıklı, delikanlı bakışlı bir adam indi. Saçları ağarmıştı. Dar alnına düşen yağlı siyah saçlarını yana ayırmıştı.

– Ne var? dedi. Bir kaza mı var?

Bir oda kapısının ışığında kısa boylu, ufacık bir adam gözüktü. Yüzünün yarısına odanın açık kapısından çıkan ışık vuruyor, yüzünde bir on beş günlük beyaz bir sakal parıldıyordu. Yanakları bir genç çocuk yanağı kadar buruşuksuz, pembe; sesi pürüzsüz ve canlı idi:

– Boşnak mahallesine koş, dedi. Rizo'yu bul. Ebenin evini bilir. Sana göstersin! Karıyı al getir, anan ölecek.

Rüstem hayret içinde durakladı. Sual soramıyordu. Gözlerine düşen saçlarını elleriyle itti. Alnını tuttu. Bir şeyler homurdandı. Sonra yüzü birdenbire kıpkırmızı oldu. Alacakaranlıkta bile kızdığı, hareketleriyle belli oluyordu. Rüstem en çok babasına onun için kızardı. Anan! Anan! "Niye anam olsun?" derdi. İnsanın bir tane anası olur. Onunkisi de ölmüştü. Bu onun babasının karısı diye, niçin anası olacaktı. Otuz yaşındaki karı onun anası olamazdı. Rüstem onun ağası idi:

– Anlamadım, dedi. Ebeyi kimin için çağıracağız? Ablam yoksa bu sene bir daha mı doğuruyor?

İhtiyar;

– Anan dedik ya! dedi.

Rüstem sinirlenmişti. Büsbütün anlamıyordu. Sahiden anlamıyordu:

– Ne anası? dedi, deli mi oldun?

İhtiyar, oğlunu kızdırmaktan başka hiçbir şeye yaramayan ana kelimesini bir daha tekrarlamaktan hiçbir fayda gelmeyeceğini anlamış gibi yutkundu:

– Boşnak kızı, Zehra doğuracak.

– Zehra mı doğuracak? Allah Allah! Kimden?

İhtiyar odaya doğru koştu. Kapının arkasından dikenli bir sopa kapıp oğlunun üzerine doğru yürüdü. Rüstem iki adım geriye çekilmiş, merdivene doğru dönmüştü. Babası;

– Kimden olacak ulan! dedi. Kimden olur ki? Kocası kim? Benden... Benden elbette!

Ta üst kattan gürültüye koşmuş bir delikanlı ile elli yaşlarında fakat dimdik bir adam, ikinci katın merdiveninden sarkmış, baba ile oğlun kavgasını dinliyorlardı. Rüstem onlara doğru baktı.

– İnsenize aşağıya, dedi. Ne diyor bu?

Delikanlı merdivenin tırabzanlarından beline kadar sarkmıştı. Kadın onun omzuna abanmıştı. Birdenbire karar vermiş gibi merdivenleri hızlı hızlı indi:

– Elbette, dedi. Herkes senin gibi kısır değil. Ayıp mı? Babanın çocuğu oluyor, kardeşin doğacak. Hayvan gibi bakacağına, Boşnak mahallesine koş!

Rüstem bağırdı:

– Sus, boğazlarım seni, karı!

Sonra hâlâ yukarıda tırabzanlardan bir küçük çocuk haliyle bakan delikanlıya döndü:

– Ulan gidinin oğlu, aşağı insene! Koşsana, kaynatanın çocuğu olacak!

Sonra babasının yanına sokulmuş kız kardeşine bütün hıncıyla haykırdı:

– Bu herifi sen yukarıda balla besle! Koynunda büyüt! Harmanı biz dövelim, öküzleri biz çifte koşalım, tarlayı biz sürelim, siz yukarıda aşık atın. Biraz o koşsun be! Seksen yaşındaki herifin çocuğu oluyor diye ben ele güne rezil olamam. Ne haliniz varsa görün!

Yukarıda hiç yerinden oynamayan delikanlının arkasında otuz otuz beş yaşlarında, narin yapılı, beyaz başörtülü bir kadın peyda oldu. Bu Rüstem'in karısıydı. Sessiz, emin adımlarla merdiveni indi:

– Telaş etmeyin!

Sonra ihtiyar adama doğru yürüyerek:

– Ne telaş ediyorsun, önce Ümmügül ablayı çağırın. Onun eli vardır. Bu işlerde o herkesten üstündür.

İhtiyar;

– Yok! diye bağırdı, imtihanlı* ebeyi isterim.

Görümce bir kaynana nüktesiyle babasına;

– İnsan, dedi, çocuk doğurmayınca ebenin imtihanlı ile imtihansızını birbirinden ayırt edemez.

Gülümseyerek ilave etti:

– Kusura bakılmaz. Telaş etmeyin de, ne demek oluyor? Ah babacığım!

Hâlâ kapısı aralık duran odaya doğru koştu:

– Ah anacığım! İnşallah kız olur.

İçerde tombul yanakları kızarmış, ter içinde tıknaz bir kadın kıvranıyordu. Boşnakça bir şeyler mırıldanıyordu. Yüzü kindar bir mana ile buruşuk, kapıdan içeriye haykıran kadına kısılmış bir sesle fısıldadı:

– Sus, ortalığı velveleye verme! Ne bağrışıyorsunuz? Ümmügül'ü de çağırın, imtihanlıyı da. Babama haber versinler. Kocan da kasabaya koşsun. Babamın dükkânı daha açıktır. Sonra sesini yavaşlatarak, munis, "Haydi Esmacığım" diye ilave etti: "Evladının başı için!"

---

*) **İmtihanlı:** "Diplomalı", "okullu" anlamında.

Esma kapıya doğru baktı. Dışarıda baba oğul ağızlarına geleni söylüyorlardı. O lohusaya doğru döndü. Sesi bir yılan ıslığı gibi cevap verdi:

– Utanmayacak mısın kaltak? Babanı değil ölmüş ananı da çağırtalım bari. Kızının mürvetini görsün.

İçeride fısıltı, ıslık arası bir kavga ve kin baş göstermişti. Lohusa helecanlar geçiriyordu.

Öteki;

– Kimbilir kimden? Babam olacak herifin burnundan girip ağzından çıktın. Seksen yaşındaki herifin çocuğu mu olurmuş! Nerede görülmüş? diyordu.

Lohusa Boşnakça mırıldanıyor; aynı lisanla yeminler ediyor, karnındakinin ihtiyarın mahsulü olduğunu anlatmaya çalışıyordu. Görümce ise Boşnakça bildiğini anlatır bir yüzle;

– Yemin etme, diyordu. Gözün kör olsun, sus!..

Genç, sarışın lohusa yemin etmekte devam ediyordu.

Dışarıda ise baba oğul boğaz boğaza gelmişlerdi. İhtiyar bastonunu oğlunun kafasına indirmiş, Rüstem'in alnındaki perçemleri arasında kırmızı bir yara açılıvermişti. Kanı gözlerine dolan oğul bir hamlede babasının üstüne atılmıştı. Elindeki sopayı kapmasıyla ihtiyarın beline indirmesi bir olmuş, sonra aşağıya inmeye korkan ablasının kocasına doğru seğirtmişti. İhtiyar yere diz çökmüş, kalçalarını tuta tuta beddua ediyor; yukarıda genç çocuk, kalın bastonlu kayınbiraderine yalvarıyordu:

– Etme, eyleme ağabey, ben ne yaptım? Bu evin içinde ben sığıntıyım. Beni hor görme! Vurma ağam, vurma!

Ama karşısındaki, şimdi kalın bastonu, kafasını elleri içine almış adama rasgele vuruyordu. Genç adamın seslerine ve yardımına koştuğu sanılan lohusanın yanındaki kadın, kardeşinin üzerine atılıp bastonu elinden alıyor, kardeşine kindar bir gözle baktıktan sonra lohusanın odasına koşuyor, genç kadının karnına doğru sopasını kaldırıyordu.

ORMANDA UYKU

Kaşıkadası'nın kıyılarında yaz geceleri karides ve pavurya yakalayan sandalların ışıklarını, büyük bir çam fıstığının altında bir Tring Galata kanepesinden seyre daldığım zaman, ta çocukluğumu, büyük bir dut ağacının altındaki sofrayı, sofranın başındaki babamın arkadaşlarını, rakı kadehlerini, tabaklara düşen kara dutları hatırladım. Çakal eriğine bağlanmış kuzu, kasabanın suyuna ve bu suyun sazlarına konmuş parlak, mor yeşil kanatlı yusufçuklar, uğruna bileğimdeki saati, kuzuları, babamın kilit altındaki romanlarını, kuşları, karıncaları, tavukları fedaya hazır olduğum esmer, sıcak arkadaşım; neredesiniz?

Tam iki senedir insanlardan kaçıyordum. Ne sevincim, ne kederim belliydi. Yalancıktan seviyordum. Dilim paslı, uykum berbattı. Ama şimdi, karides avlayan balıkçıların ışıklarıyla geçen hastalığıma inanmıyorum. Ne bromüre, ne de fosfatlara muhtacım. Doktorla şair arası bir insan kesiliyor, "Karides avlayan balıkçıların karpit lambalarını, her akşam bu saatte, yemekten sonra, bir kocaman deniz suyuna karıştırarak içiniz. Bütün dünya rengini değiştirecektir. Uyku çocukluğunuzdaki gibi, büyüyen nebat, her gün boy atan bir canlı mahluk habersizliğiyle size dönecektir," diyorum.

Hasta olduğum günlerde hislerimin, fikirlerimin izah edilemez, karanlık bir şiir gibi gözüken tarafı vardı. İnsanları sevmemekliğimin sebeplerini buluverirdim. Nefret, kin içindeydim. Her güzellik beni normal zevklerin ötesine çeker, dudaklarım başka dudağa değdiği zaman bir ölümün, bir enerjisizliğin adımlarını duyardım. İnsanlar ölürken böyle mi ölürlerdi? Son nefes denilen şey ne müthiş bir şeydi öyle ise. Hiçbir taarruz kabiliyeti kalmamış bir adamın feveranı ile başkasına sarılırdım... Yeniden yepyeni bir insan olmak için zaman zaman bir volkan haliyle bir şeyler püskürüyordum.

Balıkçılar Ada'nın öteki kıyısına geçmişlerdi. Kanepeden kalktım. Karanlık yoldan evime döndüm, yatağıma yatar yatmaz uyudum.

Bol bir uyku uyumuştum. Odamda güneş vardı. Bir kuş sesi duydum. Pencereden bir ağacın yapraklarını yeni görüyormuşum, penceremin önündeki bu ağacı yeni yeni seviyormuşum gibi geldi. Parlak gümüş yaprakları doya doya seyrettim. Tenha köyün sokaklarında lengerler içinde balık götüren ateş bacaklı çocuklara baktım! Kalem gibi baldırlı, kavruk çocuklara para verdim... Bir yalının yetmişlik uşağından cıgaramı yaktım. Deniz kenarına indim. Plaja doğru yollandım.

Bembeyaz bir kızdı. Burnunun etrafında ve üstünde çilleri, şişman denecek kadar dolgun, her tarafında bir yuvarlaklık vardı. Yüzü dört beş yaşında bir çocuk yüzü idi; silik, küçük, berrak. Alt dudağı üst dudağından kalındı. Böyle kızları ben her zaman görür; her zaman içimi bir melankolinin, sinirlerimi defedilmez bir arzunun kapladığını hissederdim. Bir şeyler yapmak ister, yapamaz, yutkunurdum, sarsılırdım. Şimdi bütün bu hisler geçmişti. Bu kızın güzelliği, bu güzelliğin bana yaptığı tesir çok normaldi.

Şimdi elimi uzatıp bu yanımdaki pırıl pırıl su içinde uzanmış mahluka değdirebilirdim. Eskiden bunu yapardım. Eskiden olsa elimin bu hafif temasıyla arzularımdan bir kısmı eksilir sanırdım. Halbuki şimdi, o arzuların eksilmediklerini, aksine arttıklarını biliyordum. Bir kabine girip soyundum. Genç kızın yanıbaşına uzandım. Seyrettim. Kulaklarında mavi küpeler vardı.

Yemeğimi yedikten sonra kırlara çıktım. Bir çayırlıkta futbol oynayan çocuklara hakemlik yaptım. Çocuklarla beraber koşuyor; penaltı münakaşalarında hiçbir tarafı tutmamak için kimsenin yüzüne bakmıyordum. Bazı çocuklar o kadar güzeldiler ki...

*
* *

On beş, on altı yaşlarında, dün sabah plajda gördüğüm bu çok sıhhatli genç kız, o kadar hoşuma gidiyordu ki, kadınları güldürebilen, dört-beş dakika içinde ahbap olan bir arkadaş buldum. Dedim ki:

– Ahbap şu kızla konuşabilir miyiz?

Ay, denizi içilebilir bir hale getirmişti. Ben de herkes gibi evvela denizin üstünde yürümek, yürüyebilmek istedim. Sonra eğilmek, bir vahşi fakat zararsız hayvan hissiyle bir taraftan etrafı dinleyerek su içmek, sonra yine kimbilir yine aynı o vahşi hayvan iştihasıyla bu küçük kızla bir çalının dibinde koklaşmak.

Arkadaşım on dakika içinde istediğimi yapmıştı. Kulaklarında küçücük maviler pırıldayan iki küpe... Başka bir şey görmüyorum. Dün sabah da aynen böyle olmuştu. Yalnız bu küpeleri görmüştüm. Tuhaf!

– Size ay ışığı ne gibi bir arzu verir?

Cevap beklemeden;

– Bana, diyorum, ağlamak arzusu verir! –Hakikaten ağlamak istiyorum– Ben bir santimantalim küçük hanım.

– Bana uyumak, cibinliğin altında uyumak arzusu veriyor.

Arkadaşım aşk ve evlenme üstüne konuşulacak şeyler bulmuştu. Genç kız;

– Bizim âdetlerimizde, kız, erkeği satın alır. Parasız kızlardan çoğu koca bulamaz. Bizim delikanlılarımız aşk nedir bilmezler... "Böyle şey dünyada yoktur" derler, diyordu.

– Bizimkiler kızları satın alır, bizim erkekler.

– Daha fena, dedi.

– Bu, aşkın olmadığını mı gösteriyor? Yoksa mütekabil menfaatler mi aşk doğuruyor?

Arkadaşım Fransızca olarak böyle söyledi. Bu sözden iyice anlamadım ama birinin verdiği paraya mukabil, ötekinin şefkatini karşılık koyduğu seziliyordu.

Küçük kız, büyük bir insan gibi:

– Uyumak istiyorum. Hiçbir şey, hiçbir erkek kolu beni bir saat daha uyumaktan alıkoyamaz. Kimseyi sevmiyorum. Dansı arasıra edersem hoşuma gidiyor –o da akrabalarımla olmak şartıyla– ne ay ışığında ne de karanlık gecede hassasım. Ben bir küçük kızım, uyumak istiyorum.

– Allah rahatlık versin öyleyse.

Ben de uyumak istiyorum. Ay ışığı dolmuş odamda, mavi küpeli kızla bir rüyaya hazırlanarak uyuyorum da sonra rüyamda:

Ay ışığında bir gölden kocaman kulaklarım, uzun dört bacağımla dimdik; daha vahşi bir hayvanın beni yakalayacağını –su içerken gafil avlayacağını– düşünerek tetik, atik uzun boynumu eğiyor, su içiyorum. Sonra yine etrafı dinleyerek bir tavşan hızıyla ormana, çalılığa kocayemiş ve incir ağaçlarının arasına koşuyorum. Burnuma lodos rüzgârı, yakın bir dişi kokusu getiriyor. Hava elektrikle yüklü, tüylerim pırıl pırıl... Bir çam ağacının dibinde koşmaktan terlemiş bir dişi ile çiftleşiyorum.

Birdenbire uyandım. Sofanın saatine baktım: Gecenin on bir buçuğu. Sokağa fırladım. Şimdi bir yokuş tırmanıyordum. Etrafım ağaçsız, bol bir aydınlık var. Her şey yaldızlı. Aşağımda küçük şehir... Kulübe ve saraylar, birbirlerinden farksız. Biraz daha tırmanınca ileride çam ormanı gözükmeye başladı. Ağustosböcekleri durmadan ötüyorlar. Öyle olmasa insan, hâlâ kendini rüyada sanacak ve bir sairfilmenam* korkusuyla en küçük bir çıtırtıdan, uyanıverecek... Belki dakikalarca etrafı tanımaya çalışacak. Çam ormanını boylu boyunca geçtim. Şimdi bir küçük kır kahvesinin setleri üstündeydim. Birdenbire bir çardağın altında cıgara pırıltıları gördüm. Sessizce yürüdüm ve oturdum.

Şimdi Fransızca seyahat, köy kelimeleri sık sık tekrarlanan bir şarkı duyuyordum. Bir pistin üstünde sürünen, sürtülen ayak sesleri...

Herkesin uyuduğu saatlerde genç uykusuzların dans etmesi. Gizli metruk bir kır gazinosunda ve ay ışığında. Bu bir saadettir. Ne sakinim. Ben ki dans salonlarına, barlara, hatta balolara düşman bir adamımdır. Sinirlenirim. Bana öyle gelir ki, oralarda yalnız bir tek fikir vardır: O da kadın kandırmak. Ondan ötesi, mızıka, ışık, kadeh, raks, adi birer vasıtadır. Burada böyle düşünmüyorum. Burada, diyorum, kadın artık kadındır.

---

*) **Sairfilmenam:** Uyurgezer.

Kanmaz, kandırır, böylesi daha iyi, daha doğru. Böyle olagelmiş! Neler düşünüyorum? Kanmak, kandırmak nedir? Burada, ay ışığındaki ıssız, metruk kır gazinosunda bu iki kelimenin hiçbir manası yoktur. Bana öyle geliyor ki, burası bir başka dünyadır. Bir dakika sonra yine cayıyor, belki diyorum, bu kır gazinosunun, bu ay ışığının da bu dönen insanlar üzerinde hiçbir tesiri yoktur. Tıpkı dans salonunda gibidirler. Ora âleminin kanunları burada da caridir. Bu kenarlarda dans etmeyip oturan, cıgaralarının parıltıları gelen insanlar, gizli gizli herkesi kontrol etmektedir. Belki de anaları babalarıdır. O halde burada yine kanmak ve kandırmak mevzubahistir. Ama ne olursa olsun, ben uzaktan istediğim gibi, dedikodusuz, riyasız bir dünya görüyorum ya: Ay ışığı kulübe ile sarayı birbirinden nasıl farksız yapıyorsa insanları da başka türlü yapamaz ki. Her kulübemsi insan bir saraydır. Nitekim ben de. Yanımda bir dal çıtırtısı duydum. Silkindim. Arkama döndüm. On adım tahmin ettiğim bir uzaklıkta bir hayal ağaca dayanmış duruyordu. O da benim tarafıma bakıyordu. İlerledim. Kaçtı, kovaladım. Biraz sonra ikimiz de nefes nefese bir çamın dibine düştük.

Kimdi, neydi, güzel miydi, çirkin miydi, kulağında mavi küpeleri var mıydı? Bilmem... Hatırladığım şey, yalnız derisinin terden buz gibi olduğu idi. Bu da terlemiş bütün insanlarda müşterek bir şey. Sonra muhakkak harikulade gençti. Genç insanların ağızları kokusundan bellidir. Bu bir kuş, tüy kokusudur.

Gürültüsüz, sessiz bir kavga yaptık. Yüzü ter içindeydi. Beyaz, terli alnını her zaman göreceğim; biraz dardı. Mütemadiyen gözlerini öptüğüm için onları hiç görmedim. Bir daha birbirimizi görmeyeceğiz; gözden öpmek iyi değildir; ne iyi, ne iyi! Ne yazık, ne yazık! diyen bir şeyler vardı bende. Burnumu nefesine tutuyordum. Ağzı ağzımın içinde açıktı. Öpmüyordu, ısırmıyordu. Yalnız sanki hayret, şaşkınlık içindeymiş gibi ağzı açık duruyordu. Biraz sonra mırıldanıyordum:

Mon enfant, ma soeur...

Nihayet ayaklarım ayaklarından, beli elimden çözüldü. Kenara mahcup bir çocuk gibi büzüldüm. Dizkapaklarımı uyuyan çocukların yaptığı gibi burnuma kadar çektim, onu seyrettim:

Ayağa kalkmıştı. Arkası bana dönüktü. Eğilir, kalkar, gerinir gibi birtakım hareketler yaptı. Saçları dağınık, ensesi ne güzeldi! Dönüp baktı. Eliyle geniş, bol, cömert, eyvallaha, selama benzer bir hareket yaptı. Gözlerimi kapadım, uyudum. Kendimi bir yaylada bir metre karın içine uzanmış hissediyordum. Uyuşuyor, üşüyorum. Çocukluğumda okuduğum bir kitapta bir süvari, karlı bir ovada giderken, bir direk görür. Atını bu direğe bağlar, gocuğunu kafasına çeker, uyurdu.

Sabahleyin pırıl pırıl bir güneşle uyanırdı. Kendisini bir kilisenin avlusunda bulurdu. Atını arardı. Kilisenin çan kulesinden atı kişnerdi. Karların yavaş yavaş eridiğini, ben ağır ağır alçaldığımı, kilisenin avlusuna kadar indiğimi hissediyorum. Çocukluğumda süvarinin atını oradan nasıl indirdiğini düşünmüştüm. Yine düşünüyorum. Uykuda değilmişim gibi oluyor. Bir dakika rüzgârı, gramofonu duyuyor, yeniden uyuyordum.

Dünyada en sevmediğim şey, sabahtı. Ben bir Parisli kadar sabahtan nefret ederdim. Senelerden beri güneşin doğuşunu seyretmedim. Senelerden beri hayatın yeniden başlayışını görmedim. Görmek de istemedim. Her şey her günkü halini aldıktan sonra, sokağa çıkardım. Gece onda kapanmış dükkânlar, ışıkları sönmüş pencerelerle dolu İstanbul tarafı sokaklarını hayretle, hüzünle dolaştığım olurdu. İçime bir acı yapışırdı. Bu sabah gün doğmadan dükkân açıp, ilk müşterinin parasını sakalına sürecek bir çarşı içi Müslümanı kadar erken uyanmıştım. İçimde bir cenuplu sevinci, tembelliği, yumuşaklığı, şehveti var. Bir Marsilyalı, bir Pireli, bir Napolili, bir İskenderiyeli gibi güneşe serilmek canım istiyor. Bir kânunusanide* Napoli'deydim. Harikulade güzel yüzlü bir çocuğun, şimal rüzgârını kesen bir binanın önünde kıvrılmış uyuduğunu görmüştüm. Biraz sonra bir meydan geçmiş, orada da yine böyle bir sürü insan, sabah güneşine tembellikle dolu bir şehvetle serilmişlerdi. Pire'de Türkiyeli, Anadolu şivesiyle Türkçe konuşan kundura boyacılarını, sonbaharda siyah üzüm küfelerinin kenarında uyumuş seyretmiştim. Mısır'a gitmedim. Fakat orada da sıcak günlerde erken uyanan cenup çocukları, ezeli kanlarından ve güneşten gelen şehvetle dolu bir tembellikle uyur, uyuşurlar; şimalde yağmurlu şehirlerin insanları mütemadiyen yerinde duramaz, koşup dururlarken ve mütemadiyen paraya para katmaya çalışırlarken fakir, sefil, tembel, şehevi fakat iyi ve artist cenup insanlarını düşünürdüm. Şimalde her fazla kazanılan parada ve medeniyette cenup çocuklarının hesabına bir haksızlık görürdüm. Napolili kumarbazla İstanbul Yenicami merdivenlerinde uyuyan küfeci, şehvet ve tembellik içinde bedbaht ve iyi... Şimalli, zengin ve kötü... Hayır şimalli,

*) **Kânunusani:** Ocak ayı.

meyhane, yağmur ve alkolle sarhoş ve iyi... Yarabbim!..

İnsan saadeti için şehvet ve tembelliğin de bir rolü var mıdır? Hakiki medeniyet ve muvazene acaba şimalle cenup insanı arasındaki ruh ve karakter farkından doğabilir mi?.. Çok çalışıp çok kazanmak fena bir şey mi? diye düşündüm. Ormanın içi yaprak ışıkla doluydu. Bir deniz içinde gibiydim. Rüzgâr vardı. Bir nefes alma verme duydum. Bu kadar rüzgârla dolu olduğu halde orman ağaçlarının uykusu mu devam ediyordu?

Kafamın altına iki elimin avucunu koyuyor, evvela koyu sıcak bir çay, kızarmış ekmek, beyaz delikli bir peynir, bir bardak su, bir salkım üzüm. Sonra insanları, hayatı, yemişleri ve dünyayı, nefes alıp vermeyi, şehveti düşünüyorum. Burada, ormanın içinde uyumanın bahtiyarlığı ne güzel!.. İnsanları sevmek, hayatı sevmek ne iyi şey... Ancak insanları sevebiliriz. Bir tek insan bütün insanları nasıl sevebilir? İki türlü: Biri; çok büyük bir adam olarak. Böylesi ne iyi! Fakat kimbilir bu işin ne eziyetleri vardır: Ne işkencelerle büyük adam olunabilir. Bir de avantürye olarak insanları sevmek vardır. Bu daha çok insanları değil, hayatı sevmek demektir. Avantürye ile büyük adam arasındaki fark da; birinin insanlar, diğerinin hayat üzerindeki fazla bilgi ve sevgileridir. Don Kişot'la Cervantes arasındaki farkı anlıyorum.

Gözüm ormanın dikenli göğsünde, daha ötedeki mavi gökte, büyük bir insan olarak insanları sevmekle, bir avantürye olarak hayatı sevmek arasındaki farkı düşünüyorum.

İnsanları seven, çok seven, onlar için birçok şey yapmak isteyen bir insan olabilmek ihtirası içimde doğuyor. Vücudumun ve sinirlerimin kısıldığını hissediyorum. Ne büyük bir arzu ve ne çabuk arzularımın kırılışını duyuyorum. Haleti ruhiyem bir hayal inkisarına* müsait olmadığı için derhal bir sergüzeştçi ruhuyla doluyorum. Doludizgin bir sergüzeşte doğru yeniden koşmak. Sonra yeniden bozulacak uykularımı, aile saadetlerimi, şunları bunları, kaloriferli odaları, radyo makinesinin konuştuğu modern dekorlu bir misafir odasını, şehrin insanın bütün hayallerini hapseden, sergüzeştlerini mahveden sinemalarını düşünüyorum. Hayır! Bu da olmayacak. O halde pekâlâ minimini bir insan zerresi halinde, karınca kaderince, insanları sevmek de mümkündür ama...

Bir küçük insan zerresi halinde bu sabah, bütün insanları, çocukları, kuşları, yemişleri, sefilleri ve açları beyhude bir sevgi ile seviyor, kederlenmeye zaman kalmadan birdenbire bir sıçrayışta ayağa kalkıyorum. İlk vapuru karşılamaya koşuyorum. Ve bekliyorum. İlk vapurdan binbir yabancı çıkıyor. Bir dost çehresi bulamıyorum. Bir şeyler anlatmak ihtiyacındayım. Vapurdan kimseler çıkmayınca kaleme kâğıda sarılıyorum.

---

*) **Hayal inkisarı:** Düş kırıklığı.

KİM KİME

Yukarıki ev, aşağıdan bakıldığı zaman, ideal bir evdir. Gençliğinde hülya kurmuş bakkal, tüccar veya hovardanın oturabileceği; mütekait bir hoca, eserlerini yazan bir romancı yahut da menfada bir siyasinin son günlerini geçirmek isteyip de geçiremeyeceği evlerden biridir.

Önünden pazar günleri üç-beş âşığın geçtiği, âdeta kendi kendine, kayaların orada çatlayıp dökülmesiyle vücuda gelmiş sanılan bir yola; sair günler, yalnız yollara mahsus olmayan kimsesizliğin garipliği siner. Ada'nın içinde, bu yolu seven üç-beş kişi vardır ama, onlar da daha çok, akşam karanlığı bastıktan sonra yıldızları seyretmek için –yahut bana öyle gelir– bu yoldan geçerler.

Yolun bir kenarı Ada'nın en ayak basılmamış yeridir. Çamlar birbirine girmiştir. Yol, iz yoktur. Bunun için de çamların altında ne ruj sürülmüş kötü mendiller, ne de gazete kâğıtları, sardalya kutuları bulunur. Yolun öteki kenarında ise uzaktan bir tek güzel ev gözüktüğü halde iki çirkin ev vardır. Evlerin bir tarafını yol, üç tarafını da yine çam ormanı kaplar.

Uzaktan insana, içinde mesut günler yaşamak, çam kokusu, poyraz koklamak arzuları dolduran bu evde yaşayan insanları; leblebilerini satmak için mi, yoksa bir çamın altında bağsız ve çamsız bir memleket düşünerek uyumak için mi geldiği belli olmayan leblebiciden başka kimse tanımıyordu denebilir. Bu evin insanları o kadar sakin yaşıyorlardı. Kış günleri orta yaşlı sarı bir adamın tam saatinde vapura koştuğunu gören berber, müşterisine, "Yukarıki evin moruğu" derdi. Bütün dedikodu bundan ibaretti. İhtiyar adam, küçük çıkınlarla döner, artık haftalarca aşağıya inmezdi. Aşağıda birbirlerini çekiştiren Ada ahalisi, Karadeniz'den balıkçılar gelmişse dedikoduları birkaç gün bırakır; evlerini, gizlice kiraya vermeye çabalardı. Gizlice kiraya verilmeyen evi yazın deniz banyosu ve istirahat için gelenler, tutmazlardı. Çünkü, balıkçılar bekârdılar. Hem bekâr, hem balıkçı... Bir balıkçının gömleğinde, olsun olmasın, bit var kabul edilmiştir.

Ada'nın yerli ahalisi, birbirinin balıkçılara ev kiraladığını haber aldığı halde, yaz gelmeden kimse kimseye bildiğini söylemediği, bu sırrı dilinin ucuna her an geldiği halde yutkunduğu günlerde, bir gün, sarı ihtiyarın haftalardan beri aşağıya inmediğini kimse fark etmemişti.

Günlerden güzel, berrak bir kış günüydü. Balıkçılar şehre inmişlerdi. Köy sokaklarında kimseler yoktu. Sarı saçları beyaz olduğu halde gayet genç yüzlü, sıska bir kadın şehrin sokaklarını dolaştı. Berberde tıraş olan müşterisiz kahveci;

– Bu karı da kim? dedi.

Berber dikkatli dikkatli baktı. Küçük gözleri şimşek gibi, "Allah Allah kim bu? Tanıyor gibiyim!" der gibiydi.

Müteessir;

– Tanıyamadım, dedi.

Kadın, evvela kahveye baktı. Bir köşede iki yerli Rum balıkçı tavla oynuyordu. Kahveci, kahvenin içindeki berbere tıraş oluyordu. Kadın oraya bir göz attıktan sonra iskeleye koştu. Balıkçılardan biri kadını görmüştü.

– Yukarıki evin karısı, dedi.

Ötekiler;

– Vay!.. dediler.

Kadın, iskeledeki memuru buldu. Kocasının dün gece öldüğünü, çocuğunun aç kaldığını, cenazeyi gömmeleri için yardım etmelerini rica etti. Memur, kendisine bu yolda bir müracaata ilk defa şahit oluyordu. Bu ne bir paso meselesiydi, ne de eşya tarifelerinden beş-on para aksatacak, müşkülat çıkartacak bir vaziyetti.

– Ben ne yapabilirim? dedi. Benim vazifem vapuru beklemek.

Kadın:

– Müslüman değil misin?

– Hanım, elhamdülillah Müslümanız ama memuruz da. Buradan ayrılamam; mesul olurum. Hamal kâhyasına git.

Hamal kâhyasının evi köyün tam ortasında iki katlı, güzel bir bina idi. Kadın eve yaklaşınca sobadan çıkan aleve bir şeyler söylemek ister gibi bir hal aldı. Âdeta bir anda, soba yanan bir odada billur bir kâse içinden sarı, kehribar sarısı tel tel bir tütün sarar ve komşu havadisleri anlatır gibi oldu.

Kapıyı vurdu.

Sac sobanın etrafında biri erkek biri kız, iki çocuğun ortasında kara yağız bir adam oturmuş, eski, sararmış bir gazete okuyordu. Gözlüklerini takmıştı. Entarisinden kıllı ve kalın baldırları iki Herkül bacağı gibi kavi uzanıyordu. Terliklerinden biri yere düşmüştü. Fevkalade çirkin bir ayak, yeni doğmuş bir çocuk morluğu ve cesametiyle kadına bakıyordu.

– Buyur, anlat hanım!

Kadın, derdini iskele memuruna anlattığı şekilde buna da anlattı:

– Kocam dün gece...

– Hanım, dedi, paran var mı? Bu kış kıyamette oraya hangi hamalı çıkartabilirim. Çıkmazlar hınzırlar ki! Hepsi aç. Yazın kazandıkları şimdi çoktan bitmiştir. Balıktan pay almazlar, hepsi acından ölür. Senin için bir şeyler yaparım. Yaparım ama, beş parasız da bu iş olmaz.

– Satacak bir şeyim yok. Söyledim. Evde çocuk bile aç.

– Bir yerden para da bulamaz mısın?

– İstanbul'a inecek param olsa belki...

– Al sana on bir kuruş on para.

Kadın, teşekkür ederek çıktı. Fırına doğru koştu. Bir ekmek alarak yokuşu tırmanmaya başladı. Bir kız çocuğu yolda eteklerine sarıldı. Bir ekmek on dakikada yeniden arzulanır bir şey olmuştu.

Kadın tekrar aşağıya indi. Belediye doktoru aklına gelmişti. Belediye doktoru, kışın kimya tecrübeleri ile meşguldü. Nitratları eritir, turnusolları maviden kırmızıya, kırmızıdan maviye çevirir, klor istihsal eder, suyu tahlil eder, cereyan geçirir, ozon koklardı.

Bir kadının kendisini görmek istediğini haber verdikleri zaman, küçük laboratuvarında idrarını tahlille meşguldü. İdrarına bir şeyler koymuş, şeker var mı, diye bakıyordu.

Mavileşen idrardan evvela birtakım gazlar çıktı. Sonra idrar birdenbire kiremit kırmızısı kesildi. Doktor kendi kendine;

– Eyvah! dedi, yakalandık. Zaten şüpheleniyordum. Neydi o su içmek! Uyumamak! Hay Allah müstahakını versin.

Hanım kapıdan başını uzattı:

– Bey, bir kadın sizi görmek istiyor.

– Geliyorum, dedi.

"Ben o kadına gösteririm, beni rahatsız etmeyi," der gibi söylendi.

– Söyle, ne var? Derdin ne hanım?

Kadın anlattı. Doktor:

– Ben görmeden kalkamaz.

– Fakat hastalık filan yok, ölen öldü.

– Bakalım öldü mü; ne bileyim ben?

– Hiç olmazsa söyleyin, kaldırsınlar.

– Oraya kadar çıkamam. Ben de hastayım hanım. Şeker hastalığım var. İhtiyarım, yoruluyorum. Bir eşek bulursan çıkarım, yoksa adımımı atmam.

– Peki, diyerek kadın çıktı, bir eşek bulmaya çalışırım.

Kadın sokağa çıktığı zaman sabahki yaz havasının birdenbire uçup gittiğini hayretle gördü. Isırıcı bir rüzgâr çıkmıştı. Bulutlar, çamlığa doğru, evlerine doğru, büyük bir ölünün cenazesine gider gibi, akın akın gidiyorlardı. Koşarcasına eve gitti. Ölüyü bir çarşafa sararak aşağıya indirdi. Kar başlamıştı. Dışarıya çıktığı zaman entarisi bir dakika içinde bembeyaz kesilmişti. Ta tepeye kadar ölüyü yarı taşıdı, yarı sürüdü. Tepeyi aşmış, öbür yamaca doğru olan düzlükte durmuştu. Rüzgâr buraya kadar gelmiyordu. Burada âdeta tekrar yaz havası başlıyordu.

Etraf sessiz, âdeta ılıktı. Bu ılıklığın içinde lapa lapa, sakin kar yağıyordu. Sahilin bu dik yamacını ancak lodos rüzgârı tutar. Poyraz burada yalnız uzun çamların tepelerinde kalır.

Biraz ileride uçurumlar vardır. Kadın ölüyü oradan dudaklarında dua mı, yoksa üşümekten ürperme mi ne olduğu belirsiz bir kıpırdama ile yuvarlayıverdi. Hiç ses duymadı önce. Sonra, dinledi. Kulağına yalnız yuvarlanan çakıl sesleri geldi.

Üç gün kar yağdı. Üç gün rüzgâr esti. Üç günde yalnız üç vapur iskeleye uğradı. Hamalbaşı sobanın kenarında iki senelik gazetelerini okudu ve mısır patlattı. Doktor her gün idrarını tahlil bahanesiyle bir lokmacık olsun pilav yiyordu. Bir kadının kendisine geldiğini artık hatırlamıyordu.

İskele memuru zayıf, kuru, sinirli bir adamdı. Zaman zaman içinde bir yangın hissediyordu. Bir kadının kendisine, ölüsünü gömmek için müracaat ettiğini bir dakika içinde hatırlıyor; sonra, unutuveriyordu.

Fakat bu bir an hatırlayışta, âdeta kendi ölüsünün de günlerce kaldırılmadığını görür gibi oluyordu.

Günlerden yine yaz gibi bir gündü. Berber müşterisini tıraş ederken durdu. Usturasının ucuyla camdan dışarıyı göstererek;

– Yukarıki evin karısı... yine nereye gidiyor acaba? dedi.

Yüzü sapsarı bir kadın iskeleye doğru yürüdü. Durdu. Sonra vazgeçmiş gibi rıhtım boyunca gezinmeye başladı. İhtiyar bir adam da oralarda geziniyordu. Bu adam havanın güzelliği bahanesiyle "şöyle adalara kadar uzanayım" diyen adamlardan birine benziyordu.

Kadın bu adama doğru yürüdü. Bir şeyler söylemek istedi. Sonra vazgeçmiş, aklına gülünç bir şey gelmiş gibi hafifçe gülerek karşıki adanın burnunu dönen vapura yetişmek üzere iskeleye yollandı.

Vapurun içinde tek kadındı. Tek biletsizdi. Fakat Kadıköy iskelesine vapurdan, ne kadar bilet varsa o kadar adam çıktı. Ne fazla ne eksik.

PARK

Galiba parka ilk ben giriyordum. Saatin kaç olduğunu bilmiyordum. Yalnız sokaklardan sabah manzarası daha kalkmamış, kaldırımların temizliği daha kirlenmemişti. Sabah sisi benimkinden biraz uzak kanepelerdeki benden çok evvel gelmiş insanları hayal meyal gösteriyordu.

Etrafımda vapur düdüğü, tramvay çanı, otomobil kornası, şimendifer sesi duyulur. Ama şehir uğultusu daha başlamamıştı. O uğultu ile beraber yerimden kalkacak; o uğultunun içinde benim de sesim bulunsun diye dolaşacaktım. Ne garip bir uğultuydu o!..

Bir çimenliğin üstünde gazetemi okurken birdenbire kulağıma gelirdi. Bu insanların yürümesinden, koşmasından, tahtaların düşmesinden, makinelerin işlemesinden, atların yürümesinden, uzak, çok uzaktan geçen arabaların, uzak, çok uzak kaldırımları takırdatmasından, kimbilir daha nelerden, nelerden biraraya gelme, ne müthiş bir birikme mahsulü bir sesti. Bu arı kovanının etrafındaki aynı vızıltının birikmesinden doğan tek ses değildi. Bu ayrı ayrı birbirine benzemeyen sesler çıkaran canlı cansız milyonların, şehir denilen kovan içinde vınlayışı idi. Bu sesin içinde ağlamak, yürümek, demiri dövmek, esnemek, tramvayı işletmek, atı nallamak ve horlamak var.

Şimdiki halde kuş sesleri duyuyorum. Etrafımda biri ceketli ihtiyar, öteki ceketsiz genç iki park temizleyici, hiç konuşmadan kuru yaprakları süpürüyorlar. Fakat kuru yapraklar onlarla konuşuyor, gibi!.. Yalnız bu bana mevsimi hatırlatmaya kâfi: Sonbaharı...

Aslan bana bakıyor. İlerdeki çiçekleri sulayan adamın avuçlarında alaimisema.* Atkestaneleri düşüyor. Havuzun suyunda şişman hareketsiz balıklar...

Bu sonbahar sabahındaki Gülhane Parkı'nın misli menendi yoktur. Bütün millet bahçeleri gibi güzeldir. Ancak burada kendi bahçemizdeyiz... Burada uzun çitlembik ağaçlarının dibinde mektebi asmış taze çocuklar, gelmeyecek kızları beklerler. Burada çapaçul, izinsiz askerler mahzun uyur. Şurada niyetleri kötü, arzuları ters ihtiyarlar korkak, sarı sakallı, zayıf, melankolik ve pis dolaşırlar. Ömründe iş yapmamış, işinden kovulmuş, yalnız bir dirhem, uçacak kadar az güzelliği ve gençliği kalmış esrarengiz delikanlılar acele acele küçük patikalara tırmanırlar.

Kanepenin birinden kalkıp ötekine serildim. Bir cıgara daha yaktım. Havuzla aslanların arasındaki bir kanepede idim. Küçük, badik kızların arkasından perçemli mektepliler geçiyor. Gülümsüyorum. Yanımdaki kanepede bir kadın ağzının içinde bir şarkı söylüyor. Bütün üstübaşı kötü insanlara laf atıyor. Hepsini de isimleriyle çağırıyor.

– Gelsene, ulan Ahmet! Sen de mi büyüdün?

– Recep nereye?

– Ali Efendi yukarıya mı?

Bu "yukarıya mı" derken yüzünü görseydiniz, her şeyi, ama her şeyi derhal anlardınız. Ali Efen-

---

*) **Alaimisema:** Gökkuşağı.

di'nin yüzüne bakmadan kim olduğunu, yukarıya niçin çıktığını.

Ali Efendi kıpkırmızı oldu. Hiddetlenmek istedi; hiddetlenemedi. Yalnız fena fena;

– Dilber! Dilber! dedi.

Ali Efendi yukarıya mı, aşağıya mı, nereye gideceğini şaşırmıştı. Gayri ihtiyari saatini çıkarıp baktı. Bir müddet, eminim ki, saatini görmeden düşündü. Belki de bir saat, iki saat saate bakıp kalacaktı. Dilber, "Ali Efendi," demeseydi, "bir cıgara versene... Hem, saat kaç?"

Ali Efendi saati söyledikten sonra Dilber'in yanına oturdu.

– Bana, dedi, böyle şakalar yapma Dilber. Başıma geleni sormuyorsun?

– Geçmiş olsun Ali Bey? Ne oldu?

Ali Efendi yelek cebinden tostoparlak bir kâğıt parçası çıkardı. Yavaşça içini açtı. Dilber'e gösterdi.

– O nedir o?

– Buna derler sıçanotu...

– Kız o zehir öyleyse. Ne yapacaksın o zehiri?

– Yutacağım Dilber. Üç gün sonra bir gün yutuvereceğim.

– Amanın! Nasıl iş o?.. Ali Bey sen delirdin mi?

– Bana iftira attılar, iftira! Gel, eğil, kulağına söyleyeyim...

Dilber, Ali Efendi'nin anlattıklarını dikkatle dinledi.

Ali Efendi sordu:

– Başka çare var mı? En aşağı üç sene, benim gibi bir adam. Ömründe bir saat evinde oturmamış. İstanbul'da oturamamış, zaman zaman dünyalar kendisine dar gelmiş bir adam... Farzet ki üç sene yattık, sonra?.. Bizim tekaüt maaşı kesilecek. Ben ne iş yaparım? Şimdi, sanatım sayesinde, ötede beride beş-on kuruş çıkarıyorum. Aman Allahım! Sonra ben ne yaparım? Ele güne karşı mızıka-i hümayun çavuşlarından Ali Efendi şunu yapmış, bunu etmiş...

Dilber;

– Hakkın var Ali Efendi ama, dedi, insan canına kıyamaz. Yoksa doğrusunu söyleyeyim mi, senin yerinde olsam benim de yapacağım budur.

– Sahi mi kız?

– Vallahi!..

– Öyle ise kararımı verdim gitti. Son mahkemeden çıkarken. Ağzına eliyle bir şey atar gibi bir hareket yaparak, şuh ve hazin: "Hop" dedi, "yallah!.." Devam etti:

– Şimdi Sedat'ı arıyorum. Yukarılardadır. Bir de ona danışacağım. Bende hastalık falan yok. Yok ama, ötekine hastalık geçmiş. Muayeneye gidiyorum. Ta eskiden, yirmi sene evvel bir belsoğukluğu geçirdimdi ama...

– Söyleme sakın. Onu da söyleme. "Hiç hastalık almadım" de.

– Öyle diyeceğim.

Birden müthiş şeylere derinden, gizli bir yerden, fakat kati karar vermiş insanların sarılığını almıştı. Uzun yüzü uzamış, şiş göz kapakları hareketsiz, havuzla benim aramda bir yere sabit gözlerle baktı. Hipnotize bir halde söyledi:

– Ölüm... dedi. Bugün, yarın hepsi bir... Durdu, biraz sonra, "hepsi değil bir ama" dedi, "ne yaparsın?.." Yine düşündü: "Hayatta bir gün bir gündür," dedi.

Yüzüne kan gelmişti. Bütün trajediyi mahsus,

yukarıya gitmeye bir bahane bulmak için uydurmuş gibi çirkin bir gülümseme ile ayağa kalktı. Bir müddet ayakta ceplerini karıştırdı. Bir cıgara paketi çıkardı. Altındaki yazıyı tetkik etti. Saatine bir daha baktı. Dilber'e bir cıgara daha verdi.

– Ben hele bir Sedat'ı göreyim, dedi.

Ağır ve meyus adımlarla yürüdü. Patikanın başında bir kederden silkinmiş gibi çevik ilerledi, kayboldu.

Dilber, Ali Efendi'nin arkasından bakmadı bile. Benden kibrit istedi. Zahirde* bana söyler gibi;

– Sanki, dedi, Sedat'ı görüp de ne olacak? Sedat ona ne yapabilir? Kendisi, muhtacı himmet... Yarın öbür gün o da kodestedir.

Düşündü, bir şey bulmuş gibi güldü:

– Anladım... dedi. Sedat hapishaneyi bilir. Öteki işi yapamayacağını aklı kesti. O yüzden Sedat'ı görmek istiyor ha! Dur bakalım öyleyse?..

Ayağa kalktı. Şarkı, ıslık, pislik. Sultanahmet Parkı kadınlarına has, birçok erkekleri tiksindiren, pek çoklarını acındıran ve güldüren, bana da, uzak kenar mahallelerde kalmış bir genç kızlığın masum şuhluklarını hatırlatan bir süzüşle küçük yola doğru salındı, gitti.

Şimdi yukarıda, çocuk bahçesinin kenarındaki kanepelerde oturmuşlardı Ali Efendi ile Sedat.

Sedat:

– Hapishaneye alışılır, Ali Bey. Hem neler vardır, neler? Ben iki sene nasıl geçti, duymadım. Allah insana orada da yaşamak kuvvetini veriyor. Hem canım daha dur bakalım... Senin şimdi kaç liran var?

– ...

---

*) **Zahirde:** Görünüşte.

– Söyleyemezsin bilirim, ama ben senin birikmişini beş yüzden fazladır derim. Çıkar şunun üç yüzünü gözden. Ver yüzünü ona... Ondan ötesini de bana bırak, ben işi temizlerim.

Ali Efendi bu tarafa hiç yanaşmıyor, boyuna hapishane mevzuuna dönüyordu:

– Nasıl be? Nasıl yerdir?

– İşte koğuşlar vardır. Koğuşların çavuşu vardır. Biraz paralı isen on tane yardakçı peyda olur. Yatağını yaparlar. Çişini bile dökerler. Yalnız aptallığa gelmez ha! Neden düştüğünü bir öğrenmesinler. Katillik bile seninkinden iyidir. Hiç olmazsa gözü kanlı diye çekinirler. En şereflisi cerhten, katilden gelenlerdir. Oranın ağaları onlardır.

– Ya öğrenirlerse?.. Ha?

– Onun da kolayını buluruz. Yüz bir senelik Deli Ahmet'e ben bir tezkere yazarım. Sen de gönlünü hoş eder, paradan yana çekinmezsin. Canım bırak bu lafları allasen!..

Son kelimeyi o da şuh bir eda ile ellerini saçlarına götürerek söylemişti.

Ali Efendi birdenbire kalbinin demir bir elle sıkıldığını duydu. Düşecekti. Bayılmak üzereydi. Müthiş bir kalp çarpıntısı ve korku ile kanepeden kalktı. Yarı kendinde;

– Ben biraz dolaşayım... dedi.

Ali Efendi biraz sonra yalnız başına önümden geçip gitti. Onun ardından Dilber'le Sedat iki liseli arkadaş gibi gülüşerek havuz başına geldiler.

– Kalıbımı basarım ki, dedi Sedat, o kurtulacak. Ama biz de bir şey vurabilsek. Madem ki hastalığı yok. Hem olsa bile canım, muayene olacak değil mi? Onun da kolayı vardır. Beyhude telaşa düşüyor. Parası da kıymetli. Ama ona bu iyi bir ders oldu. Park onun neyine yetmez ki... Görürsün bu işten kurtulur kurtulmaz artık işinden çıkar çıkmaz buradadır. Hem sonunda ben ona bir oyun oynayacağım...

– Ne oyunu o?

– Görürsün...

Dilber'in kulağına eğilerek bir şeyler söyledi.

Dilber bir deli sevinciyle:

– Kız deli misin, o beni alır mı?

– Aldıracağım kız, görürsün. Ben de postu sizin eve sererim.

Dilber, iş şimdiden olmuş bitmiş gibi:

– A! Gel Sedat, başımla beraber... Söyle nasıl yapacaksın?

– Evvela metres gibi eve gireceksin. Olmazsa hizmetçi gibi. Sonrası kolay. Sen kaç yaşındasın, doğru söyle.

– On yedi.

– Öteki iş doğru değil mi?

– Sana yalan mı söyleyeceğim? Karnını göstererek, "belki de sendendir."

– Sus kız! Senin ağzında da bakla ıslanmaz ki...

Sedat benim tarafıma tuhaf tuhaf baktıktan sonra;

– Dikkat, dedi. Ağzından bu lafı bir daha kaçırma. Bütün planlarım altüst olur.

– Hangi planların?

Sedat müthiş bir küfür savurdu:

– Ananın körü planlarım, dedi, sersem karı! Aptallığa vurma! Ben şimdi onu öteki parkta bulurum. Sen akşama hazır ol. Benim odaya tam sekiz buçukta gel.

Sedat yürüyüp giderken, Dilber arkasından seslendi:

– Sedat! Sedat!

– Ne var?
– Bana on kuruş versene, bir şey tıkınayım.
– Vallahi, billahi meteliğim yok.
Öteden bir adam,
– Gel kız, dedi. Al on kuruş.
Sedat yürürken geri döndü.
– Ağabey, dedi o adama, bana da versene on kuruş. Yarın veririm.
Adam, ona da on kuruş verdi. İkisi de bir dakikada kayboldular.
Şehrin uğultusu başlamıştı! Yerimden kalkarak uzaklaştım.
O zamanlar işim gücüm yoktu. Sultanahmet'teki evimden çıkar çıkmaz her zaman parka gider, her gün bitmiş bir insanla tanışırdım, her gün bitmiş bir insan yeniden şehrin uğultusuna karışır, bir daha parka bir yabancı gibi uğrardı.
Sanki park, öyle bir yerdi ki birtakım garip insanlar, işlerinin bittiğini, kendilerinin mahvolduğunu sezerek geliyorlar. Park günlerce onların dertlerini uyutuyor, tamir ediyor, bir gün yeniden onları taptaze bırakıveriyordu.
Günlerce Sedat, Dilber ve Ali Efendi'den hiçbirine rastlamadım.
Yine böyle bir günde aslanın yanındaki kanepede roman okuyordum. Sedat'ı bir bahriyeli askerle biraz ileride görünce kulak kabarttım:
– Alçaklar! diyordu. Yaptığım iyiliği unuttular; herifi kodesten kurtardım. Dilber'i mis gibi, fesleğenler, aslanağızları dolu, park gibi bahçeli bir eve yamadım. Bir ay sonra nikâhlarını kıydırdım.
Bahriyeli birdenbire;
– Çocuk ne oldu? dedi.
– Bilmem, dedi Sedat, vakit kalmadı ki... Ni-

kâh olur olmaz ben zaten fark etmiştim ya... Dilber'de bir kurum, bir eda. Bir de güzelleşti hınzır. Ya herif? Akşamları elleri çıkınlarla gelmez mi?.. Dilber aşağı, Dilber yukarı... Görsen güle güle katılırdın. Ben de uşak vaziyetine düştüm. Sabahleyin herif beni yirmi beş kuruşla kapı dışarı eder. Eve de ancak Ali Beyefendi geldikten sonra dönebilirdim. Mutfakla apteshanenin arasında kilerimsi bir yer gösterdiler. Bir de kırba yaptılar, orada yatıyordum. Bir sabah lanet olsun dedim. Yaptığım iyilik gözünüze dizinize dursun! Ali Bey daha insaflı çıktı. Çıkardı on papel verdi. "Harçlık et oğlum Sedat" dedi. "Sen de bir iş bulur çalışırsın. Daha gençsin. Ben bak ihtiyar halimle şöyle böyle iyi bir adam oldum."

Bir türlü namuslu bir adam oldum diyemediğini fark ettim, çekildim. O gün bugündür eve uğramadım. Dün akşam param bitmişti. Onlardan ekmek isteyecek değildim ya!.. Şöyle bir uğrayayım dedim, bir hizmetçi kapıyı açmaz mı?

"Hanım evde yok" dedi. "Bey daha gelmedi. Başka zaman uğrayın."

Akşam yine uğradım. Yukarıki odadaki ışık beni sokak başında görür görmez söndü. Aynı hizmetçi;

"Bu akşam Beylerbeyi'ne misafirliğe gittiler. Beyin halasına, gelmezler..." demesin mi?..

Anladım ki istenmiyorum...

Bahriyeli;

– Sana bir şey söyleyeyim mi, Sedat, dedi. Sen yine eski işine girsen fena yapmazsın.

– A!.. Ne girecekmişim? Ben uşaklık edemem. Ben mis gibi tornacıyım. Sanatımı bırakamam.

GAZ SOBASI

Köy kahvesinin içi, bu akşam her zamankinden kalabalıktı. Sebebine gelince, kahveci Recep'in şehirden yeni satın aldığı gaz sobasıydı. Recep, hangi akla uyup da gaz sobasını almıştı bilinmez. Deli dolu bir adamdı o.

Şehre her inişinde bazen kahvesi, bazen kendi, bazen de herkes için birtakım yenilikler satın alır. Bu şeyler bir ay geçmeden tecessüsten düşer, hurdalaşır, Recep bile yüzüne bakmaz olurdu.

Bir defasında bir, numaralı kilit satın almış, 3796 numarada kurmuş; açmış. Başka bir numarada kurmuş, bir daha hangi numarada kurduğunu unutmuş, açamamış; bozulup gitmişti.

Köye ilk elektrik cep fenerini o sokmuş, ecinnileri gördüğüne imam efendiye ilk yemini o ettirmişti.

Bu sefer de bir gaz sobası satın almıştı. Petrol lambasını yakmadan kahvenin içi bir mor aydınlıkla aydınlanmış, bütün gözler sobaya dikilmiş, bakakalmışlardı. Uzun müddet sessizce kahvenin buz gibi soğuk meşin peykelerinin ısınmasını beklediler. Sonra kahve nefesle ısındığı zaman bir ihtiyar;

– Recep, dedi, lambayı yaksak iyi ederiz. Birbirimizi göremez olduk.

Lamba yandığı zaman, demin kahvenin ortasında mavi, kırmızı, yeşil mikalarından tatlı ışıklar çıkaran acayip ve güzel şey, bütün masallığını karanlığa bırakmış, sahicileşmişti. Halbuki kış geceleri delikanlılar sahici şeylerden hoşlanmazlardı. Onlara, yalan, rüya, masal lazımdı. İhtiyarları gücendirmemek için ses çıkarmadılar.

– Demin hoştu be! dediler yalnız. Keşke lambayı yakmasaydı.

Lamba yanınca, meşinlerin yırtıkları, peykelerin yağları, hasırların kopuk parçaları meydana çıkmıştı. Kahve ta eskiden beri gördükleri kahve idi. Evvela camlardan çoğu, dışarıyı görmeyecek kadar kirliydi. Bazıları kalın ve renkli elişi, bazıları eski Türkçe sarı ve bir hatıra kadar cansız, fakat kavrayıcı, ısıtıcı gazete kâğıtları ile kaplıydı. Arasıra poyraz bir delikten bütün hızıyla giriyor, Acem baskısı asker ve muharebe resimlerinin üzerinden aşıp gidiyordu. Köyde bozuk çalma meraklıları kalmadığı için, tozlu ve meyus bir köşede asılı bozuk kendi kendine sallanıyor ve bazı kafalara, "Yine şair arıyor bozuk!.." dedirtiyordu. Sonra yine nefesler camlara yapışıp sis ve duman içindeki karanlık meydanı gözlere kapıyordu.

Delikanlılar oyunlarına dalmışlardı. Bir tarafta bir ihtiyarın başına toplanmış daha çocuk yaşta insanlar bir şey dinliyorlardı. Bir adam bir masal anlatıyordu. Şehirler, binalar, memleketler, sular ve köprüler, hanlar, kadınlar. Recep'in yeniliklerine taş çıkartacak yenilikler, sustalı çakılar, dürbünler, kuleler...

Masalı dinleyenlerin gözlerinde daha neler vardı?

İhtiyarlar ise bir köşede tamamen siyasi idiler, ciddi idiler, sahici idiler. Hiçbir şey para etmiyordu. Fırtına ekinleri yakmıştı. Patateslere kırağı yağmış, daha filizlenmeden dondurmuştu. Vergi memuru iyi adamdı. İnsafsız değildi. Veya insafsızdı. Yukarıda paşalar, büyükler acaba köylü için ne düşünüyorlardı?

Recep'in kızını Ahmet'in oğluna, Mehmet'in torununu Hacı'nın teyzesi kızına veriyorlardı. Bazen biri kalkıp ta köşede duran hasıra çömelip namaz kılıyor, yine geliyordu.

Recep kahveleri hazırlıyor, icat ettiği bir salebi yatmadan evvel tavsiye ediyordu.

Recep çok canlı bir adamdı. Mavi gözleri, elmacık kemikleri çok çıkık bir yüzü vardı. Giyinişinde ise öbür köylülere benzemeyen bir hal. Sanki bir köylü modası icat etmiş gibiydi. Üstünde süsleri az bir cepken. Ayağında mavi bir pantolon, mavi bir kuşak. Burada kama başına çok benzeyen bir boynuz gözüküyordu. Fakat bu bir kama değil, bir çekecekti. Pantolon cebinin bir kenarında her zaman sarkan bir kehribar tespih püskülü vardır.

Sonra Recep, düşünen, hayal eden bir adamdı. Köy delikanlıları kışın hülya içinde yaşamasalar ne bel belleme, ne ağaç budama, ne sözümona sürek avı fayda ederdi. Dertlenirlerdi yoksa. Sonra, askere gidip geldikten sonra sahici olurlardı. Sahici olmak her şeyini bir saat gibi kurmak demekti. Kış böyle kurulmuş bir çalar saat gibi onları bekler, yaza, tam vaktinde uyandırırdı. Halbuki iki çocuk babası olmadan, askere gidip gelmeden yatsıdan sonra hemen yatmak, sabahleyin uzun boylu gerinmeden kalkmak, harama el sürmek, kahvede lakırdıya karışmak olmaz, namaz kılınmadan yapılamazdı.

O ise bütün köy delikanlılarının askere gidip gelmemiş, iki çocuk babası olmamışlarının bir numunesiydi. Çocukları sıram sıramdı. Bir resmi nikâhlı, bir imam nikâhlı, bir de on dördünde el uşağı Emine'si vardı. Böyle olduğu halde, hayal ederdi. Onlar gibi –çocuklar gibi– hayır, çocuklar gibi değil, o çocuk kalmışların başıydı.

Şehre inip herkesi, ama en çok kendisini şaşırtacak şeyleri almazsa, üç karısını en yakın fırsatta aldatmazsa, masal dinlerken kahve isteyenlere homurdanmazsa, arasıra çekeceğini çekip gözleri kırmızı olmazsa, yapamazdı. Recep gaz sobasını aldığı zaman köye bir yenilik getirdiğine memnun olmuş, için için sırıtmış, ta ana yola kadar otobüste onu kucağında getirmişti. Kâğıtlara sarılı makineyi kepenkleri kapalı kahveye koymuş; ancak müşteriler geldikten sonra yakmıştı. Kırmızı, mor mikalardan çıkan ışıklara dalıp, çocukluğuna, bir kuyuya düşer gibi düşmüştü. O zaman bu kahve babasınındı.

Bir gece Bursa'dan hoşsohbet hovarda insanlar köye gelmişler; bir tanesi, gençlerin oturduğu yüksekçe yere bir perde germiş, karagöz oynatmıştı. Köylüler, karagözün her sözüne katıla katıla gülmüşlerdi. O, Recep, o sözlerin hiçbirini hatırlamıyor. O zaman da işitmemişti. O hayale, perdeye dalmıştı. Şimdi gaz sobası yanarken ve kahvenin ışıkları sönükken gözünün önüne bir perde gerilmiş ve Recep'e öyle geliyor ki, bir karagöz oyunu seyretmişti.

Yine Recep birden hatırladı. Bir gece Bursa'da kaldığı zaman onu Bursalı kahveciler sinemaya götürmüşlerdi. Bu da bir nevi karagözdü. Recep boyuna sinemanın makinesinden perdeye kadar gelen ışığa bakmıştı. Perdede insanlar, hayvanlar, dağlar, sular ve her şey gördü. İnsanlar öpüşüyorlardı. Güzel adamlar, şık kadınlar vardı. Recep bu işe şaşmamıştı. Olurdu. Yalnız birdenbire sinemada kar yağmış, insanların yakalarına dolmuştu. İşte o zaman Recep şaşıvermişti. Her şey mümkündü. Ama kar, Allahın karı nasıl yağardı? Bunu aklı almamış, köye döndüğü zaman bütün kış şehir görmemişlere temmuz ortasında kar yağdığını anlatmıştı.

Recep'in gaz sobası, mikalarından kırmızı ve mor ışıklar dökerek akşam ezanından sonra yanar, uzun müddet lamba yakılmazdı. İhtiyarlar, sahici insanlar meydanın karşısındaki Bekir'in kahvesine geçtiler. Gençler ve bir hasıra oturup masal dinleyenler gaz sobasına bakarak Recep'in sinemada nasıl kar yağdığını, Hüsmen pehlivanın dev Ali ile nasıl güleştiğini, Fransızlara esir düşmüş Ali'nin Marsilya'da ve Cezayir'de neler yaptığını, ta ilk ılık güneşe kadar dinlediler.

Fakat, ilk güneş tekrar sahici bir dünyanın fırtınaları, buhranları, kıtlıkları, vergileri, azapları, tufanları ve ölümleri ile kendilerini beklediğini delikanlılara söylediği zaman, onlar tarlalarına, Recep kahvesinin önüne ve bütün yaz birbiri arkasına eklediği cıgaralarına kavuştu.

Yazın Recep'in kahvesi, önüne atılmış yer iskemleleri ve uzunca tahta masalarıyla, yorgunu dinlenmeye çağıran, loş ve serin haliyle kışı hiç hatırlatmaz. Kış, masalları, lapa lapa yağan karı, sisi ve gaz sobasıyla bir hülya kadar yalancı ve güzel olsa bile, yazın onu bu serin gölgede hatırlamak, insanın eli elinde ölmüş birini, bir saniyenin binde biri kadar bir zaman zarfında düşünüp silkinmesidir.

Ekinlerin sararmaya başladığı günlerde, bir on gün kadar işler dururdu. O zaman gençler, Dağlıdere'de yıkanmaya giderler, gitmeyenler de Recep'in kahvesine dolarlardı.

O gün de öyle bir gündü. Kahve kalabalıktı. Bir düğünde kasığına kurşun yemiş genç bir delikanlı bir köşede, beyazları çoğalmış renksiz gözleriyle sapsarıydı. İşte bu sarı delikanlıyla, kırk, kırk iki yaşlarında sağlam omuzları, bir tek aksız simsiyah saçlarıyla yağız bir adam arasında evvela hiçten başlayan bir kavga oldu. İhtiyarlar delikanlıların iyi çalışmadıklarından, işleri sürüncemede bıraktıklarından; bugünkü işi yarına bırakmanın kötülüklerinden bahsediyorlardı.

Yağız adam;

– Bunun sebebini ben biliyon, dedi. Kışın abazalığa alışmalarından...

Sarı ve yarası daha kapanmamış adam sordu:

– Kışın da mı çalışacağız?..

Yağız adam;

– Helbette, dedi, insan yılan mı ki?.. Yoksa ayı mı? Kışın uyu... Recep'in gaz sobasına dik gözünü, hülyalan. Sonra yazın nasıl çalışılır?..

Sarı delikanlı bir yerinden yeniden vurulmuş gibi kızardı, sarardı:

– Recep'in gaz sobası, Recep'in şusu busu olmasa, bu köyde kan birbirini götürür. Sarhoşluktan geçilmez ağa!..

Yağız adam, genç adamın sözüne cevap vermedi. O sırada vişne şerbetini masaya bırakmış olan Recep'e döndü.

– Keramet senin gaz sobasında imiş meğersem, dedi. Olmasaymış neler olurmuş! Senin gaz sobası, Recep, neye benziyor biliyor musun?

Recep, kışı hatırlayıp bir saniyenin binde biri kadar bir zaman zarfında üzülüp unuttu.

Sarı çocuk:

– Neye benzettin söyle bakalım?

– Puta tapmaya, dedi. Tövbe tövbe estağfurullah! Namaz kılmazsınız, oruç tutmazsınız. Hatim indirmezsiniz, sonra da Recep'in gaz sobası neye benziyor, diye sorarsınız, neye benzeyecek işte. Ona. Unuttuğunuz, bıraktığınız dinin yerini tuttuğuna göre, imanınıza benziyor. Puta tapıyorsunuz artık siz. Kışın puta, yazın tembelliğe.

Delikanlı üstünkörü bir cevap vermiş, iş ağız dalaşmasından yumruğa döneceği sırada etraftakiler ayırmışlardı.

İşte, bu vakadan hemen birkaç gün sonra kahveci Recep'i bir düşüncedir almıştı. Kara Ahmet'in hakkı vardı! Doğruydu. Gaz sobası ile dini İslam arasında hemen hemen hiç fark yoktu.

Namaz kılınırken öbür dünyayı, cenneti, hurileri, kevser şarabını hayal etmekle gaz sobasının kırmızı, yeşil mikalarına bir esrar dalgası ile düşüp kendileri için olmayacak bir dünya düşünmek arasında ne fark olabilir?

Ama o gaz sobasının insana düşündürdüğü dünya varmış, hem de belki onların düşünemediğinden daha güzeli bile varmış.

Recep, Kara Ahmet'in lakırdısıyla hakikaten şaşkına dönmüştü. Kafası durmadan işliyordu. Dine hiçbir zaman inanmamıştı.

"Yok," derdi. "Yok! Cennet, cehennem yok." Fakat hiçbir gün Allah yoktur dememişti. Dünyaya inanmıştı. Dünya ve dünyada varolan kendisinin ulaşamayacağı bir cennet de vardı. Bunu da hissetmişti. Günlerce böyle, bu düşüncelerle avare gezdi. Sonbahara kadar...

Sonbaharda kestaneler yer yer meydanlara yığıldığı zaman, hâlâ düşünüyordu. Sislerin meydanı bastığı, dağa ilk kar yağdığı zaman, kahvesini birkaç gün için kapayarak Bursa'ya indi.

Şehre inmesinin sebebini adamakıllı bilmiyordu. Yeni bir şeyler mi getirecekti? Bursa'nın kalabalık bir zamanıydı. Kadınlı erkekli, acayip kıyafetli bir sürü insan, otobüslerle dağa çıkıyorlardı. Sırtlarında kocaman tahtalar ve değnekler vardı. Recep bunların ne olduğunu merak edip öğrendi. Sinemalara girdi. Kahveleri dolaştı. Gazinolara girdi. Birçok mecmua, gazete, bir sürü kış, kar, sinema resimleri tedarik etti. Köye dönerken ruhu, sükûna kavuştu. Gözlerinin ateşi sakinleşmiş, dudaklarının büzüklüğü geçmiş, ağzı genişlemişti.

Midesindeki bulantı geçmişti, kulakları artık uğuldamıyordu. Recep'in böyle anları vardı. Bir şey düşünmeye başladığı zaman, bütün vücudu ve ruhu ile düşünürdü. Midesi bozulurdu. Kalbi her zamankinden çok vururdu. Uyuyamazdı. Elleri terlerdi. Ağlamak, sonra gülmek isterdi. İşte nöbet geçmişti. Artık rahattı. Otobüsün camına kafasını dayadı. Yine hayal etti. Hayal etmek kadar güzel şey yoktu. İnsanı yapan eden, hayal etmekti.

Şimdi kararını vermişti. Kendinden bile gizlediği kararını kopuk film parçalarını biraraya ekleyip yapılmış bir sinema parçası gibi Bursa ovasını yer yer yağmur suları birikmiş, ağaçlarının altın yaprakları çürümüş ufkundan seyretti.

Köy, ona, eskiden on sene evvel manda arabası ile gidildiği zamandakinden daha uzak geldi. Köyün meydanına vardığı zaman, akşam olmuştu.

Doğru Emine'nin evine gitti. Kapıyı vurdu. İnce, çocuk yüzlü bir kadın kapıyı açtı. Sokak kapısı kapanır kapanmaz küçük kız, Recep'in boynuna sarıldı. Basık tabanlı bir odaya girdiler. Recep;

– Işığı yakma, dedi. Gel yanıma otur!

Kadın bağdaş kurup oturdu. Recep onun dizine kafasını koydu.

– Yarın akşam, dedi, görecen kız, görecen. Kahvenin önünden bi geçiver. İçerde ne yakacam, biliyon mu?

– Ne yakacan?..

– Ay ışığı!..

Recep'in lüküs lambası da bir on beş günde bozuldu.

PLAJ İNSANLARI

Birinin ağzında pipo, ötekinin boynunda akordeon, saçları cilalı, kısa keten gömleklerinden kıllı, kalın, adaleli kolları gözüküyor; genç ve güzel iki delikanlı...

Kocaman hasır şapkalarının altında sarı saçları uçan, eteklerinden aşağıda fevkalade güzel, cins ayak bilekli, derileri ancak iştaha uyandıracak kadar –fazla değil– yanık iki genç kız...

Delikanlının biri telefon şirketi memurlarındandır. İngiliz mektebinde okumuş, sonra Paris'e gitmiştir. Telefonculuk tahsili yapmıştır. Ne iyi değil mi?.. Paris'ten döndüğü zaman getirdiği gömlekler, lastik ayakkabılar, ne güzel, ne cici, ne kimsede bulunmayan –yahut pek az kimselerde bulunan– pratik ve yazın herkeste bulunması lazım gelen haset uyandırıcı şeylerdir. Bu sıcak havada herkes, bu hafif lastik ayakkabıları, bu tiril tiril gömleği, bu yıkandıkça beyazlaşan, sağlamlaşan, iyi biçkili pantolonları giyinmeyi ister. Yalnız piposu pek arzulanır şey değil. Ondan ötesini arzulamayacak insan yoktur. Hatta, yerli ve ismi çıkmış mağazalardan alınmış iki yıkanışta dapdaracık, kısacık olan pantolonlu, üç giyinişte lastikleri ayrılan ayakkabılı, sözde Avrupa malı giyen plaj kasabası gençliği bile değil ki, bu sıcak havada Kula dokuma fabrikasının kalın yünlü pantolonu ayağında, kirli gömlekli balıkçı, kömürcü ve sandalcılar özlemesin! Fakat sandalcı ve emsalinin özlemesi pek ötekilerin özlemesine benzemez. Şimdi aynı güzel şeyleri onlara versek; giymeye uzun müddet tereddüt edecekler. Sonra, gizliden gizliye, kendilerine bile itiraf etmedikleri halde, arzuladıklarını hissedip bir gün sıkılarak gömleği, bir hafta sonra da ayakkabıyı giyeceklerdir. Ondan sonra ne olacak?.. Çabuk kirlenmesi, balıkçılaşması için elden gelen yapılacaktır.

Telefon şirketi memurunun pipoyu ağzına takışından haleti ruhiyesini anlayabiliriz. Balıkçı İspiro da pipo içiyor ama, tütünü için... Bu delikanlı tütünü için içmiyor mu? Belki tütünü için... Ama insana öyle geliyor ki, fiyakasını tütüne tercih ediyor. Ne olur değil mi?.. Küçük çocuklar da tütüne alışırken fiyakası için başlarlar. O halde?.. Bu delikanlı da mademki daha çocuktur. Bundan ne çıkar? Müsamaha ile bakılabilir. Kimbilir ben ona kızdığım için bana yalnız fiyakası için içtiği pipo ile ağzının bu züppe çarpılışı bizi; cakasızları, sandalcıları, bakkal çırağını, dans bilmeyenleri, briç oynamayanları, kadınlara Fransızca laf atmayanları kendisinden milyon defa aşağı görüyor gibi geliyor. Belki de haksızım. Ben ona sinirlendiğim için öyle sanıyorum. Yoksa cıgaraya alışan çocuğun saf, temiz, fena niyetsiz haliyle piposunu içiyor belki. Belki de suratındaki ekşilik numara değildir de, cıgaraya alışan çocuğun tükürmesi gibi bir gudde faaliyetidir. İddia etmem, belki de...

Öbür delikanlı daha iri, daha yakışıklı... Şöyle uzaktan tanıyorum; bir Leh Yahudisidir. Leh Yahudileri hakikaten güzel insanlar. Almanya'da okumuş muhakkak. "Bu kadar güzel Almanca konuşulmaz," diyor Almanca bilenler. Türkçeden başka bütün lisanları biliyor gibi bir şey... Türkçe konuştuğunu benden başka kimse işitmediği için, bilmiyor, ama öğreniyormuş, diyorlar. Ben Türkçesini duydum: Sandalcı Ali it, hergele bir şeydi. Olur olmaz adama pabuç bırakmaz. Garibi iyi Rumca, daha tuhafı çok fena Almanca konuşur. Nereden, nasıl öğrenmiştir? Ne bileyim ben? Kendisine sorulursa, burada, İstanbul'da Harbi Umumi'de Almanların yanında sandalcılık yapmıştır. Bir gün bu yukarıda bahsettiğimiz Leh delikanlısı Ali'nin sandalını poyrazlı bir günde kiralar. Pazularına pek güvendiği için bu kürek oynatılamayan havada Ada'yı dolaşmaya kalkar. Terler, merler, fakat Ada'yı dolaşmasına da dolaşır. Dalgalarla pençeleşir. Cereyanları yarar. Hakikaten böyle bir havada Ada'yı dolaşmak, kırk yıllık sandalcıların bile kârı değildir. Bravo!.. Bu tam bir sporculuktur. Ali'nin bile, "aferin" diyeceği gelir ve der de...

Delikanlı, alelade limanlık havalarda bir buçuk saatte dolaşılan Ada'yı beş saatte dolaşmış, beş saat dalgalarla aslanlar gibi pençeleşmiştir. Nihayet muzafferane gelir. Ali'ye çıkarır, her zaman yaptığı gibi, bir Ada'yı dolaşmaya verdiği parayı verir. Ali, Leh delikanlısı sandala binerken takırdattığı Almancasını bir tarafa bırakarak İzmit körfezi kıyılarının şeker şivesi, Galata meyhanelerinin ağza alınmaz argosu ile açar ağzını, yumar gözünü.

"Ulan, köpoğlu," der, "yarım papel beş saati? Saati eder on patakoz. Sen aklını peynir ekmekle mi yedin? Sandal su içinde be!.. Çık iki papeli! Gözünü oyarım vallahi, kereste!.."

İşte o zaman, tesadüf, ben de sandal iskelesindeydim. Prens kılıklı, parlak Lehli, Ali'nin dediği kadar vardı. Bir çam kalası kadar haşmetli, kızıl, şaşırıp kalmıştı. Bir şeyler mırıldandı. Baktı ki Ali artık Almanca malmanca anlayacak vaziyette değil, güzel bir Yüksekkaldırım Türkçesiyle;

– Aman ağabey, dedi, yüzüm gözüm hakkı için, bir buçuk liram var. Vereyim. Al, bırak yakamı.

İşi nasıl hallettiler bilmem? Ben tatlı tatlı gülmek için uzaklaştım. Dedim ya, ben bitaraf adam olamıyorum. Ne yapayım?

Kuledibi'nde yetişip de Almanlık, Lehlilik taslamanın o zamana kadar neye yaradığını bilmezdim. Sanırdım ki, Sulukuleli olur da adam olur. Parisli olur da eşek... diye düşünürdüm.

Acaba Kuledibi ile Almanya'nın Dresden şehrinin yahut da Lehistan'ın Varşova kasabasının bir mahallesi halkı arasında ne gibi büyük bir fark olabilir?

Sonra anladım. Bütün mesele bir sınıf yaratıp kızı, kısrağı, dansı oyunu, yüzmesi, eğlencesiyle bir memleketin yerli ahalisinden başka türlü gözükmek, mevhum bir kolonizatör vaziyeti takınmak... Bilerek, bilmeyerek Madagaskar yerlilerinin Avrupalılara gösterdikleri hayranlığı bizlerden beklemek...

Kızların birisi de işte bu cinstendir. Parisli olmakla iftihar eder. Babası, anası Katoliktir. Abaencet İstanbulludurlar. Hem de Ermeni. Fakat babası Paris'te dört sene kalmıştır. Evlerinde katiyen Ermenice konuşulmaz. Bu kız, babası, anası Paris'te iken doğmuştur. Doğar a! Fransız tabiiyetine girivermişler o zaman. İsmine de fevkalade bir isim takmışlardır. Zamanla güzel Rumca öğrenmişlerdir. Bütün Türkiye'de yerleşen ecnebiler gibi, evvela Rumcayı sevmişlerdir. "Grekize olmuşuzdur," derler. Bundan başka, bu kızcağız harikulade güzeldir. Fevkalade saftır. Kuledibi Almanları, Lehliler, Fransa'da tahsil etmiş, Türk, Rum, Ermeni delikanlıları için her şeyini feda etmiştir. Dudaklarını akordeon çalana, kalbini Fransızca konuşup dans edene kaptırmıştır. Bize, sandalcılarla, çapaçullara, küçük oğlan kardeşinin bisikletine bindiği zaman, mevzun ayaklarını seyretmek, ipek kısa pijamasından uçup giden kokusunu arzu ile koklamak kalmıştır. Zaman olur ki, bu bile bizim için kâfidir.

Burada biz, Türk lisesinde okumuş bir-iki delikanlı, üç memur, iki konuşulabilir, dedikodusu az, iyi balıkçı, çok iyi kalpli bir bakkal çırağı, görmüş geçirmiş bir kahve garsonu zaman zaman bu kızı sever; ona kızar, zaman zaman onu birbirimize, her zaman da aynı cümle ile müdafaa ederiz.

"Koklatmadığı için değil mi?"

Sonra yine akşamüstü, hafif melteme karşı fitil oynarken kâğıtları bir müddet masaya bırakır, "Janet geçiyor anam, bak!" deriz, birbirimize.

İkinci kız, bir Türk kızıdır. O da galiba bir ecnebi mektebinde okumuştur. O da bir memurdur. Şöyle böyle değil; yüz seksen liralık. Terbiyeli; iyi, nazik bir kızdır. Biraz fazla erkek düşkünü olmasına rağmen ne denilebilir? Çalışan, kazanan bir insandır.

Fakat ne tuhaf, ne fena bir zihniyeti vardır; tamamen burjuva, biraz da kozmopolit bir terbiyenin insanı insan edeceğine kanidir. İyi giyinmek, iyi konuşmak, bir-iki lisanda espri yapabilmek, dans etmek, insanın insan olması için kâfi değilse bile lazımdır, der. Dostlarını da bu insanlardan seçer; daha çok Türk olmayanlara zaafı vardır. Onlar daha kibardır, der. Kibar olmasına pek kibar değildirler; Türk olmayan gençler ama, daha zararsızdırlar. Kolay kolay hücum edemezler. Erkek düşkünü dedim ama, dışarıdan bakan için. Halbuki iyi tanıyınca bu kızı, iş değişir. Gezmek, dans etmek, beraber yüzmek, Fransızca hasbıhal etmek, dağa çıkmak, motora binmek, yelken kullanmak için, erkek düşkünüdür. Ondan ötesinde hepsi hava alır. Namuslu kızdır ama, hayvandır. Kafasında hiçbir hüküm ve hakikat yer edemez. Başkalarının kafasına dank diyen bir hadise, bir vaka karşısında şimşekler gibi bir ışığın beyninde çakması lazım gelirken, inadı, kötü terbiyesi ile bir türü ışıklanamaz.

Onların dört kişi, plaja doğru gittiklerini görmüştük; şöyle bir vaka oldu: Plaja gitmek için rıhtımdan geçilir. Evvela büyük bir gazino, sonra bir küçüğü, sonra da balıkçı kahveleri vardır. Önde, sıra sıra İzmit Körfezi kıyılarının yemişlerini ve sebzelerini yükleyip gelmiş kayıklar bulunur. Fevkalade haris, insafsız, işlerini bilmez insanlar olan Ada sebzecileri bu kayıkların gelmediği günlerde her şeyi ateş pahasına satarlar. Yalnız onlar değil ha, bakkal da aynı vaziyettedir. Hasta için zorla altmış kuruşa bir kilo buz alındığını ben işittim. İnanmadım. Sonra hastam vardı. Hemen hemen aynı fiyata aldım, yine inanmadım...

Ha... Kayıklarda her türlü yemiş bulunur. Dört plaj insanı, kayıkların önünde durmuşlardı. Biraz erik, bir kilo şeftali aldılar. Tam parayı verirlerken Lehli delikanlı azametli vücudu, uzun boyu ile biraz sakar olduğu için, yanıbaşında kendisine ve hareketlerine gıpta, aşk, kimbilir bir çocuk hasediyle büyüklüğüne bakan bir küçük çocuğu denize düşürdü. Bir saniyede iki çığlık koptu. Bunlar iki genç kızın çığlığı idi. Yanlarındaki iki delikanlı, akıllarına hiçbir şey gelmeden denize bakıyorlardı. Fakat kenarda duran bir sandalcı ile bir balıkçı, çocuk daha denizden kafasını çıkarmaya zaman kalmadan, hiç düşünmeden ikisi birden dakikasında denize atladılar. Sandalcı Karamürselli, çocuğu denizden çıkardı. Öteki, kendini denize çocuğu kurtarmak için atan balıkçı, sapsarı kesilmişti. Zorla kıyıya çıktı. Çocuğu kurtaramadığına mahzun bir hali vardı. Rengi sarıydı. Ayağını kesmişti. İkisi de balıkçı kahvelerinin önünden fırlayıp denize atlamışlardı. Kızların yanında deminden beri anlattığımız delikanlılar garip bir pişmanlık içinde imişler gibi geldi bana. Leh delikanlısı sebebiyet verdiği bu hadiseye üzülmüş, mahcup olmuş gibiydi. Ceplerini yokladı. Çocuğu kurtarmak için kendini denize atmış, ayağını kesmiş balıkçıya para verdi. Sonra asıl çocuğu kurtarana doğru yürüdü. Ona da bir şeyler vermek istedi.

Bu adam otuz beş yaşlarında bir adamdı. Belinde kırmızı bir kuşağı vardı. Zayıf, çelimsiz bir şeydi. Sakalı uzamıştı. Rıhtımda çömelmiş paçalarının suyunu sıkıyordu. Kendisine uzatılan paraya bakmadı bile.

"İstemez efendi," dedi.

Payını almış Rum balıkçı, "Al yahu, al!" diyordu.

Delikanlı ısrarla parayı uzattı. Bu sefer çelimsiz adam, "İstemez dedik ya hemşerim!" diye kestirip attı.

Delikanlı mahcup geriye döndü. Biz kalabalığın etrafını almıştık. Türk kızının kafasında bir aydınlık doğar gibi olmuştu. Tuhaf tuhaf çocuğu kurtaran adama baktı. Sonra bir karar verememiş gibi önüne bakıp düşündü. Sarışın kafasını sallayarak Lehliye, "Siz mi sebebiyet vermiştiniz kazaya?" dedi.

Leh delikanlısı, "Evet, kaza... Göremedim..." diye bir şeyler mırıldandı.

Genç kız yine Fransızcasıyla, "Vazifenizi yaptınız," dedi.

İkisi birden yürüdüler. Telefon idaresi şefi bir dakika piposunu ağzından çıkarıp, denize atlamak icap ettiği halde akıl edemediğine, Paris'ten getirdiği üstünün başının bozulup "Ridicule" olacağına, olmadığına memnun olmuş gibi tekrar piposunu yaktı. Arkadaşlarına yetişti. Yalnız Katolik Janet aramızda kalmıştı.

Bana her zaman, ta çocukluğumda kıra giderken annemin kahvesini ve gaz ocağını içine koyduğu yeşil kırmızı hasırlı sepeti hatırlatan şapkasını tepesine eğmiş, biraz da kısaca boyu ile çapkın bir hal almış; düşünce, sersemlik ve güzellikle doluydu.

Birden amerikanvari bir jestle koştu. Çocuğu kurtaran sandalcının önünde durdu. Kollarını sandalcının ensesine doladı. Kendine doğru onu eğilmeye mecbur etti. Sonra bir karış sakallı yüzünden dört-beş defa şaplatarak öptü. Sonra bir operet kızı gibi gülerek, ıslık çalarak "Aman akordeoncum kızacak! Vız gelir, varsın kızsın!" gibi bir düşünce ile uzaklaştı. İşte o günden sonradır ki, Janet'e o gruptan bu gruba mütereddit bir halde; bazen bir balıkçı, bazen bir dansöz, bazen bir Fransızca bilen, bazen İstanbul şivesi bile konuşmayan; bazen bir sandalcı ile gazel okuyan, bazen bir Alman mektepli ve kitara çalanla çam altında rastladık durduk.

DAVUT'UN ANASI

Ali'nin hatırasındaki doğduğu evin pencerelerinden biri bir kızılcık ağacının, bazıları bir misket asmasının yeşilliğine açılır. Ali küçüktür. Cüceler, periler, küçük çocuk dünyası âleminde yaşar.

Ali haminnesini, dedesini insanların en iyisi; mahalle delikanlılarının mektuplar yolladığı; sarhoş olup evlerinin önünde nara attığı, bıçak bıçağa geldiği Saime'yi, içinde vücudundan ayrı yaşayan ama, gözü gibi gören, kulağı gibi işiten bir acayip makinenin değişmeyecek ebedi bir kurcalayıcısı sanır.

Ali için ruh bir saattir. Saime çok yaramazdır. Bazı çocukların ak bileklerine bir dudak gibi yapışmış gördüğü kol saatleri gibi Ali'nin bir ruhu vardır. Saime, on bir yaşındaki Ali'nin kol saati ruhu için altı-yedi yaşında bir çocuktur. Halbuki Saime, uğrunda mektepten kovulmayı göze alınacak bir çağdadır.

Zaman, kızılcık meyvesinin kıpkırmızı olduğu günden başlar. Bu narçiçeği söner, biraz daha koyulaşır, sonra birdenbire solgun bir dudak rengi ile kızılcıklar yere düşer; güneşte pelteleşir. Gözünü kırpmaya zaman kalmadan, son kızılcık yemişini ağza attığı dakikadan itibaren yağmurlar yağar. Kasaba baştan başa bir çamur deryası halini alır. Sonra kar yağar. İlk karı, sac sobanın yarı ısıttığı bir pencere kenarından küçük kızılcık ağacının dallarına konar görmek... İlk mandalinayı sokakta karın altında, karı, üstüne şeker gibi dökerek yemek...

Daha daha kızılcık ağacına konmuş ökse... Bütün kış bir tek serçeyi sobanın kenarında ısıtıp, yükün içine kapamakla geçer. Saime günden güne güzelleşir. Saime'nin saçları günden güne değişir. Saime'nin evi kışın; Boşnak mahallesinin en sonunda çıkılamayacak bir seyahat gibi insanı hüzünle doldurur. Sokaktan geçen her beygir, her araba oraya gider...

Sobanın kenarında, resimli bir kitabın önünde, bir gaz lambasının cıgara kâğıdı yapışmış kırık yerinde, kışlık kavunların, saman içinde saklı hendek armutlarının derisi üstünde, zaman zaman bulunup kaybedilen ve insanı uyumadığı halde uykusundan düşer gibi eden bir Saime hayali vardır.

Ali, otuz yaşında bir gün, doğduğu kasabaya döndüğü zaman, bu eski âlemin içinde yeniden yaşamaya başlamıştı. Bu yaşayış, nihayet her günkü hayatının birkaç dakikasında kuvvetli üç-dört saniyeydi. Fakat bu üç-dört saniye, berbere tıraş olurken, muallim olduğu mektepte bir küçük kızın vazifesini tashih ederken, kasabanın bir tek oturacak kahvesinde tavla oynayanları seyrederken onu yakalıyordu. Birkaç saniyede bırakmak için.

Ali, şehir dışında, Saimelerin şimdi yıkılmış eski evlerinin hemen hemen yanıbaşında, kimsesiz bir kadının bir odasında oturuyordu. Akşamları elektrikler yandıktan sonra küçük bir çocuk, Ali'nin odasına girerdi. Elinde defterler vardı. Aynı masanın başına otururlardı. Ali vazifelerini tashih eder, yarınki vereceği dersi birkaç defa okurdu. Küçük esmer çocuk yarınki dersine çalışırdı.

Bu küçük çocuk, kimsesiz kadının oğlu idi. Anası, mangalın kenarında kahve güğümü kaynayan, bir kristal hoşaf kâsesi içinde sarı kokusu tüten kaçak tütünler bulunan bir Boşnak beyinin hanımının evine her akşam gider; namazlarla ölçülen bir zaman, gece yarısını bir-iki saat geçtikten sonra ancak eve dönerdi.

Ruhiye Hanım, eve dönünce Ali ile Davut'un çalıştığı odaya girer, Ali'nin paketinden iki Serkidoryan'ı da oracıkta, minderin üstünde tüttürür; Ali'nin tanımadığı insanların havadislerini anlatır, sonra ana-oğul yatmaya giderlerdi.

Ali'nin ancak üç sene evvel bileğine geçirebildiği saat, bir Fransızca lugatın kenarında anaoğul çekilip gittikten sonra ancak onu bulmuş olurdu. Ali o zaman İstanbul'daki sinemaları düşünürdü. Sinemadan on bir, on biri çeyrek geçe çıkılırdı. Ali kitapları kapar; bir müzik sesi duyar gibi olur, bir kadınla dans ettiğini, Saime'ye hiç benzemeyen uzun boylu, zayıf bir kadına bir şeyler söylediğini sanırdı. İstanbul'da talebeliğinde yaptığı gibi sessizce, omuzlarını kısarak, tenhalaşmış, hafif yağmurla parlamış yollardan dönüyormuş halinde elektrik düğmesine doğru gider, söndürür. Kasabanın horozları bu işareti bekliyormuş gibi ötmeye başlarlar, öterler. Saatlerce, belki bire ikiye kadar öterlerdi.

*
* *

İkincikânun* sonlarında bir geceydi. Kar sabahtan beri dinmemişti. Ruhiye Hanım, ocak başında mısır patlatılan, helva bastırılan bir eve misafirliğe gitmişti. Ali masanın sağ köşesinde ba-

---

*) **İkincikânun:** Ocak ayı.

caklarından birini masanın üstüne koymuş, cıgarası ağzında, düşünmüyordu. Düşünmemek ona nadiren nasip olurdu. Düşünmeden oturmak...

Sonra uyanıklık içinde bir rüyadan uyanır gibi silkinmek... Tekrar günü, ani bir gazete okur gibi yaşamaya başlamak... Birkaç saniye eski hatıralarına mı nereye olduğu bilinmeyen bir yere seyahat... Sonra bir kuyudan, rutubetli, küf kokulu bir sarnıçtan gün ışığına çıkar gibi, bu küçük Davut'un önünde uyanıvermek... güzel şey!..

Küçük Davut'u Ali, çocuğu gibi seviyor, hem ona öyle geliyor ki, Davut'un güzel bir anası vardı. Yanakları her zaman koşmuş çocuklarınki gibiydi. İnce, gevrek, mor damarlı bir eli vardı. Derisinin üstüne yaz günleri Ali başını koyduğu zaman bir serinlik, bir cami serinliği duyardı.

Davut, o kadının uzun bacaklarına tırmanarak büyümüştü. Bu o kadar sahici gibi garip bir şeydi ki:

Davut'un anası ile bir deniz kenarında beraberdiler. Davut dört yaşındaydı... Akşam üstleri Ali işten dönerdi. Denize girerlerdi. Karısı ile yanyana, derinliğe doğru giderlerdi.

Denize uzanmış tahta bir kayık iskelesinin ucunda ihtiyar bir adam, Davut'un elini tutmuş, onları seyrederdi. Bu adam kimdi? Ali'nin dedesi miydi?

Ali birdenbire hiçbir şey düşünmemesinden uyanınca bu olmamış, ama hiç olmamış, fakat o kadar olmuş kadar hakiki vakayı hatırladı. Gözlerini sessizce Davut'a çevirdi. İkisi arasındaki dostluk çocuğa kendisine bakıldığını hissettirecek kadar kuvvetliydi.

– Yine, dedi, bir şeyler hatırlıyorsun ama, yalan...

Ali, ayağa kalktı. Odanın içinde yürüdü. Perdeyi aralık edip sokağa bir saniye baktı. Önce odaya, sonra hatırına bir şey gelmiş gibi pencereye döndü. Camı kaldırdı. Odanın içini yalayan keskin bir soğuk cıgara dumanlarını alıp gitti.

Ali pencereden beline kadar sarkmıştı. Dışarıda buz tutmuş kaldırımlar, bir yaz gününün kaldırımı kadar kuruydu. Karşı boş arsaların üstünde, kuru dalların çizgilediği gökyüzünde büyük bir ay yüzüyordu. Yakın ağaçlarda kar dolu idi. Ali;

– Allahım, Davut, dedi. Ne güzel gece!

Davut:

– Ama, çok soğuk.

– Ne ziyanı var, üşür müsün?

– Ne olacak yani, gezelim mi diyeceksin?

Paltolarına, kaşkollarına sarınıp caddeye çıktılar. Davut;

– Don tutmuş, dedi. Sabaha tıkır tıkır mektebe gideceğiz.

Ali;

– Tıkır tıkır... diye söylendi.

Yine aynı his, biraz evvelki, Davut'un kendi çocuğu olduğu, denizde beraber göz göze; konuşa konuşa yüzdükleri serin derili, koşmuş çocuk yanaklı kadını bir yerde unuttuğu, kaybettiği düşüncesi kafasına geldi. Kadını ölmüş kabul edemiyordu bir türlü. Bu kadın yirmi sene sonra yine bu andaki gezintide mevcut olduğu gibi, yine mevcut olacaktı. Binaenaleyh o, Ali yaşadıkça yaşayan bir mahluktu. Fakat hiçbir zaman hâlin içinde yoktu. Mazi ile beraber doğuyordu.

GRENOBLE'DE İTALYAN MAHALLESİ

"İzer" nehri şehrin ışıklarını yüklenip çikolata, deri ve kâğıt fabrikalarının dağıldığı çayırlıkları aydınlatmaya; kanatları çamurlu ve çamurlu kanatları ışıklı bir tayyare hali ve gürültüsüyle kaçar giderdi.

Nehir kenarındaki setlerin üzerine tünemiş sarhoş işsizler, şarap şişelerini amatör balıkçı ihtiyar Fransızların posbıyıklarına doğru kahramanca uzatırlar:

– İşsiziz, kırk "su"ya doldururlar, versene ihtiyar, ne olur?

İhtiyar balıkçılardan çoğu, harp görmüş insanlardı. Derhal Verdön'ü hatırlarlar;

– Verdön'de sen yoktun, derlerdi. Ben oradaydım. Ben de aç gezdim. Bu bacağım orada tahtalaştı. Geber, fakat iş bul!

İtalyan mahallesi, şehri ikiye biçen İzer'in sağ tarafında yukarı kışla ve surların arasında sıkışmış dar bir mahalledir. Gündüzleri içlerinde narin çocuklar varmış gibi şişkin çamaşırların dalgalandığı yakın evler, geceleri ta kiliseye kadar, kırmızı elektrikleriyle yıldızlaşır, yerden uzaklaşırlardı.

Yine gündüzleri esmer, kısa boylu, işsiz delikanlıların boyunlarındaki al ve mor fularlarla gezindiği sokaklarda; akşam üstleri bir Kuledibi, yahut bir Kumkapı hâli peyda olur; yalnız geceleyin bu tekin olmayan mahallede, bıçaklı âşıklar dolaşır zannedilirdi.

Kalın sarı bira bardaklı, bilardosunun çuhası yırtık kahvehaneye akşamları uğrardım. Kâğıt oynayan genç bir kümenin yakınına oturur, dinlerdim. On, on bir, on iki, on üç, on dört...

İtalyancanın bu yirmiye kadar sayılan sayısında bulduğum ahengi tarif edemeyeceğim. Hiçbir lisanda sayı bu kadar güzel sayılmaz. "Undiçi, dudiçi, trediçi..."

Oturup; bilardosunu bitirip bançosunu, konçinasını yapıp gitarını alacakları beklerdim.

İtalyan mahallesi saat ondan sonra uzaktan, gitar sesleri gelen vahşi bir ada halini alırdı. Artık hiçbir talebe bu asma köprüyü geçemez. Artık hiçbir posbıyıklı, babacan Fransız, bu mahallenin vahşi kızlarını kandırmaya gelmez. İtalyan mahallesi bütün bu kötü şöhretine rağmen, benim gibi birkaç –cesur dememek için– mütecessis tarafından aşılmış, esrarı çözülmüştür.

Nehir kenarına dizili sıralarda derilerinden bir balık ve sahil, bir Pompei, Napoli, bir yanardağ kokusu ve lavı çıkan kızlar otururlardı.

Gündüzleri, meçhul gözleri, muntazam yüzleri, kısa boylarıyla bir başka insan tesirini veren bu, faşistlerin vatanlarından kovduğu ananas renkli ve kokulu insanları geceleyin görmelidir. Senin yabancı olduğunu bildikleri halde, hiç ehemmiyet vermiyor, hatta sana bakmıyor gibidirler. Ama, senin şerefine bançolar, gitarlar çıkmış, bir karpuz yer gibi konuşan kızlar, senin şerefine bu şarkıyı okumuşlardır.

Napoli, beyaz şehir,
Venedik'te gondollar geziyor,
Roma'da heykeller dikiliyor,
Senin şerefine,
Senin şerefine.
Napolili güzel balıkçı,
Dudaklarını
Göğsü hurma rengi almış
Hayır hurmalaşmış
Kıza dokunduruyor.
Senin şerefine hey Napoli.
Napoli beyaz şehir.

Delikanlılar hurmalaşmış kızları öperlerdi.

Ben her akşam asma köprüyü geçerken bir defa ürperirdim. Bu köprünün öbür tarafında gölgeler içinde saklı, bıçakları parlak Sicilyalılar tahayyül ederdim.

Dün öptüğüm kız kardeşlerinin intikamını alacak Sicilyalılar.

Ama onlar:

Sicilya ormanları,
Gökyüzü kadar esrarlı
Ve intikamcıdır.
Petrol lambası yanan
Kamış saz kulübede,
Çerden çöpten kulübede
Mısır ekmeği yiyen çocuk;
Seni seviyor.
Fırından çıkmış mısır ekmeği renkli,
Yeni sağılmış keçi sütü kadar mavi ve
[sıcak kız!

Seni seviyor.
Bu Adriyatik dalgalarına
Gemilerin yelkenlerine sardığım kalp.
Sana gel diyorum,
Bekliyorum,
Gelmezsen,
Sicilya ormanları
Gökyüzü kadar esrarlı
Ve intikamcıdır ha!

MARSİLYA LİMANI

Bu, hiçbir arzuya benzemeyen bir havadır. İçinde Japon fenerleri yanan bahçeler, karlı dağlar, deniz kestaneleri yenen, koyu katran renkli midyenin rutubeti ile limon kokusu dağılan limanlar, şimendifer camlarına düşen inek resimli köyler, hep bu havanın içinde rüzgârlanmış; hep bu havanın içinde esmiştir. Bir aylık bir sıpa güzelliği ve sevimliliği taşıyan sahil çocukları, bu kendi içlerinden esen havaya dayanamamışlardır. Deniz, bu körpe ve gaddar kız, kimi yeniden kendine çağırdıysa; kimi baştan başa kaplayıp sardıysa artık ruh; deniz kadar sakin, meltemli, fırtınalı olmuştur. Ruh artık ne bir şehirlinin, ne bir köylünün, ne bir siyasi, ne de bir katilin ruhudur. Bu ruh denizci ruhudur. Dış, bir balık kadar kaygan; iç, bir deniz içi gibi zehirlidir. Marsilya limanı, bu zehirli hava içinde yaşayanların memleketi.

Niçin bu şehri, "Sen Şarl" kilisesine çıkan fenikülerin yükselmesi ânında seyrederken ağır ağır, fenikülerin dişli rayları gibi, diş diş muhayyelem genişliyordu?

Bu Çin şehrini, pagotlarının etrafına dizilmiş göl kulübesi evleriyle ve insanlarıyla küçük bir şilebin denizdeki gölgesi üzerine kurulmuş; bir Japon adasının yanardağını bu kırmızı bayraklı Rus vapurunun güvertesinde görüyorum.

Niçin Avustralya adaları yerlileriyle temasta bulunan sarı İngilizlerin çocukları bu kadar güzel oluyor? Bir İngiliz şilebinde tanıştığım ufak çocuk, Avustralyalı bir yerli kadınıyla sarı bir İngilizin piçidir. Onun için bu kadar güzeldir.

Elinde fırça, yüzünde boya resim çizerek dünyayı dolaşan dev gibi bir Lehlinin Akropol'ünü bu Yunan vapurunun dalga renkli denize en çok yakışan bayrağı etrafında parça parça, küçük küçük çerçevelenmiş bir halde buluyordum.

Bu mazotla işleyen, güdük bacalı, yirmi iki bin tonluk İtalyan vapurunun beyaz güvertelerinde deniz ve her limanda birbirine benzeyen güzel, çirkin, beyaz, sarı, siyah insan seyreden seyyahlar şimdi şehre dağılacaklar. Kafalarındaki mantarlı kalın şapkalar altında Marsilyalı küçük çocuklar, Honolulu'yu, Aden'i, Baltık Denizi'ni görmüş gözleri görecekler.

Bu Cezayirliler kahvesinde alkol ne temiz şeydi. Büyümüş tırnakları kıvırcık saçlarına takılan adam Fransız bahriyesinden terhis edilirken, Cezayir'i bir daha görebilmek için kendisine verilen parayı üç gün içinde, Marsilya'nın dar, fuhuş kokan sokaklarında eritivermişti. Yapacak tek bir iş kalmıştı. Gemileri seyretmek, her gün bir engine doğru açılmak arzusuyla zehirlenip oturmak. Artık Cezayir'i özlemiyor; artık minareler ve ezanlar onu sarmıyordu. Mistral, Marsilya sokaklarında at koşturduğu anlarda, kötü kahvelerde kötü alkol buluyor, kötü sokaklarda kötü kızlar bu karayağız delikanlıyı bedava koynuna alıyorlardı.

Paris'e gitmek için her şeye razıydı. Şişman

adamlarla tanıştı. Beyaz sivri burunlu adamlar ona yirmi bin frank mukabilinde bir cinayet işlettiler. Paris'e ekspres sabah saat altı buçukta hareket ediyordu. Bindi. Hiçbir şey olmamış gibi, cebinde yirmi bin frank, parasız kaldığı zaman Marsilya'ya dönmek üzere bir Cezayirli Paris'e hareket etti. Sabahtı. Garın içinde her zamanki gürültüler. Yük taşıyan tekerlekli arabaları iten sakin, meyus hamallar; beyaz bıyıkları, burjuva çehre ve vücutlarıyla dolaşıyorlardı. Uykusuz yolcular, tatlı kadınlar, köylüler, binbir lisan konuşulan garın büfesi, sıcak mistral, bacaların üstünden, damlardan, antrasit yığınlarının, fabrikaların arasından altında şövalye hızıyla geçen kumlu mistral!..

Nehir hışırtısıyla geçen bir trenden bir küçük çocuk Cezayirliye bir buse gönderdi. Cezayirli titredi. Paris'e giden ekspres yürüdü gitti.

Vieux Port'da mistralle karşı karşıya gelmek... Hele bir yaz gününde, kum taneleri ağzında, başında, kulaklarına inmiş mor bere, yanında sana yalnız cebindeki para için bağlı bir arkadaş, önünde mistral. Bu sahra, değirmen, tren, deve uçuran rüzgâr... İşte o zaman Marsilya sokakları bir panayır yeridir.

Yanındaki sana bir kız bulacaktır. Bu kız, onun tarifine göre nasıl olursa olsun, sana göre böyledir: Uzun, esmer, kara, kapkara saçlı, dişlerinde güneş cüz-i fertleri* kırılmış, kafası aydınlık ve yelkenlidir. Mercan ve kırlangıç balıklarından yapılmış çorba ve yalnız Şatonöf dö Pap şarabından içecekti. İşte o küçük kız: Küçük balıkçı çocuklarının çıplak ayakları, deniz, yelken,

*) **Cüz-i fert:** Atom.

sonra bu kıyıya has lacivert, kırmızı hotozlu kuşlar; bu küçük kızın tabiatını birdenbire değiştirivermiş, küçük hotozlu kuşları, çıplak ayakları, denizi, yelkenleri sever olmuştu. İçi gıcıklandığı zaman kum, beynini ve vücudunu ateş sardığı zaman rüzgâr yahut denizin yosunlu içi, yatağında rüyalara aktığı anda bir nehir hışırtısıyla yapraklardan düşen ay, bu Marsilya kızına sevmeyi en romantik şekilde görmeden, bilmeden, anlamadan öğretivermişti. Artık her şeyi biliyordu. Artık çıplak ayaklı erkek çocuklarının kokusunu duyduğu zaman gece veya gündüz, kış veya yaz kulübenin içinde öpmediği yastık, yorgan ve ayna kalmıyor: Marsilya lodosunda sahranın ateşli, iki azanın birleşik noktalarındaki sıcaklık gibi bir hararet buluyor; ne hizmetçi anasının kara tırnakları, ne de bağcı babasının kadeh kokan titrek elleri onu korkutuyordu.

Türkçe ve Ermenicesi bol sokaklardan, mavi keten elbiseli insanların arasından geçip dar bir sokağa sapacaksınız. Sinemalar çoktan dağılmıştır. Sokakta polisler, serseriler, gizli hevesler içinde projektörlenen gözleri âdeta masum, kötü insanlar ve yalnız mistral vardır. Kum, sahra kokmakta, Cezayirliler kahvesinden alkol hâlâ dağılmaktadır. Işıklar, dar bir sokak... bir sürü otel isimleri. İşte Güzel Alpler Oteli; Fransa'nın yalnız bu şehrinde tahtakurusunu yeniden dost çehresi, aç hortumlarıyla cıgara tablasının içine dökülmüş suya bırakabilirsiniz. Dişlerinde güneş cüz-i ferdi kırılmış esmer kız, bir şarkı gibi Marsilya şivesiyle kulağınıza mırıldanacaktır.

Sokakta polisler kirli kahvelerin içindeki Cezayirlileri, Ermenileri, Rumları ve Rumlaşmış,

Cezayirlileşmiş, Ermenileşmiş Fransızları yakalayıp bir kamyona dolduracak, bu sırada sabah; deniz kestaneleri yenen sahile, beyaz, uzun uzun yelkenli bir korsan gemisi hızı ve güzelliğiyle pupa yelken inecektir...

BİLGİ YAYINLARI
ANTOLOJİ VE SÖZLÜK DİZİSİ

- Çağdaş Felsefe Sözlüğü
  Terimler-Öğretiler-Filozoflar
  Cemal YILDIRIM
- Güzel Konuşma ve Okuma Kılavuzu
  Ülkü GİRAY
- 20. Yüzyıl Türk Şiiri Antolojisi
  İlhami SOYSAL
- Divan Şiiri Antolojisi
  Halil Erdoğan CENGİZ
- Türk Halk Şiiri Antolojisi
  M. Sunullah ARISOY
- Halk Hikâyeleri
  Ergun SAV
- Türk Mizah Hikâyeleri Antolojisi
  Mehmet SEMİH
- Karşılıklar (Özleştirme) Kılavuzu
  Neşe ATABAY – Ayla BAYAZ
- Osmanlıca – Türkçe Sözlük (*)
- Açıklamalı Hukuk ve
  Sosyal Bilimler Sözlüğü (*)
  Şakir ALTAY
- Müzik Kılavuzu (*)
  Faruk YENER
- Piyano ve Oda Müziği
  Faruk YENER
- Dünya Mizahından Seçmeler
  Münip KORUYAN (çev.)
- Oyun ve Senaryo Yazma Tekniği
  Turgut ÖZAKMAN

(*) M. E. B. Talim ve Terbiye Kurulu'nun 1.7.1992 gün ve 3995 sayılı yazısı ile öğrencilere tavsiye edilmiştir.